Ida Ding, geb. 1967 in Starnberg, Oberbayern, studierte Grafikdesign in München. Sie lebt mit ihrer Familie am Starnberger See, wo sie als Illustratorin und Schriftstellerin arbeitet. «Hendlmord», der erste Krimi mit Muck Halbritter, erschien 2014.

«Lakonisch, bissig, lustig.» (Münchner Merkur)

Weitere Informationen zur Autorin:
www.idading.de

Ida Ding

Jungfernfahrt

Ein Starnberger-See-Krimi

Mit Illustrationen
der Autorin

Rowohlt Taschenbuch Verlag

Originalausgabe
Veröffentlicht im Rowohlt Taschenbuch Verlag,
Reinbek bei Hamburg, Mai 2015
Copyright © 2015 by Rowohlt Verlag GmbH,
Reinbek bei Hamburg
Redaktion Anne Tente
Umschlaggestaltung yellowfarm gmbh, Stefanie Freischem/N. Schütte
Umschlagabbildungen Herbert Kehrer, Westend61, imageBROKER/Oliver Gerhard
mauritius images; shutterstock.com; iStockphoto.com; fotolia.de
Innenillustrationen Copyright © Ida Ding
Satz aus der Dolly PostScript, InDesign
Gesamtherstellung CPI books GmbH, Leck, Germany
ISBN 978 3 499 26990 5

*Wieder für meinen herzallerliebsten Muggerl,
den Thomas*

Leben ist lebensgefährlich, also Obacht!
Muck Halbritter

Auftakt

«Papa, schau mal, was ich gefunden hab.» Meine Tochter Emma rüttelt mich wach. Sie hat ein Handtuch wie einen Umhang mit einer Klippspange über ihrem Badeanzug festgeklemmt. Ich weiß nicht gleich, wo ich bin, blinzele in den wolkenlos blauen Himmel. Um mich herum rekeln sich auf rasenmäherkurzgeschorenem Gras lauter Sonnenölgetränkte. Eine Ameisenkarawane überquert meine nackte Brust, ich schüttele die Tierchen ab und drehe mich auf die Seite. Dann zurrt es mich in den Augenblick hinein. Meine Liebste, die Sophie, ist weg. Fort, adieu, von dannen! Und ich muss damit zurechtkommen, fragt sich nur, wie. Versuch eins: Ablenkung. Also hab ich das Sommerferien-Versprechen eingelöst, das ich meiner Tochter gegeben hab, und bin mit Emma zum See geradelt. Wenigstens hat sich nach einer Stunde in der Sonne brutzeln mein Hautton verändert, von käseweiß in schweinchenrosa. Vorhin noch, als wir hier auf der Liegewiese im Possenhofener Schlossparkgelände ankamen und ich meine Halbritterrüstung ausgezogen hab, sprich Hose, T-Shirt und Hemd, setzten sämtliche Münchner Badegäste, von meiner Bleichheit geblendet, hastig ihre Sonnenbrillen auf. Und jetzt muss ich aufpassen, dass ich nicht für ein Spanferkel gehalten werde und auf einem Grill lande. Haferlschuhe und Socken hab ich zur Sicherheit noch an, mich friert's nämlich leicht. Außerdem glauben die Münchner sonst, ich sei der Rasenwart und trimme gleich mit den Füßen die Wiese, nur weil ich in der Eile vergessen hab, die Zehennägel zu schneiden. Meine Badehose zwickt hinten und vorne. Kein Wunder, anscheinend hab ich mich seit meinem dreizehnten Lebensjahr nicht nur intellektuell weiterentwickelt. Du brauchst eine neue, hat die Sophie immer gesagt, und wiederum droht mein Herz zu zerlaufen, wenn ich an meine Frau denke. Das hab ich jetzt davon, dass ich gedacht hab, die alte tut's noch, für die paar Mal, die Badehose, meine ich. Wenn ich in die Fluten des Starnberger Sees steige, wird sich kaum jemand um meinen halbentblößten Hintern scheren. Mich selbst ausgenommen, mich stört das Auf-dem-Präsentierteller-Herumgammeln wie die letzte Scheibe Aufschnitt sakrisch*. Nicht nur beim Herzeigen meiner komplett haarlosen Indianerbrust ist mir unwohl, in mir steckt auch das Bauernschäm-Gen drin, das ich von meiner Mama geerbt hab. Faulenzen verboten! Die Anni Halbritter ist sofort vom Kaffeetisch im Garten aufgesprungen und ins Haus gerannt, wenn sie einen fremden Traktor herantuckern gehört hat. Liegestuhlliegen ging gar nicht, höchstens untendrunter kauern, damit sie keiner sieht. Und ich hab mich nun, meiner Tochter zuliebe, ohne Liegestuhlschutzliege gleich direkt ins grelle Grün begeben und wende mich viertelstündlich, damit ich in der prallen Sonne nur ja von allen Seiten gleichmäßig durchgare. Dabei sehe ich der Emma beim Ritterspielen zu, wie sie mit ihrem Steckenpferd, das ich ihr gemacht hab, gegen einen Drachen kämpft. Sie hüpft um einen der Schlosstürme herum, die hier als Überrest der einstigen Sisi-Schlossmauer am Ufer herumstehen. Mich freut es, dass sie das Holzpferd, das sie «Seepferdchen» nennt, doch so mag. An ihrem neunten Geburtstag hat es erst ein paar Tränen gegeben, weil kein echtes Pony hin-

---

* Für alle, die jenseits des Weißwurstäquators leben, gibt es ein Glossar mit bayerischen Ausdrücken und Schimpfwörtern im Anhang.

ter dem Küchenvorhang hervorlurte. «Schau, Emma», hab ich sie zu trösten versucht. «Mit dem kannst du rennen und reiten gleichzeitig, das geht mit einem echten Gaul nicht.» Ob sie das überzeugt hat oder eher die Tatsache, dass das Seepferdchen als Stall bloß einen Schirmständer braucht, weiß ich nicht. Jedenfalls ritt und sauste sie vorhin mit einer riesengroßen Ausdauer um den Turm herum, immer im Kreis. Vor lauter Mitverfolgen, aus der Ameisenperspektive, muss ich eingeschlafen sein. Jetzt, wo ich wach bin, hält sie mir einen großen Knochen unter die Nase, besser gesagt, einen Unterkiefer.

«Zeig mal her.» Ich untersuche ihn. Von einem Schaf ist der nicht, dafür ist er zu kurz und die Zähne zu klein, nicht mal von einem Lamm könnten die sein. Zudem ist einer der Backenzähne überkront, wenn ich das richtig sehe. Das schaut eher nach dem Kauwerkzeug eines Menschen aus.

«Wo hast du das denn her?» Ich springe auf.

«Aus dem Sisi-Turm, Papa, und da liegt noch mehr.»

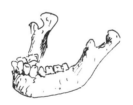

Der Protz

€rspart bleibt dir sowieso nichts, da kannst du noch so viel auf die Seite legen. Ob Zeit oder Geld oder beides, das eine rennt dir davon, das andere rinnt dir durch die Finger, da nutzt auch der beste Leim nichts. Am Ende bleibt nur der Humor, den gibt's zum Glück gratis, aber auf die hohe Kante tun musst du ihn dir trotzdem, damit du davon abbeißen kannst, wenn's mal nichts zu lachen gibt und dir dein Herz vertrocknet vor lauter Kummer, so sophieseelenalleingelassen wie ich zum Beispiel bin. Und manchmal ist schon der Wurm drin, kaum dass der Tag angefangen hat. Ich als Schreiner weiß, wovon ich sprech, wenn ich Wurm sage. Der Holzwurm und ich sind nicht gerade die besten Freunde, doch wir haben uns mit den Jahren arrangiert, mehr oder weniger. Und da gibt's noch einen, mit dem ich gezwungenermaßen zurechtkommen muss, aber zum Jäger Wolfi komme ich später. An den will ich nicht gleich zu Anfang der Geschichte denken, sonst geht er mir überhaupt nicht mehr aus dem Kopf heraus. Zu spät, da hockt er schon drin, der Protz. Dankbar muss ich meinem ehemaligen Freund fürs Leben jetzt auch noch sein, dass ich noch schnaufe und im schönen Landkreis Starnberg verweilen darf, weil er meinen Peiniger aus Sophies letztem Fall unschädlich gemacht hat. Meine Frau ist nämlich bei der Kripo, und ich bin teils ihr zuliebe und teils wider Willen im Frühjahr in die Sache mit den Hendln hineingeraten und dank dem Jäger Wolfi auch wieder raus. Für seine Rettungsaktion ist der sogar befördert worden, vom Polizeioberwachtmeister zum Polizeimeister, was ihm, abgesehen von mehr Befugnissen, das Maul noch weiter aufreißen lässt. Dem zahnerten Holzfuchs. Bei ihm plinken jetzt zwei Sterne mehr auf jeder Schulterklappe, also insgesamt vier. Versuch zwei, die Sophielosigkeit besser zu ertragen und das mit dem Wolfi zu verdauen: ignorieren. Ihn zu missachten probiere ich zwar schon seit Monaten, und meist gelingt es. Auch wenn es neuerdings einen familiären Zusammenhang gibt, der den Versuch etwas untergräbt. Denn der Emil, unser fünfzehnjähriger Sohn, ist mit der Amrei, dem Jäger Wolfi seiner Tochter, befreundet, und gerade teamen die beiden eine Freizeit bei den Pfadfindern: «Deutschland fast umsonst». So muss ich also immer, wenn ich an meinen Sohn denke, an die Amrei denken und schlage dann unbewusst die Brücke zum Grüngetarnten, der nicht nur Jäger heißt, sondern auch noch einer ist, zusätzlich zum Streifenpolizistenjob auf der Starnberger Wache. Da hilft nur eines, Nummer drei: Disziplin. Also Ablenkung, Ignorieren und Disziplin, ganz schön viel, wenn dir die Sommerhitze das Hirn verbrennt. Obendrein haben die Emma und ich zu tun. An den vor sich hinlümmelnden oder aus Kühltaschen mampfenden Halbnackerten vorbei folge ich meiner Tochter zu einem der Sisi-Türme. Mit diesen Wehrtürmchen inklusive Mauer haben die Wittelsbacher zum Wasser hin ihren Schlossbesitz abgeriegelt, falls ein anderer Großkopferter angesegelt käme und sich ohne Anklopfen aufmandeln wollte. Weiter vorne, Richtung Dampfersteg, steht noch ein längeres Mauerstück von diesem herzöglichen Gartenzaun, an dessen Ende der Fidl, mein Schwiegervater, sein Atelier verankert hat. Sogar ein Portal, flankiert von ockerfarbenen Zinnen, dümpelt hier noch wie eine Filmkulisse herum. Die Torflügel sind mit einem Vorhängeschloss versperrt, für das die Gemeinde Pöcking das Schlüsselchen verwahrt. Obwohl du bequem darum herumgehen kannst, leihen sich Hochzeitspaare den Schlüssel aus. Für einen gemeinsamen Start ins Leben wollen sie sich lieber nicht vor verschlossener Tür fotografieren lassen. Im nächsten Turm, Richtung Dampfersteg, der sich zwischen den Bäumen im Schatten versteckt, hat mein Sohn Emil Anfang Juni Teile von einem Fahrrad gefunden, das meinem Vater gehört hat. Simon Halbritter verschwand auf Nimmerwiedersehen, als ich zwölf Jahre alt war. Seit über dreißig Jahren suche ich ihn, und erst mein Sohn tut eine Spur auf. Was ich damit anfange, weiß ich noch nicht. Vielleicht ist eine verrostete, nun aber wieder aufpolierte Fahrradklingel auch mehr ein Vermächtnis als ein Anhaltspunkt. Eine Art Grabstein mit Geräusch, damit ich endlich Frieden finde. Doch die Emma lotst mich weder zum «Radlturm», wie ich ihn seither nenne, noch zu dem efeuumrankten bei dem großen Sandspielplatz. Sie führt mich zu einem freistehenden Mauerwerk am Rand der Liegewiese. Rund, aus hellem Stein und oben mit einer Reihe Ziegel versehen, hat auch dieser Turm kein richtiges Dach, nur ein optisches Provisorium, wo's von oben reinregnet. Der Eingang ist mit einem Gitter versperrt, damit keiner meint, es handelt sich um ein auf antik getrimmtes WC. Ich frage mich, wie meine Tochter trotzdem reingekommen ist. Möglichst neutral schlendere ich ihr nach, um Handtücher und häusliche Liegelandschaften herum. Aufmerksamkeit brauchen wir keine, ich will erst mal selber nachsehen, was los ist. Nicht, dass die anderen noch denken, dort gibt's eine Weißwurst umsonst. Auffällig viele Fremde, nicht nur Münchner, tummeln sich hier. Von überall aus der Welt belagern sie die jungen Grashalme wie Würstl einen Rost. Wahrscheinlich sind sie bereits wegen dem

Großereignis angereist, das sich übermorgen auf dem See abspielt. Also beherrschen und auf keinen Fall Detektiv oder, noch schlimmer, Winnetou spielen. An den Turm heranpirschen geht gar nicht. Überdies ist für das Ausspähen auf Indianerart kaum Platz, das wäre ein Robben durch ein Handtuchlabyrinth, und bis ich dann am Ziel bin, ist es dunkel. Naa, besser ich tu so, als strebe ich auf das Wasser zu, um mich nach Abkühlung lechzend in die Erfrischung zu stürzen. Dabei stütze ich mich an dem Sisi-Rundling ab, als hätte ich mir etwas in den Fuß getreten und müsste nachsehen, ob's ein Bienenstachel oder eine Haarnadel ist. Wie ich sicher bin, dass mich keiner beachtet, linse ich zum vergitterten Turmeingang. Mein Quadratschädel würde beim besten Willen nicht da durchpassen. Also muss die Emma allein noch mal rein.

Ich hocke mich neben den abgebrochenen Mauerrest, der am Turm noch zu erkennen ist, und versperre mit meinem Körper die Sicht. Emma schlängelt sich so flink wie ein Zirkuskind unter dem Gitter hindurch, dass ich nur staune. Sie hat sich zwischen Wiese und dem Turminnern eine Kuhle gegraben. Einmal drinnen, buddelt sie im Laub vom Vorjahr und dann in der Erde eifrig weiter, um mir mal ein Eissteckerl, mal ein Rippenstück zur Begutachtung nach draußen entgegenzustrecken. Die Nichtknochen lege ich auf die eine Seite, den Mensch oder das, was noch von ihm übrig ist, auf die andere. Bei manchen bin ich mir nicht sicher, ob's nicht doch Hendlknochen sind, die nach dem Abfieseln in den Turm geworfen wurden. Bald haben die Emma und ich ein Sammelsurium beinander, das für einen Krämerladen reichen würde. Eine zerbrochene Sandschaufel, Batterien, ein Bikinioberteil, ein abgerissener Schlüsselanhänger, ein Luftmatratzenstöpsel und vieles mehr. Zum Teil also Sachen, die du sonst ums Verrecken nicht findest, wenn du sie brauchst. Obendrein entdeckt Emma einen Plastikring mit einer Blume dran, den sie sich gleich ansteckt, und ein Kettchen, das sie sich überstreift.

«Was macht ihr da, darf ich mitspielen?» So ein Münchnerkindl mit hochgeschobener Taucherbrille und Flossen ist rückwärts, direkt aus der Brandung, zu uns her geschnorchelt. Kindern machst du nichts vor, da kannst du noch so scheinheilig umeinanderstehen, die spüren, dass es hier was zu sehen gibt. Und wo der Augenschein hinwandert, da sind die mütterlichen Überwachungskameras nicht weit. Kurz, dem Kind folgt die Mami, und bald hören die Emma und ich ein «Ui» nach dem anderen. Lauter Möchtegernarchäologen bieten uns ihre Dienste an. Aber ich stelle mich taub und lasse niemanden durch. Wie ich noch überlege, ob ich besser alles im Fundamt abgebe und wie das Zeug in meine Radltaschen passen soll, taucht ein Stück Gesicht im Turm auf, also eher Löcher mit Knochen drum herum. Auge und Nase, die rechte Hälfte. Dann, nach einer Weile und etlichem Charivari reicht mir Emma auch noch das andere Auge. Wie ein Hündchen wühlt sie fleißig weiter und befördert nach und nach alle Bruchstücke des Schädels an die Erdoberfläche. Den Oberkiefer mit dem Beißer-Gegenstück und dem zerborstenen Hinterkopf. Jetzt muss ich doch die Polizei rufen, gesund schaut das nicht mehr aus, wirklich. Mei, mein rechter und linker Platz ist leer, was wünsch ich mir die Sophie her! Die wäre als Kriminalbeamtin die Richtige für so was. Immer bin ich mit solchen Sachen allein, können die Toten sich nicht woanders ablegen oder ableben als ausgerechnet hier im Paradies? Na ja, das «Paradies» liegt weiter links. Das Uferstück heißt wirklich so. Warum, das weiß keiner, schöner als das Schlossparkgelände ist es einige Meter weiter drüben auch nicht, so viel steht fest. Hier wie dort Wiese, Wasser und Steine.

Es reicht mit der eigenen Feldforschung, eine richtige Ermittlung gehört her, die Sophie von der Fürstenfeldbrucker Kripo geht ja nicht, also muss ich mit der Starnberger Polizei vorliebnehmen. Aber wie verständige ich die Grünen von hier aus im Grünen? Plötzlich fühle ich mich wie unter einem Brennglas. Ich bitte nun mal nicht so gern jemand anderen um Hilfe, ich helfe lieber selbst. Was tun? Notrufsäule gibt's hier keine, nur einen Rettungsring in einem Holzkasten, aber der nutzt mir jetzt auch nichts. Höchstens dass ich zur Wasserwacht vorschwimme, die im Paradies ihren eigenen Steg hat, aber das dauert alles viel zu lang. Noch dazu kann ich die Emma nicht allein lassen, die wird den Neugierigen bestimmt nicht Herr. Am Ende nimmt noch jeder einen Knochen als Souvenir mit nach Hause, wie sie das im unterirdischen Paris, in den Katakomben tun, hat mir der Fidl erzählt. Dort horten sie auch Gebeine von jeder Sorte in Massen, nicht nur solche Einzelstücke wie hier. Da fällt es nicht auf, wenn jemand ein Schulterblatt oder ein Zehenknöchelchen einsteckt, aber hier schon. Ich könnte in die andere Richtung, zum Fidl, vorlaufen, der hat zwar auch kein Telefon in seinem Atelier am Possenhofener Dampfersteg, doch der Fischmeister, sein Vermieter, bestimmt. Aber wie ich den Kraulfuß kenne, gräbt der gerade irgendwo Würmer aus, entschuppt was oder zählt sein Diridari. Und bis ich mich dann durch seine Armut durchgefragt habe und ob seine Freundin Barbara noch aktuell ist, um dann endlich zu meinem Anliegen durchzudringen, bin ich schneller gleich selber mit dem Radl nach Starnberg geradelt. Also muss ich wohl oder übel einen von den anderen Nackerten fragen, die sowieso dauernd an ihren Handys rumspielen, ob die mir auf der Polizeiinspektion drunten anrufen. Aber wen frage ich am besten? Zum Beispiel die Frau dort drüben, der vielleicht das Bikinioberteil gehört, dass die Emma im Turm gefunden hat, denn untenherum hält sie nur ein farblich ähnliches Läppchen zusammen. «Sie, äh, kann ich, äh, dürft ich, äh mal kurz, ihr Ding da ...» Schweiß läuft mir übers Gesicht, als würde ich mein eigenes Hirn nach außen pressen.

«Papa, du musst keinen fragen, du hast doch selber ein Handy», unterbricht die Emma meine Denkleistung.

«Was, wo?» Meine Tochter weiß mehr als ich und kann in mich reinschauen wie in ein Aquarium. Na klar, sie hat recht, ich schlage mir auf die glitschige Stirn. Noch immer hab ich mich nicht daran gewöhnt, dass ich so ein Teil besitze, vergesse es ständig, bis es sich von selbst meldet und nach einer Steckdose verlangt.

«Den Rest soll die Polizei machen, komm raus, Emma.» Sie kriecht wieder unter dem Gitter durch. Hastig suche ich in den Radltaschen, erst in der einen, dann in der anderen, im Radlanhänger und zuletzt in sämtlichen Hosentaschen. Vielleicht ist es in der Badehose? Ich bin zwar zuerst nur auf dem Steg, also nur auf, nicht *im* Wasser gewesen, als ich der Emma beim Planschen zugeschaut hab. Aber sie hatte so eine Gaudi und wollte mir die kleinen Fische zeigen, die unter dem Steg durchgeschwommen sind, dass ich beim Runterbeugen das Gleichgewicht verloren hab und doch im Wasser gelandet bin. Wie eine Wasserratte herumtollen, das hat die Emma nicht von mir, eher von meiner Frau. Sie liebt es, morgens, noch vor der Arbeit, schnell im aalglatten See der Zugspitze entgegenzuschwimmen, die sich zum Greifen nah an der Südseite des Sees präsentiert. Der Sophie zuliebe gehe ich zwar manchmal mit, aber meistens schaue ich ihr einfach vom Steg aus zu, genieße den Anblick, ihre grazilen Schwimmbewegungen und sauge die Aussicht auf den Fürstensee ein, wie unser See zu Ferdinand Marias Zeiten noch hieß. Der hat den ehemals sogenannten Würmsee geadelt. Erst 1962 wurde ein Starnberger See daraus, was die Seeshaupter und alle übrigen Kuhdörfer rund um die Wasseransammlung (außer Starnberg natürlich) zum Schmollen brachte. Ja, wirklich, an solch einem Hoheitsgewässer residieren wir. Doch für die Sophie würde ich sofort freiwillig ins Wasser springen und den gesamten See umrunden, wenn sie nur wieder bei mir wäre!

Mein Handy ist nirgends, und die Badehose besitzt zum Glück keine Hosentasche. Abgesoffen ist das Sprechhörgerät also nicht, aber jetzt muss ich trotzdem jemanden Fremdes drangsalieren, mich anzurufen, damit ich weiß, wo ich bin. Wie war doch gleich meine Nummer? Nach der Vorwahl eine Drei, dann eine Zwei und die Neun oder eine Drei und die Zwei hinten? Drückst du nur eine Zahl daneben, schon kommst du niemals dort an, wo du rauskommen willst. So eine Kleinigkeit, eins mehr oder weniger, kann in der Funkwelt existenziell sein. Denn auch wenn unsere Knochenperson tot ist: Kein Mensch hat es verdient, unerkannt irgendwo rumzuliegen, und sei es auch in einem noch so kulturell und historisch bedeutsamen Sisi-Turm.
«Emma? Weißt du meine Mobildingsnummer? Ich kann mir die einfach nicht merken.»
«Die steht doch in deinem Handy drin.»
«Ja, aber dort nutzt sie mir nichts, ich will mich doch selbst anrufen.»
«Und warum, Papa? Du bist doch schon hier.» Gute Frage, jetzt bin ich aus dem Konzept geworfen und weiß gleich gar nicht mehr, was ich eigentlich wollte. Ach ja: «Wegen den Knochen, die gehören der Polizei gemeldet», erkläre ich ihr.
«Schau doch mal unter deinem Handtuch.» Tatsächlich, da liegt es, unschuldig und gut getarnt hat es sich fast ganz in die Erde gedrückt, wie ich draufgelegen bin und mir noch gedacht hab: Soll ich den Stein unter mir wegtun, oder bin ich doch zu faul? Jetzt aber hopp. Ich schalte es ein. Vorher schaue ich noch geschwind, ob mir vielleicht, ganz eventuell, die Sophie eine Nachricht geschickt hat. Nichts. Weder Buchstaben noch so

kleine Grinsebildchen leuchten auf, geschweige denn ein Herz. Meins dagegen füllt sich mit Trauer. Alle Versuche, eins bis drei und zurück, sind gescheitert. Seufzend drücke ich die Nummer der Wache, die kenne ich auswendig. Erst die Starnberger Vorwahl und dann das Geburtsdatum von meinem Vater, dreizehntervierterviervierundvierzig. Zufall. Ein Zusammenhang zwischen der Gendarmerie und ihm ist mir bisher nicht bekannt. Oder doch? Der Schreck durchfährt mich wie ein Stromschlag. Was, wenn der Tote mein Vater ist? Lag sein Radl in dem einen Turm und seine Leiche womöglich im nächsten? Hat Emma etwa ihren eigenen Opa ausgebuddelt? Ist das hier Simon Halbritter? Von allem Irdischen befreit, na ja, bis auf das haltbare Grundgerüst. Ich greife mir noch mal den Unterkiefer, lege ihn mir auf die flache Hand und atme auf. Eine Wasserwaage hab ich zwar nicht parat, aber nach Augenmaß liegt dieses bezahnte Kinn ziemlich waagerecht auf, und die Kanten verlaufen gleichmäßig hoch, bis dahin, wo der Unterkiefer am Ohr eingehenkelt wird. Das ist garantiert nicht mein Vater, der konnte sein Kinn nie gerade auf einer Unterlage aufsetzen. Es kippte zur Seite, wenn er beim Augenarzt seinen Belli auf so ein Sichtgestell ablegen sollte. Ich weiß, wovon ich rede: Sein Schiefkinn hat er mir vererbt.

Zehn Minuten später staubt es. Die ganzen Herumliegenden husten und werden aufgesprengt, als nach meinem Anruf ein Streifenwagen den Kiesweg am Ufer daherprescht. Normalerweise dürfen dort nicht mal Radler ungestraft vorbeipedalen. Die Fahrertür fliegt auf. Nicht der Jäger Wolfi, bitte, flehe ich innerlich. Jemand erhört mich. Der Sudoku hat Dienst. Wenigstens das. Ich weiß gar nicht, wie der Kerl richtig heißt, ich nenne ihn nur für mich so, seit ich mal in einer der Starnberger Freiheitsentzugskarbäuschen probeschlafen musste und er sich bei meiner Bewachung mit dieser Nummernnummer die Zeit vertrieb. Da er oben sein Polizistenkappi und eine Uniformjacke trägt, unten aber eine knielange Badehose und barfuß läuft, ist er also nur halb beruflich da, wie es aussieht.

«Was gibt's, Muck? Die Zentrale hat mich gleich zwei Mal angepiepst, obwohl ich gerade eine Einser-Glut im Grill hatte.» Er hat das Zahlenspiel verinnerlicht. «Ich hoffe für dich, dass es was wirklich Wichtiges ist.» Ich führe ihn zu den Knochen, die ich vor dem Gitter mit meinem Badelaken abgedeckt hab. Er reagiert ungewöhnlich schnell, klickert an seinem Funkgerät herum. «Eins, drei, neun hier, zwei, vier, sieben bitte kommen, Zentrale.» Sudoku in seinem Element. Danach fordert er alle Leute auf, die Wiese zu räumen, ohne einen Grund dafür zu nennen. «Zieht ins Paradies um, da sind noch Liegelücken, wenn ihr euch beeilt.» Widerwillig murrend reagieren sie. Jetzt wo sie angefangen haben, den Staub, den er aufgewirbelt hat, mit neuem Sonnenöl abzureiben, sollen sie sich abermals erheben. Auch die Emma und ich packen unsere Sachen zusammen und schwingen uns auf die Räder. Der Sudoku wird schon allein zurechtkommen, denke ich mir, um Hilfe hat er ja nicht gefragt. Plötzlich dröhnt es ohrenbetäubend, die Bäume biegen sich in einem aufkommenden Wind. Ich schaue, ob Sturmwarnung auf dem See gegeben wird, aber die Lampe am Ufer blinkt nicht, der See schwappt ruhig vor sich hin, der Himmel ist wolkenlos blau. Ein Hubschrauber schraubt sich über unsere Köpfe hinweg und senkt sich auf die Wiese. Kaum dass er gelandet ist, springen zwei Männer mit Kamera und Mikrophon bewaffnet von den Kufen. Sie rennen los und nehmen Position ein. Ihnen folgt einer in nagelneuer dunkelblauer Uniform. Durch den Farbwechsel erkenne ich ihn nicht gleich. Er streicht sich über die Bügelfalten, zupft an seinen Schulterklappen mit den Sternen herum und dreht die polierte Dienstmütze auf Mitte. Mit majestätischen Schritten defiliert er über den Rasen und deutet auf den Sisi-Turm wie der Kolumbus damals auf Amerika.

Der schnurrende Lederapfel 2.

Auch ich hab eine Schmerzgrenze. Diesen Starauftritt vom Jäger Wolfi muss ich nicht sehen. Schnell zurre ich den Radlanhänger fest, lade das Seepferdchen, ein und los geht's. Aus den Augenwinkeln sehe ich noch, wie mein Erzfeind fürs Leben die Reporter mit großen Gesten zur Knochenfundstelle lotst und sich dann, nachdem der Sudoku mit einer Flex das Gitter aufsäbelt hat, mit dem Unterkieferfund in der Hand ablichten lässt. Bevor in mir ein Gefühl aufkommt, das ich lieber gar nicht entstehen lasse, steigen die Emma und ich auf die Räder und zischen ab. Quer über den Weg rollt der Sudoku sein rot-weißes Polizei-Sperrzonen-Band aus, wir sind von unserem Heimweg Richtung Paradies und dann durch die «Hölle» hinauf, wie der steile Heimweg zu uns heißt, abgeschnitten. Auch der Schleichweg am Schloss vorbei ist versperrt. So müssen wir wohl oder übel am Dampfersteg vorbeiradeln. Auf die Bierleerungshelfer von meinem Schwiegervater, die meist bei seinem Atelier rumlungern, hab ich eigentlich keine Lust, aber die Emma will unbedingt ein Eis, jetzt, wo sie so viele Steckerl sortiert hat.

«Und Papa, der Opa spendiert mir eins, ich weiß es», sagt sie. Da bisher ihre Vorhersagen immer gestimmt haben, füge ich mich. Wie wir durch das südlichste Schlosstor und ums Mauereck radeln, winkt uns der Fidl ganz überschwänglich. Er trägt einen Strohhut auf dem Kopf anstelle der üblichen filzwarmen Baskenmütze. Sommerlook. Sein feines Hemd leuchtet in der Sonne, direkt festlich herausgeputzt hat er sich und strahlt bis zu uns, dass ich nur so staune. Durstige Kumpane sehe ich keine, und auch das übliche Bier ist durch zwei Rotweingläser ersetzt. O, là, là. An Fidls kleinem Arbeitstisch, an dem er für gewöhnlich seine Signatur mit einem Nagel in die Starnberger-See-Landschaften kratzt, die er in Öl auf Hartfaserplatten einfängt, sitzt eine Frau mit ergrautem Pferdeschwanz. Sie kehrt uns noch den Rücken zu. Aha, daher weht der Wind. Normalerweise braucht es ein paar Halbe, bis dem Fidl seine Mundwinkel zucken, ein weibliches Wesen hat das schon lange nicht mehr geschafft. Vielleicht ist das eine von diesen Dampferfahrerinnen, die hier gelegentlich stranden und sich von Fidls Charme becircen lassen, oder eine Touristin, die schon zwei Tage vor dem Großereignis eingelaufen ist. Es sei ihm vergönnt. Schon lange hab ich ihn nicht mehr so fröhlich gesehen. Der Fidl und die Frauen, das ist ein eigenes Kapitel. Der Sophie ihre Mutter kenne ich nur von ein paar Besuchen, und gelegentlich telefonieren wir. Na ja, es ist eher ein gegenseitiges Anatmen oder Aneinander-Vorbeireden. Sie versteht kein Wort Bayerisch und ich so gut wie kein Französisch. Außer den paar französischen Brocken, die mir die Sophie ab und zu hinwirft und die ich dann sinngemäß deute oder lieber sogar überhöre, je nach Vorwurf. In ihrer Muttersprache redet meine Frau nur, wenn es pressiert oder ich was verbockt hab.

«Ja, der Muck und die Emma, da schau her. Gerade hab ich noch der Irmi von euch erzählt. Setzt euch, magst du was trinken, Muck, einen Bordeaux vielleicht? Und Emma, hier hast du ein Geld, geh vor zur Schiffsglocke und kauf dir ein großes Eis.» Er drückt der Emma einen Fünfeuroschein in die Hand. Das Postkartengeschäft muss heute gut gelaufen sein. Emma bedankt sich und rennt zur Seewirtschaft vor. Die Frau, diese Irmi, dreht sich um und nickt mir zu. Einen Moment lang denke ich, ich kenne sie und ihre breiten Nasenlöcher mit dem Haaransatz darunter, aber dann wieder nicht. Ich würde mir von ihr gern das Rezept geben lassen, wie sie das angestellt hat, dass sie den Fidl aus seiner tiefen Stimmungsgrube reißt. Heute Morgen war er kaum ansprechbar, als er mit seinem alten Daimlerwohnbus, den er auf unserem Hof abstellt, schon im Morgengrauen, wie ich noch beim Melken war, an den See gefahren ist. Ich hab mich gefragt, welche Reblaus ihm gestern wohl über die Leber gelaufen ist, oder war's eher ein übergäriger Hefepilz? Und jetzt wirkt er, als könnte er die ganze Welt umarmen, und streichelt der Irmi die Schnurrhaare. Ihr Damenbart ist beträchtlich, grau wie der Pferdeschwanz, eine Art Topfkratzer unter den Nüstern. In jüngeren Jahren hätte sie mit diesem gezwirbelten Bärtchen bestimmt die drei Musketiere doubeln können. Ist sie eine Pöckingerin? Den Gesichtszügen nach stammt sie aus einer der Großfamilien, aber vielleicht täusche ich mich auch. Ich lasse mein inneres Melderegister durchrattern. Keine Treffer. Zehn Jahre jünger als den Fidl schätze ich sie. Das ist in diesem Alter schwer zu bestimmen und liegt auch an der Faltenabdeckung und am Bräunungsgrad, Marke Lederapfel. Fragen traue ich mich nicht, das wäre pietätlos.

«Die Irmi kennst du doch, oder?», stellt mir der Fidl mit großer Geste seine neue Freundin vor. Ist sie eine kurz vor der Rente noch aktiv spülende Zahnarzthelferin, die ihren Bart stets unter dem Mundschutz verbirgt? Sind mir deswegen ihre Augen so vertraut fremd? Oder eine Aushilfe im Bioladen oder eine zugereiste Physiotherapeutin im neuen Ärztehaus? Eine aus der Kreisstadt Starnberg vielleicht? Ist ja oft so, wenn du jemand in Zivil siehst, ohne seine Atemschutzmaske oder den Kugelschreiber in der Hand, kennst du ihn oder sie nicht mehr. Gehört sie etwa doch zu der Kramser Kimberley ihrer Nagelstudio-Crew? Da bin ich zwar auch kein Kunde, aber die Krallen-Mädels ratschen meist vor der Ladentür. Ich schiele auf die Nägel  von dieser Irmi, zu kurz, eher abgefressen, eigentlich praktisch nicht vorhanden. Also Gitarrenspielerin ist sie auch keine, zur Not Zither, und die Harfenistin von der Pöckinger Bücherei ist sie auch nicht, die ist jünger.

«Na, was ist, sag jetzt bloß, du weißt nicht, wer die Irmi ist?» Der Fidl stochert weiter in mir.

«Fidelius, nun zieh es nicht unnötig in die Länge. Wie soll mich dein Schwiegersohn denn noch kennen, seit bald vierzig Jahren wohne ich schon in Feldafing», sagt die Frau. In unseren Nachbarort komme ich in der Tat nicht so oft rüber, auch wenn es nur ein Katzensprung ist. Es sei denn zu Kundschaftszwecken. Jetzt weiß ich wenigstens sicher, dass diese Irmi älter als vier Jahrzehnte ist. Vor vierzig Jahren hab ich noch nach Luft schnappend aus dem Kinderwagen herausgeschaut, um den geruchsintensiven Flecken, die meine älteren Brüder in der Matratze hinterlassen haben, zu entkommen.

«Die Irmi arbeitet in Bernried, im Buchheim-Museum», erklärt der Fidl endlich. «Sie leitet dort die Sonderausstellungen und will eine Werkschau für mich organisieren.» Ach, daher seine obergute Laune. Mal nicht auf Laufkundschaft warten oder dauernd Auskunft über den Dampferfahrplan geben. So lange träumt der Fidl schon, dass eines Tages einer daherkommt und alle Bilder auf einmal kauft, die an der großen Sprossenscheibe seines Ateliers hängen, auch die, die im Häuschen auf, unter und vor den Regalen lagern.

«Ich wohne im Kurhaus, wenn Sie das kennen?», sagt die Irmi.

Ich nicke. «Ist das in der Feldafinger Bahnhofstraße, wo im Zweiten Weltkrieg dieses Nazi-Elite-Internat war?»

«Ja, die Reichsschule. Ursprünglich hieß es Hotel Neuschwanstein, als es 1889 gebaut wurde. Nach dem Ersten Weltkrieg war es ein Landschulheim unter ärztlicher Aufsicht, bis die Nazis dann auserwählte Buben dort einquartierten. Alfred Herrhausen, der Banker, der später angeblich von der RAF ermordet wurde, und der Sohn von Hitlers Sekretär Martin Bormann speisten unter unserer heutigen Wohnung im großen Saal im Erdgeschoss. Entschuldigen Sie mein Gerede, ich bin mit einem Historiker verheiratet gewesen, der war sehr fasziniert von diesem geschichtsträchtigen Gebäude. Klaus und Erika Mann haben auch in dem Hotel logiert, übrigens in der Nähe von der Villa ihres Vaters, dem Villino.»

«Ach genau, das Villino vom Thomas Mann. Es steht doch auf dem stillgelegten Kasernengelände, da hab ich mal die Fenster gerichtet.»

«Sie kennen sich aus, Herr Halbritter.» Die Irmi lacht.

«Halb so wild.» Ich winke ab. «So hol ich mir halt die Geschichte in die Heimat, brauch nicht verreisen und schlaf abends im eigenen Bett, was mir das Liebste ist.»

«Ich schlaf ganz gern woanders.» Sie räuspert sich. «Also, nicht wie Sie jetzt vielleicht denken. Mit meinem Mann zusammen hab ich viele Reisen unternommen, doch seit er tot ist, zieht es mich nicht mehr ganz so weit fort. Hier bei uns gibt es genug zu entdecken. Es muss nicht immer Ägypten oder Mexiko sein. Und darum liebäugele ich seit langem schon mit den Starnberger-See-Motiven Ihres Schwiegervaters.»

«Weißt du jetzt, wer sie ist?» Fidl klatscht in die Hände, als würde er einen Schuhplattler auftakten. Er gibt nicht auf. «Sie ist doch hier geboren. Und du behauptest immer, alle zu kennen, und dabei kennst du die Irmi …» Gerade wie er den Nachnamen sagt, brettert der Übertragungsbus vom Bayerischen Rundfunk auf das Schlossparkgelände, dass es die ersten Kastanien von den Bäumen haut. Der Fischer Kraulfuß, dem hier so gut wie alles gehört, hat die Schranke, die normalerweise nur für die Feuerwehr oder den Notarzt geöffnet wird, für unsere Medienanstalt auf die Seite gehoben. Ich nicke dem Fischtandler einen Gruß zu, er beachtet mich nicht. Wenn er es wichtig hat, braucht er einen Freund nicht zu grüßen. Dann halt nicht.

«Ja, was ist denn heute los?» Der Fidl schüttelt den Kopf. «Ist da wieder einer ins Wasser gegangen und nicht mehr aufgetaucht, oder machen die etwa schon Probeaufnahmen für das Spektakel?»

Er meint die Jungfernfahrt vom neuen Bucentaur, die am Sonntag stattfinden soll und wegen der sämtliche Bettenburgen rund um den Starnberger See aufgestockt wurden. Aus aller Welt sind bereits mehr als genug Schaulustige eingetroffen. Doch als ich vor ein paar Tagen im Bucentaurstadl war, der Starnberger Werft, wo das Prunkschiff genau an derselben geschichtsträchtigen Stelle nachgebaut wird, sah es noch nicht danach aus, dass das Vehikel bis übermorgen vom Stapel gelassen werden kann. Jedenfalls nicht, ohne dass es in seine Einzelteile zerfällt. Aber vielleicht ist es bei uns nicht anders als bei einer Fußballweltmeisterschaft, da glaubst du auch kurz vorher nicht dran, dass so ein Stadion in Südafrika oder Brasilien jemals eine Tribüne bekommt, und schwupp, sind alle trotzdem rechtzeitig zum ersten Spiel fertig geworden. Fragt sich nur, wie. Seit Monaten sind sämtliche Handwerker und Künstler aus dem Fünfseenland im Einsatz, um das Unmögliche möglich zu machen. Ein Nachbau des Originalschiffes aus dem siebzehnten Jahrhundert, wie es damals der Kurfürst Ferdinand Maria in Auftrag gegeben hat.

Das heutige wird natürlich um einiges breiter und länger, sodass es den halben See ausfüllt und der Titanic Konkurrenz machen könnte, wenn die noch herumschippern würde. Solch einen Koloss kann sich jedoch kein Adliger mehr leisten, dazu braucht es schon einen Multimillionär wie den Walter Wunder. Der doppelte Weh, wie er genannt wird, hat erst Metzger gelernt, dann auf Optiker umgeschult und den Durchblick gekriegt, als er Würstl mit Weitsicht verbunden hat. Auch dafür steht das doppelte Weh. Mit knapp siebzig schwimmt er nun buchstäblich im Geld und hat sich mit dem Bucentaur-Nachbau einen Lebenstraum erfüllt. Der Fidl als Salonmaler und ich als Schreiner sind auch engagiert worden. Mal sehen, vielleicht macht unser Auftraggeber seinem Namen alle Ehre, bewirkt wirklich Wunder, und das mehrstöckige Riesenruderschiff, das auch Segel hat, gleitet pünktlich über den See. «Der Rundfunk ist bestimmt wegen dem Knochenfund hergefahren», erkläre ich und setze mich, als mir der Fidl einen Klapphocker aus dem Schuppen hinstellt. «Die Emma hat einen Unterkiefer in einem der Sisi-Türme entdeckt, sogar mit Zahnkrone, und ich hab die Polizei verständigt, als ich gesehen hab, dass es ein menschliches Skelett ist, das dort verbuddelt war.»

«Eine Tote?» Irmi Wieheißtsienoch wird zunehmend blasser unter der Schminke.

«Ob Mann oder Frau, konnte ich nicht mehr erkennen», erkläre ich. «Da war kein Haar oder Fleisch mehr dran, nur noch blanker Knochen.» Sie sackt in sich zusammen. Dem Fidl fällt es auch auf, und er schenkt sich und ihr sofort Rotwein nach. Doch im Gegensatz zu ihm rührt sie ihr Glas nicht an. Weil ich nicht weiß, wie ich das mit dem zertrümmerten Schädel dranhängen soll, ohne dass die Frau mir vor dem Fidl seinem Atelier ins Jenseits überwechselt, erzähle ich immer langsamer, mit mehr Ähs und Alsos drin, und rede mich sogar in allen Einzelheiten auf dem Jäger Wolfi seine Landung raus. Heutzutage, wo du Leichen beim ersten Fernsehknopfdruck präsentiert kriegst, dachte ich, dass die bloße Erwähnung niemanden mehr schockt. Emma kehrt mit ihrem schon halb aufgeschleckten Schleckeis zurück und legt ihrem Opa die Restcent auf das blütenweiße Papier, das er zur Feier des Tages auf den Klapptisch gelegt und an den Kanten festgeklemmt hat. Der Irmi entfährt ein Schrei. Hastig packt sie ihre Handtasche und stopft ihr Strickjackerl hinein, sodass sich der Leopardenbeutel mit Henkel zu einem Katzenbalg aufbläht.

«Du gehst schon?» Fidl will sie aufhalten. «Aber ich wollte dich doch heimfahren, wenn ich hier nach dem Fünf-Uhr-neunundzwanzig-Dampfer zusperre. Bleib doch noch, was ist denn los? Kann ich dir was anderes anbieten? Ein Augustiner vielleicht?»

«Besser nicht. Ich brauch jetzt einen Spaziergang und fahr dann mit der S-Bahn heim.» Ihre Schnurrhaare zittern, sie schwankt, als sie losstapft. Doch als ich ihr stützend den Arm reiche, weicht sie aus und stöckelt ums Mauereck davon.

Der Fidl spurtet ihr nach, oben an der Straße verharrt er, ruckelt an seinem Strohhut und kehrt nach einer Weile schulterzuckend zurück. «Schade, ich hab geglaubt, das ist mein Durchbruch und ich würde endlich auch die Ladenhüter loskriegen.»

Ladenhüter

Jetzt plagt mich das Gewissen wie ein Piranhaüberfall, hätte ich bloß meine Goschen gehalten! «Ach geh, Ladenhüter. Deine Bilder werden doch mit den Jahren immer besser», versuche ich meinen Schwiegervater zu trösten. «Schau, die Landschaften, die du verewigt hast, gibt es an manchen Stellen gar nicht mehr.» Mit großen Schlucken leert er auch noch der Irmi ihr Glas und zündet sich eine Zigarette an. Seit seinem Herzanfall im Frühjahr soll er eigentlich nicht mehr rauchen, das hat mir der Arzt eingeschärft, wie ich den Fidl aus der Klinik abgeholt hab. Aber aus den Augen, aus dem Sinn. Kaum waren wir durch die automatische Schiebetür vom Starnberger Kreiskrankenhaus, hat er sich eine angezündet, die ihm ein Rollstuhlfahrer mit gelben Fingern kredenzte, der dort ebenfalls paffte. Fidl zog an ihr, als würde er in die Tiefsee tauchen müssen. Die halbleere Schachtel, die jetzt aus seiner Brusttasche lugt, beweist mir, dass es kein einmaliger Ausrutscher war, doch nun bin ich auch noch schuld, wenn er seine Lunge vor Kummer teert. Wenigstens die Emma hat eine Freud. Sie schiebt das Eissteckerl in dem Opa seine Zigarettenschachtel, nimmt dafür den Kugelschreiber, den er auch vor der Brust hortet, und fängt an, die Papiertischdecke zu bemalen.

«Vielleicht hat die Irmi eine Eisphobie? Das gibt's bestimmt.» Der Fidl rätselt weiter.

Ich zucke mit den Schultern. «Mei, ich glaub, es gibt nichts, vor dem sich der Mensch nicht graust. Was für eine Irmi war das denn jetzt eigentlich?», frage ich und schaue der Emma zu, die einen Kreis zeichnet und ein Pferd und eine Krone und ein paar Knochen in dem Kreis.

Der Fidl, schlagartig mundfaul, deutet nur mit dem Hirnkastl nach rechts, sodass ich mir halb den Hals verrenke, wie ich seinem Blick folge. Ich sehe nichts. Er ruckelt erneut, verbissen hartnäckig wie ein Mathelehrer, der ein Ergebnis fordert. Ich suche mit den Augen die Gegend ab, schweife hoch zum Kraulfuß Fritzl seinem urigen Haus mit den roten Altanen, das zur Zeit des kurfürstlichen Bucentaurs schon ein Jahrhundert auf dem Buckel hatte, dann runter zum Ufer mit den modernen Bootsliegeplätzen, wo früher eine Badeanstalt war. Wie der Erzengel Michael persönlich überwachte dem Kraulfuß seine Ururgroßmutter, mit nur noch zwei sichtbaren Zähnen bewaffnet, den Eingang, damit auch alle die fünf Pfennig Eintritt bezahlten. So legte sie den Grundstock zu seinem Reichtum. Dann schaue ich vor bis zur Seewirtschaft und der Werft. In dieser Richtung pendelt sich Fidls Kompassnadelblick ein. «Gehört die Irmi etwa zum Bootsbau drüben?»

Erschöpft von meiner Begriffsstutzigkeit, schließt er die Augen und nickt ganz leicht.

«Stammt die Irmi aus der Holznerfamilie?» Vom Einbaum bis zur Yacht wird dort seit Generationen der Wassersport bedient. Der Holzner Christian, genannt Grische, der heutige Chef, ist mit meinem ältesten Bruder in die Schule gegangen. Er war in der Jugend oft bei uns zum Kartenspielen. «Ist sie seine Tante? ... Die Cousine? ... Die Stiefmutter? ... Die Exgeliebte ... Die Haushälterin?» Obwohl ich bald alle Verwandtschaftsmöglichkeiten durchhabe, schüttelt der Fidl weiter bei jeder Frage den Kopf wie ein Wackeldackel. Und nachdem er noch drei weitere Züge aus seinem Glimmstängel gesaugt hat, erklärt er es mir endlich. «Seine Schwester. Bei denen gab es vor Jahren einen Familienstreit, seither gehen sie getrennte Wege.»

Dunkel erinnere ich mich, wie meine Mama etwas davon im Dorf aufgeschnappt hat. Ich war leider noch zu klein, als dass ich es durchschaut hätte. «Um was ging es dabei?», frage ich, darauf gefasst, nicht mal mehr einen Kopfschwenk zu kriegen. Der Fidl, als halber Possenhofener, so lange wie er hier schon sein Atelier betreibt, müsste mehr wissen. Aber er wird zunehmend grantiger, ich glaube, er braucht dringend was Stärkeres als einen Bordeaux.

«Was weiß ich, ich misch mich in denen ihren Mist nicht ein.» Schade, mit Tratsch bin ich bei ihm an der falschen Adresse. Und außerdem ist gerade ein äußerst falscher Zeitpunkt. Die neue Flamme eisflüchtig und sein Traum am Kippeln. Ich hoffe, dass sich das mit der Irmi wieder kitten lässt. «Der Grische ist doch auch dem Wunder sein Schiffsbauer.»

«Architekt», verbessert er und stößt die nächste Rauchwolke aus. «Das heißt so bei dem Trumm, das der Holzner dem Narrischen da ins Wasser reinsetzt. Nicht mehr Schiffsbauer, sondern Architekt.»

«Verstehe, so wie Kartoffelbauer und Agraringenieur? Der eine wühlt wirklich in der Erde, der andere schreibt ein Buch drüber.» Mit den Possenhofener Familien kenne ich mich deutlich weniger aus als mit den Pöckingern. Possenhofen gehört zwar zu uns dazu und ist mit seinen dreihundertachtzig Einwohnern überschaubarer als unser Pöcking, doch irgendwie komme ich hier selten runter. Die Grenze zwischen den Ortsteilen ist die Bahnlinie. Der Bahnhof, wo das Kaiserin-Elisabeth-Museum drin ist, heißt «Possenhofen», nicht «Pöcking», auch wenn wir Pöckinger oben im Dorf aus deutlich mehr Nasen bestehen. Deswegen schwelt seit Wochen ein Streit in der Gemeinde, seit der Zorndl Gerhard das bei der Bürgerversammlung auf den Tisch gebracht hat. Der Bahnhof soll umbenannt werden. Immer nur auf dem Sisi-Mythos rumreiten, damit muss auch mal Schluss sein, findet er. Zumal die Wittelsbacher, von denen die Sisi, die spätere Kaiserin von Österreich, abstammt, gar nicht mehr im Possenhofener Schloss hausen. Das wurde zu Eigentumswohnungen umgebaut, sodass jeder Normalsterbliche sich nun dort einquartieren kann. Aber nicht nur über Pöcking/Possenhofen wird gestritten, sondern auch in unserem Ortsteil droben. Vor kurzem entschieden die Herren und Damen Dorfleutvertreter mit vierzehn zu sechs, die Hindenburgstraße doch nicht umzubenennen. Als beschildertes Mahnmal soll sie fortan an die dunkelbraune Zeit erinnern, die auch vor Pöcking nicht haltgemacht hat. Zu Ehren von Hitlers Machtergreifung und zur Wiedergeburt Deutschlands wurde 1934 aus der neuen Bahnhofsstraße die Hindenburgstraße. Unsere heutige Hauptstraße, die als Olympiastraße den «Führer» nach Garmisch führte, wurde dann ganz fix die Adolf-Hitler-Straße, und die Feldafinger Straße wurde zu Eppstraße umtituliert, nach Hitlers Reichsstatthalter, der die einverleibten neudeutschen Gebiete überwachte. Als die Amerikaner auch unser Dorf befreiten, verschwanden diese Straßentaferln postwendend, doch die Hindenburgstraße blieb und soll jetzt an die Nazizeit erinnern. Nun frag ich mich, wo dabei die Mahnung zu sehen oder zu lesen ist, nicht mal im Kleingedruckten steht unter dem Schild was dabei. Also hab ich beschlossen, dass ich in Zukunft besser nur noch Obacht-Hindenburgstraße sage, damit wenigstens du weißt, wo du aufhorchen sollst.

Es gibt also einiges zu beratschen in Pöcking, ob, wenn und wo, wie, was dann. Doch jetzt, im August, sind auch diese Debatten ins Sommerloch geplumpst. Beim Einkaufen und wenn ich Milchkundschaften beliefere, höre ich kaum noch etwas darüber.

Genug sinniert, wir müssen heim, die Schafe und Ziegen haben sich ausreichend gesonnt, und ich hab nach dem Melken noch einiges zu tun. Abendessen, Haushalt und die Emma ins Bett bringen. Hinterher muss ich noch in die Werkstatt, damit ich morgen die zweiflügelige Intarsientür auf dem Wunderschiff einbauen kann. An der hab ich wochenlang herumgefieselt, als ginge es doch noch um die Schlafzimmertür für den bayerischen Herzog. Seinerzeit hat der Kurfürst den Bucentaur übrigens seiner Gattin geschenkt, aber den meisten Spaß hatte er wohl eher selbst damit. Das Prunkschiff war dem venezianischen Bucintoro, dem Schiff aus Gold, nachgebildet, weil «oro» auf Italienisch Gold heißt, das hat mir die Sophie gesagt. Früher bei der Drogenfahndung hatte meine Frau nicht nur mit Kandidaten aus Osteuropa zu tun, sondern auch mit ein paar einschlägigen Berufsverbrechern aus dem südlichen Süden. Der Rest vom Bucentaur, also «Centaur», kommt von dem mythologischen Pferderl, hab ich gedacht. Halb Mann, halb Ross, wobei ich da bei so manchem Kerl bis heute nicht viel Unterschied sehe. Aber das stimmt nicht. «Buzzo d'oro» heißt goldener Bauch. Im Volk nennen wir die Goldwanne einfach nur noch «Buzi».

«Wie sieht's bei dir aus, bist du schon fertig mit deiner Salonmalerei?», frage ich den Fidl, wie ich den Radlanhänger wende und der Emma mit ihrem Helm helfe. Mein Schwiegerpapa gestaltet eins der nach Städten benannten Buzizimmer, und zwar das mit den Paris-Motiven. Moulin Rouge auf der einen Wand, eine Seine-Landschaft auf der anderen und das Metropolitan-Schild über der Tür zum Erfrischungszimmer.

«Fast. Ich muss noch ein bisschen was überpinseln. Dem Wunder ist meine leichte Dame, die sich an den echten Spielautomaten lehnt, zu wirklichkeitsnah. Sonst vergreift sich noch jemand an ihr, hat er gesagt.» Eigentlich der perfekte Auftrag für ihn. Nun kann er als Frankreichliebhaber in Erinnerungen schwelgen. In jungen Jahren hat er eine Zeitlang in einem Kloster in der Provence gelebt, sich angeblich nur von Schokolade und Rotwein ernährt und eines Tages, bei einem Auftrag für die Mönche, für die er den Dienstboten machte, die Mutter von der Sophie kennengelernt. Erst zwanzig Jahre später hat er von der Existenz seiner Tochter erfahren, wie die Sophie eines Tages bei ihm vor der Tür stand. Und als ich mit dem Fidl zusammen das Wegkreuz am Bahnhof hergerichtet hab, hat die Sophie wiederum meinen Weg gekreuzt oder ich ihren, je nachdem. Nachdem wir uns schon mal auf einer Bergtour zur Benediktenwand begegnet sind und ich dachte, ich sehe die atemlose Halbfranzösin, die ich damals mit meiner Gaudi und ein paar Traubenzucker auf den Berg gebracht hab, nie wieder. Der Fidl hat dem Jesus einen neuen Anstrich mit viel roter Farbe verpasst, ich hab die Nägel reingehauen und ein neues Häuschen mit Stamm um unseren Märtyrer herum geschreinert. Was bin ich damals wegen jedem Span noch mal extra zum Fidl und noch mal, nur damit ich die Sophie wieder treffe. Bald waren sie und ich endlich unzertrennlich. Nie mehr ohne einander, haben wir uns in unserer Hochzeitsnacht, der inoffiziellen, geschworen. Und jetzt sind wir doch so brutal auseinandergerissen worden. Ich vermiss die Sophie so! Und wer ist schuld? Blut und Mord wieder, was sonst.

Gehörgangsorientierung

Abends, als ich das meiste erledigt hab, suche ich in unserer Garderobe nach einer Taschenlampe, um den Hühnerschlupf zuzumachen. Draußen dunkelt es bereits, und ich muss doch die Bina und ihre Nachkommen gut versorgt wissen. Ich wühle unter den vielen, über dem Schuhregal hängenden Jacken, die jetzt im Sommer ihren Winterschlaf machen. Auch der Korb mit Mützen und Handschuhen quillt über.

Neben den Ohrwärmern und Haarschonern horten wir ein Dutzend Fahrradschlösser in einer Schachtel, alle ohne Schlüssel, versteht sich. Auf einmal entdecke ich was, was mich freut. Endlich weiß ich, warum die Sophie nicht anruft. Ich bin direkt erleichtert, dass sie bloß ihr Handy vergessen hat und nicht mich, oder etwa doch? Nur was jetzt? Wie erreiche ich sie? Soll ich in dem Schweinfurter Hotel anrufen, wo sie während des Lehrgangs untergebracht ist? Versuchen könnte ich es. Mit der Blutspurenanalyse werden sie um diese Uhrzeit auch schon Feierabend gemacht haben, außer sie probieren das mit diesem Luminol noch aus, das weggewischtes Blut sichtbar macht, wozu es finster sein muss, damit du was siehst.

In einem Hotel anrufen kostet mich einige Überwindung. Darum muss ich mir erst zurechtlegen, was ich sagen könnte, damit sie mich mit meiner Frau verbinden. Also kümmere ich mich besser noch schnell um die Hühner und hab dann Ruhe für das Gespräch. Kaum bin ich auf der Wiese vor dem Haus und wünsche der Bina und ihren Küken eine «Gute Nacht», treffe ich den Chiller. Als ihm das Vor-dem-Mauseloch-Hocken zu unübersichtlich wird, begleitet er mich zum Hof zurück, und da klingelt das Telefon. Ich renne los, hoffe, dass ich es noch vor dem Anrufbeantworter hineinschaffe. Aber ausgerechnet jetzt stellt sich der Chiller quer und fordert seinen Lohn für die Mäuseüberwachung in Form von Dosenkost. Ich stolpere, fange mich gerade noch und hechte ganz knapp vor dem vierten Läuten zum Hörer. Denn dann kannst du nämlich bei uns nicht mehr das Gespräch annehmen, du vielleicht schon, aber ich nicht. Verflixte Technik. «Halbritter, Halbbauer am Apparat, aber gerade auswärtig beschäftigt, piepsen und pupsen Sie was drauf.» Wenn einmal diese Ansage angesprungen ist, ist es vorbei, dann bleibt nur noch, dass der Anrufer einen mal mehr, mal weniger geräuschvollen Monolog hält. Die Stimme hallt durchs Haus, bis das Band vollgequasselt ist, ohne dass der Anrufer was davon ahnt, versteht sich. Irgendetwas mit dem Lautsprecher und der Klingeltonanzahl ist verstellt. Jedes Mal nehme ichs mir aufs Neue vor, dass ich mich damit beschäftige, aber am Ende renne ich doch lieber, als so eine japanisch-tschechische Bedienungsanleitung durchzuforsten. Puhh. Diesmal hab ich's knapp geschafft. «Jaahhh?», huste ich in das Telefon.

«Muggerl, ich bin's, wo hab ich dich denn hergesprengt?»

«Von drau-hh-ßen.» Mehr bringe ich auf die Schnelle nicht zusammen. Freude überwältigt mich, als die süßeste Stimme mein Ohr kitzelt. Das erinnert mich an unsere Trauung, bei der ich mir mit dem Sprechen ebenfalls schwergetan hab. Im Vergleich dazu bin ich mit den Jahren die reinste Ratschkathl geworden. Meine ganzen Jugendkollegen haben sich extra in die Bänke der kleinen St. Ulrichskirche gequetscht, um live zu erleben, ob ich es ernst meine mit der Ehe. Aus lauter Nervosität hab ich nur ein gepresstes «Uhjäahuah» rausgebracht, dabei wollte ich die Sophie doch wirklich, sie und keine andere, damals wie heute, bis an mein Lebensende und wenn's geht, auch noch danach. Aber ich stehe nun mal nicht gern im Mittelpunkt. Alle Augen auf mich gerichtet, so was überfordert mich. «Red ... duhhh zuerst, bis ich wie-derhh Lu-huft hab.»

«Ich hätte schon längst angerufen, aber ich hab mein Handy verloren, ich weiß nicht, wo. Ich such schon seit Stunden wie verrückt.»

Ich sage ihr schnell, dass es hier liegt, und frage, von was für einem Apparat sie dann anruft.

«Der Thaddi hat mir seins geliehen, sehr nett. Er leitet das Seminar hier und hat mir alles genau erklärt.»

«Wer?»

«Der Thaddi, also Thadäus Seltenmeier vom Landeskriminalamt. Hast du gewusst, dass Blut sprechen kann? Also, ich mein, dass ein Blutstropfen nicht wie der andere ist und die Form des Tropfens vieles über die Tat verrät und sich damit der ganze Ablauf eines Verbrechens zurückverfolgen lässt? Mit dem Thaddi zusammen hab ich heute auch meine erste Analyse geschafft. In einem Wandschrank, war ziemlich eng und stickig da drin. Kannst du dir das vorstellen?» Können schon, aber wollen nicht. Meine Liebste und dieser, dieser, wenn sie noch ein Mal den Namen sagt, hat sich's ausgethaddit.

Sophie redet weiter. «Rein aufgrund von Spritzmustern auf der Wand und am Fußboden kannst du ablesen, wie und wo das Opfer gestanden hat oder ob es schon gelegen ist. Das ist total faszinierend. Jetzt sind wir mit ihm noch was essen gegangen. Ist bei euch alles in Ordnung? Du bist so still? Wie geht's der Emma, hat der Emil sich gemeldet?» Ich versuche, die aufkeimende Eifersucht runterzuschlucken, und erzähle ihr unsere Neuigkeiten, dass wir am See waren und so. Das dicke Ende lasse ich vorerst aus, dafür brauche ich mehr Sauerstoff. Vom Emil hab ich nichts gehört, aber das wussten wir vorher. Ohne Strom und Funk stapfen er, die Amrei und fünf andere Jugendliche eine Woche lang quer durch die Republik. Sie übernachten im Wald unter einer Plane oder unter freiem Himmel und ernähren sich von dem, was sie finden oder geschenkt bekommen. Er meldet sich nur bei uns, wenn was wäre, hat er gesagt. Zuletzt berichte ich ihr doch noch von den Knochen und allem und hoffe, dass es sie, auch wenn kein Blut mehr dran ist, beeindruckt. Auch den Großauftritt vom Jäger Wolfi erwähne ich, wie er sich alles unter den Nagel gerissen hat. Die Sophie lacht. Ich verstehe das nicht. Was ist so lustig an seiner total übertriebenen Helikopterpressekonferenz? Und dann redet sie mit jemandem und hört mir gar nicht mehr zu. Wahrscheinlich schäkert sie mit diesem Lackel vom LKA, der kriegt sicher alles mit, wenn er schon so großzügig sein Telefon verleiht. Ich warte und lausche dem Stimmengewirr. Ich fühle mich plötzlich wie der Einsamste der Einsamsten und denke schon daran, auf die Roseninsel zu ziehen, wo ich hingehöre, fernab von der übrigen Menschheit, wie der Inselwilli, der dort mitten im Starnberger See als einziger Bewohner und Wächter sein Eremitendasein fristete. Ich könnte den Fährmann fragen, der heute Touristen und Hochzeitsgesellschaften mit seinem Boot auf die Insel rüberfährt, ob er einen Aushilfsschipperer braucht, falls er oder sein Dackel mal einen Schnupfen hat, dann wäre ich nicht ganz so nutzlos, wie ich mir gerade vorkomme. Sophie langweilt sich anscheinend mit mir. Dabei würde ich mir für sie höchstpersönlich in den Finger schneiden, das geht mit der Kreissäge ratzfatz, nur damit sie was zum Analysieren hat. Doch genügen wird es ihr nicht, glaube ich, mit Landeskriminalamtsbeamtentum kann ich ihr halt nicht dienen.

«Tschuldige, Muck. Der Kellner war wegen der Bestellung da, und wir haben gemeinsam die griechische Speisekarte übersetzt. Verheiratete Würstchen kannte ich bisher noch nicht.» Ich grunze gequält. Bisher war ich doch der, der die Sophie am meisten zum Lachen gebracht hat, hab ich zumindest geglaubt.

«Ich muss Schluss machen», sagt sie. «Küss mir die Emma. Und ärgere dich nicht über den Wolfi, gönn ihm seine Show, da stehst du doch drüber. Ich meld mich morgen wieder. Schlaf gut!» Leicht gesagt, wie soll ich überhaupt ein Auge zutun bei der Vorstellung, dass sie sich mit diesem Thaddi im Blut wälzt.

«Ich vermiss dich», sage ich noch, aber sie hat mich schon weggeklickt. Nachdem ich die Emma ins Bett gebracht hab, schleppe ich mich in die Werkstatt. Eigentlich müsste ich noch umstellen, fällt mir ein. Also ein frisches Stück Wiese mit dem Weidezaun abstecken, damit die Herde am nächsten Tag was Neues zum Knabbern hat, doch ich hab einfach keine Kraft mehr, mich über die Hofgrenze hinaus in die Dunkelheit zu schleppen. Im sophieleeren Haus halte ich es auch nicht aus. Und bei der Arbeit kann ich mich noch am besten ablenken. Was geschafft ist, ist geschafft. So haue ich mir die halbe Nacht in der Werkstatt mit der Fieselarbeit für den Buzi um die Ohren und versuche, meinen Liebeskummer zu vertreiben. Ich überprüfe die Intarsien. Die ganze Bergkette der Alpen hab ich über die zwei Flügeltüren gelegt. Nur noch der Firnis fehlt und ein wenig Polieren. Ich reibe vor mich hin und ertappe mich, wie ich mit dem heiligen Benedikt ratsche, der auf einem Bretterstapel thront. Diese Holzfigur hockt schon seit einer Ewigkeit bei mir in der Schreinerei herum, ein aufgeschlagenes Buch zwischen den Knien, so als würde er mitschreiben. Sein wurmzerfressenes Antlitz eignet sich als Gießkannenaufsatz, wenn es die Ehrfurcht vor so einer feinen Schnitzarbeit nicht verbieten tät. Ich hätte die Figur längst für den noch lebenden Benedikt herrichten sollen, der mit Anfang neunzig am Ortsrand von Pöcking lebt. Ein paar Holzfinger sind abgebrochen, die müsste ich neu schnitzen, damit die Figur noch ein weiteres Jahrhundert hält. Aber der Bene hat gesagt, es pressiert nicht. Er, der als letzter Bayer aus Stalingrad entkommen ist und bald dreiundneunzig wird, habe Zeit. So was nehm ich immer wörtlich, da die meiste Kundschaft von mir keine hat. Eine verschobene Sockelleiste kann schon mal zu einem Ehekrieg führen, und daran will ich schließlich nicht schuld sein. Also muss der echte Bene warten, und der Holzbene staubt weiter ein, während ich ihm nun die Gipfel auf den Türblättern zeige. Ein wenig stolz bin ich schon, wie ich das mit der Tiefe hingekriegt hab, so ganz ohne Farbe, nur mit Edelhölzern, dass du meinst, du schwimmst von der Wassergrenze des Sees nach Seeshaupt direkt über den Rabenkopf, die Benediktenwand, den Herzogstand, den Heimgarten, die Alpspitze und natürlich zur Zugspitze hinauf. «Dass die Sophie mal auf eine Fortbildung gehen muss, hab ich zwar gewusst, aber dass sie jetzt, auf einmal, wirklich weg ist, ist hart», klage ich. «Ist zwar interessant, die Bluthellseherei. Wie das wo auftrifft und was das dann bedeutet, wenn die Leiche bereits fort ist und so weiter. Im Grunde kannst du aus allem was herauslesen, nicht nur aus einer Buchstabensammlung. Manche lesen in Gesichtern, die anderen im Kaffeesatz, du in deinem Holzbuch und meine Sophie neuerdings auch aus Blut. Weißt du, Bene», sinniere ich beim Feinschliff. «Der Abschied ist mir heute früh schon schwergefallen, als die Sophie so zeitig aufbrechen musste.» Und ich erzähle dem Holzheiligen, was wir geredet haben. In vier Tagen sei sie wieder da, hat die Sophie mich zu trösten versucht. Und wie soll ich schlafen, in der Nacht, ohne dich neben mir?, hab ich gejammert. Wir waren doch noch nie getrennt. Dass ich von meiner Mama ihrem Bett quasi bettwarm in der Sophie ihres rübergekugelt bin, muss ich nicht noch erwähnen. Wir beide, die Sophie und ich, haben uns halt jung verliebt, und seither hat's nie aufgehört mit der Liebe. Obwohl ich einige Kandidaten von der Sophie fernhalten muss, gelegentlich, ab und zu, oft. In ihrem Job ist sie nicht nur von jägernden Wölfen umgeben, auch Drogenheinis aus ihrer früheren Arbeitsstelle umschwärmen sie und nun auch Kriminalthaddln. Alle tun sie auf Beschützer, nur weil sie glauben, die Sophie mit ihren eins einundfünfzig braucht einen starken Arm, an dem sie sich hochziehen müsste. Wie sie sich täuschen! Wenn sie sich zu ihr runterbeugen und ihr blöd kommen, streckt sie sie kurzum mit ihrer beherzten Handkaratetechnik nieder.

Als ich gegen zwei oder drei Uhr morgens endlich mit der Intarsienschiffstür und meinem Zwiejammergespräch fertig gewesen bin, hab ich mich doch noch probehalber aufs Sofa gehauen. Naa, das verwaiste Ehebett rühre ich nicht an! Ich muss sofort im Nirgends gewesen sein. Jedenfalls weckt mich am Samstagmorgen ein Bimmeln, dass ich glaube, der antike Löschzug der Pöckinger Feuerwehr ist ausgerückt. Wenn ich kurz vor dem Augenlinsen einen Hinweis gekriegt hätte, dann hätte ich mir das mit dem Aufstehen vielleicht noch mal überlegt, hätte mich sogar geduckt und kaum zu atmen gewagt. So bin ich doch aufgestanden und hab angefangen, mich in Ruhe zu schicken. «Ja, ja», rufe ich, sonst reißt mir der Türsteher noch die Ziegenglocke vom Haken, so wie der dran rüttelt. Was will eine Kundschaft so früh schon, denke ich, hab ich einen Auftrag vergessen? Ich öffne.

«Paar Schuh», sagt ein junger Kerl mit Rucksack und Sandalen. Er grinst mich an. Ein Schuhverkäufer, also dass es die noch als herumreisendes Volk gibt? Mir tut er zwar leid, denn ich würde ihm gern was abkaufen, aber ich brauche momentan keine neue Fußbekleidung. Mir reicht meine

Zwei-Paar-Ausrüstung das ganze Jahr über. Gummistiefel für zu Hause, auswärts trage ich meine Haferlschuhe, ob's regnet oder schneit. Traktorfahren, Behördengang oder Tanzboden, die passen immer und schmeicheln meinem Gestell. Ach so, vielleicht will er ja gar keine verkaufen, sondern braucht welche gebraucht, als Spende sozusagen?

«Paar Schuh?», frage ich. Er nickt. Ich überlege und schiebe den Vorhang vom Schuhregal zur Seite und studiere, ob die Emma ein zu klein gewordenes Paar besitzt, was ich verschenken könnte. Von der Sophie traue ich mich keine zu nehmen, die schauen alle noch wie neu aus. Der Hausierer bemerkt mein Zögern und redet unverständlich weiter, deutet auf seine Körpermitte. Will er auch noch Hosen einsammeln? Ich mustere seinen Zungenschlag, das gezischelte Genuschel kommt mir doch bekannt vor, wie ich es in meinem Gehörgang sortiere. Ich warte, ob er mir einen Zettel mit der Übersetzung reicht, wie die Bettler, die es auch zuweilen auf unseren Hof verschlägt: «Ich, arm, suchen Arbeit, machen alles.» Stattdessen streckt er mir eine papierlose Hand hin, sagt noch mal dasselbe, und endlich begreife ich, dass er «Bonjour» sagt, also Grüß Gott auf Französisch, wie meine halbfranzösische Sophie das machen täte, wenn sie auf ihre Verwandten mütterlicherseits stößt. Und dann dämmert es mir, dass das der Vetter von ihr ist, der eigentlich erst in einer Woche eintreffen sollte. Die paar Brocken Französisch, die ich eingebläut kriege, wenn die Sophie sauer auf mich ist, kann ich jetzt schlecht anwenden, dann lieber Englisch, ich versuch's.

«Äh, you bist a, äh, are a ...» Was heißt Vetter auf Englisch? Sister, brother, mother? «A cousin from my wife, the Sophie Halbritter?»

«Oui.» Er bejaht.

Ist doch ganz einfach, eigentlich. Ich verstehe gar nicht, wie die sich in Babel damals so angestellt haben.

«Schöswi Thierry», sagt er. Aha, was soll das heißen?

Er tippt sich auf die Brust und zeigt auf mich. «Tüä Nepomük?»

Ja, jetzt dämmert's mir: Er heißt Thierry. Und er weiß auch meinen Namen, nett. «We understand us, gell?» Nur was tu ich jetzt mit ihm, für einen mit Hundenamen hab ich keine Verwendung, der will hoffentlich nicht etwa schon hierbleiben? Haben die in Frankreich eine andere Zeitrechnung? Am besten, ich frage ihn. Bleiben, bleiben, was heißt das auf Englisch, fällt mir nicht ein. «Will you be here be in Pöcking now?» Er nickt. Erst freue ich mich, dass ich so gut Englisch kann, und dann hab ich den Salat. Geschwind drängt er sich an mir vorbei, lässt seinen Rucksack fallen und rennt auf das Klo, ach, darum hat's dem so pressiert. Ich lasse ihn ungestört sein Geschäft verrichten, ich mag's auch nicht, wenn mir dabei jemand zuhört, schnappe mir den Milchkübel und gehe in den Stall. Wo ich schon wach bin, melke ich gleich die Ziegen und treibe danach die gesamte Herde auf den Schneiderberg. Wie immer stürmen sie los, über den Hügel hinauf, in freudiger Erwartung des unberührten Grüns. Ich kann gerade schauen, dass ich mit dem Radl und dem Wasserkübel am Lenker hinterherjapse, so einen Spurt legen sie hin. Oben auf der Kuppe bremsen sie jäh, drehen sich um und starren mich an. Eine Front aus Dickschädeln, behornt und unbehornt, mit Wolle und mit Fell, fixiert mich. Wenn Blicke töten könnten! Keinen Zentimeter rühren sie sich mehr, da hilft auch kein Zureden, von wegen Extraportion Getreide oder Brot im Stall abends, versprochen. Sie weigern sich, ein zweites Mal auf die gebrauchte Weide von gestern zu gehen, obwohl der Zaun fast den ganzen Hügel einfasst und sie bestimmt etliche Quadratmeter spuck- und köttelfreie Halme ergattern könnten. Nichts zu machen, ich kapituliere und gebe den Busch frei, den ich eigentlich noch aufheben wollte, damit wieder Frieden herrscht.

Sofort galoppieren sie hin und stürzen sich drauf. Die Lämmer spielen im Hohlraum unter den Zweigen Verstecken, die Ziegen kraxeln in den Ästen herum und zupfen die feinen Blattspitzen ab, und die Mutterschafe holen ihr Strickzeug raus. Ich kann durchschnaufen.

Schwänzeltanz

5.

«Knochenfund in Possenhofen: Sissis Zwillingsschwester endlich aufgetaucht», titelt die *Blick*. Ich staune. Wie kommen die Zeitungsschreiber denn auf so was? Haben die in Verbindung mit dem Skelettfund etwa das uralte Gerücht ausgegraben, dass in unserer Gemeinde kursiert?

«Sisi und Ludwig II. Vorreiter der Patchwork-Familie», schreibt der *Münchner Mars* in seiner Wochenendausgabe, der sich gemerkt hat, dass in unsere Sisi nur ein S gehört. Beim Metzger, wie der Pöckinger Bäcker bei uns heißt, sind die Zeitungen selbst zwar ausverkauft, aber die Deckblätter mit den Schlagzeilen stecken in den Haltern und sorgen für Gesprächsstoff beim Anstehen um die Semmelbeschaffung. Der einäugige Pflaum Herbert mit seiner Glasprothese vor mir hat noch ein Exemplar ergattert und studiert seine *Blick*-Eroberung gierig, als ob die fetten Buchstaben verblassen, bevor er zu Hause anlangt. Dafür lässt er mich über die Schulter mit reinspicken, doch lieber schaue ich gleich wieder weg. Dem Jäger Wolfi seine Visage brauche ich nicht vor dem Frühstück. So was versaut mir noch den ganzen Tag. Dabei wollte ich nur geschwind ein paar Brezn holen, um unseren französischen Gast mit bayerischem Gebäck zu verwöhnen. Aber dann sehe ich es halt doch: Da wo sonst beim *Blick* die halbnackerten Busenwunder posieren, protzt statt derer der Wolfi mit dem Schädelfragment vor dem Schlossturm. Wenigstens trägt er sein Polizistenkappi, sonst könntest du die zwei Grinser, ob mit Haut auf den Knochen oder ohne, nicht auseinanderhalten. Mit der anderen Hand deutet er nach unten, auf die übrigen Gebeine, die auf der Wiese ausgebreitet sind. Dem *Blick*-Zeitungsschauer musst du schon zeigen, wo er hinglotzen soll, sonst verirrt er sich noch zwischen den Zeilen. Wie haben die Reporter so hurtig rausgefunden, von wem das Skelett stammt? Ich wusste gar nicht, dass die Sisi eine Zwillingsschwester gehabt hat. Ob das überhaupt stimmt? Von der Sophie weiß ich, dass so eine Identifizierung ein paar Tage dauert, noch dazu bei historischen Funden. Dafür müssen ganze Knochen zermahlen werden, hat sie mir gesagt, um die DNA zu analysieren. Den Ötzi haben sie bestimmt nicht über Nacht als Steinzeitler auserkoren, geschweige denn so eine Wittelsbachertochter. Sogar bei den halbwegs Lebenden braucht es einige Zeit, bis die zum Beispiel in der Ausnüchterungszelle wieder zu sich kommen und ihren Namen herausbringen. Ich kann nicht widerstehen, den Text unter dem Bild zu lesen.

Der Entdecker, Polizeiobermeister Wolfgang Jäger, vor seinem Sensationsfund auf dem Schlossparkgelände: «Es handelt sich um die Überreste einer jungen Frau, denn die Langknochen sind noch nicht komplett verwachsen.»

Der Wolfi und Menschenforscher, pfhh, wer hat ihm bloß auf die Schnelle eine solche Auskunft eingeflüstert? Vermutlich sein schickes Smartphone, nichts weiter. Aber wie meint die Sophie? Ich soll ihm seinen Erfolg gönnen. Wenn's denn überhaupt seiner wäre, täte ich es ja, eventuell. Nicht eine Silbe von der Todesursache steht da, soweit ich es überfliegen kann, also dauert die noch.

«Der Wolfi ist schon ein Hund, dass der jetzt das uneheliche Kind vom Zither Maxl ausgebuddelt hat.» Der Pflaum spricht aus, was seit Urgroßmutters Zeiten im Ort gemunkelt wird.

Dass der Herzog Max, der Sisi ihr Papa, der im Schloss Possenhofen mit seiner kinderreichen Familie samt Gattin und Zofen gelebt hat, nicht nur die bayerische Volksmusik geliebt hat, sondern auch so manche Dorfschönheit. Und eine soll ihm dann die Frucht ihrer Liebe vor die Schlossmauer gelegt haben. Die einen behaupten sogar, es sei ein behindertes Kind gewesen, das die Herzogfamilie in einem der Türme großgezogen habe. Andere sagen, es sei kerndlgesund gewesen und der Herzog habe es gegen ein ehelich-adliges getauscht, was nicht so ganz vorzeigbar gewesen ist. Jetzt leuchtet mir auch ein, welchen Floh der Wolfi in seiner äußerst weitsichtigen Kombinationsgabe den Journalisten ins Ohr gesetzt hat. Knochen – Sisi-Turm – Wittelsbacher Bankert. So einfach. Der Pflaum ist mit dem Lesen fertig, faltet sein *Blick*-Exemplar und streicht es glatt, als wäre es ein handbesticktes Schnupftuch. Die restliche Bäckerkundschaft murmelt Zustimmung. «Wirklich verdient, dass sie ihn ausgewählt haben», ergänzt er noch.

«Ausgewählt wofür?», frage ich.

«Na, als Vorführpolizist. Er darf die neue Uniform probetragen, muss testen, wie sie sich bei sengender Hitze oder eisiger Kälte, Schneefall und allem bewährt. Ja, hast du es nicht gelesen?» Er starrt mich an, und ich vergesse immer, welches seiner Augen das lebendige ist, wenn er so schaut. «Das stand doch schon letzte Woche drin.»

Ich schüttele den Kopf. Die Quelle meines Wissens landet zeitverzögert, wenn überhaupt, in meinem Briefkasten. Der kostenlose *Kreislotse*.

«Die neue Uniform ist bügelfrei, und wenn die sonst noch mehr Komfort bietet als die alte, tragen bald alle bayerischen Polizisten eine solche», klärt mich der Pflaum auf.

«Was, die grüne wird gegen eine blaue getauscht?» Ach, darum posiert der gar so affig. «So weit ist es also mit der Globalisierung gekommen, bald kannst du einen Österreicher nicht mehr von einem Bayern unterscheiden», sage ich laut.

Er nickt. «Außer im Fußball natürlich.»

Bis vor kurzem war der Wolfi nicht so beliebt. Kein Gerücht, mit dem er nicht in Verbindung gebracht wurde, aber seit er mir das Leben gerettet hat, als es um diesen ermordeten Hendlmann ging, hab ich ihn persönlich und völlig unabsichtlich reingewaschen. Jetzt hat er anscheinend direkt bei den Heiligen Platz genommen. Reiner und weißer als Ariel persönlich. Ein Vollwaschmittelengel ist ein Dreck dagegen. Obacht, ich muss aufpassen, dass ich nichts Verkehrtes sage, sonst krieg ich beim Bäcker Metzger noch Laden- oder zumindest Mundverbot.

«Was der Wolfi leistet, schon bewundernswert», meldet sich die sonst so stille Imkerin Frau Webergesell zu Wort. Eigentlich hab ich gedacht, dass sie sich nur im Bienenschwänzeltanz verständigen kann.

«Überall ist er aktiv, in sämtlichen Vereinen. Ich finde es toll, was der für unser Dorf tut», trötet der Ersatztrompeter der Pöckinger Blaskapelle, der Herrsch Michi. «Und für den Landkreis Starnberg dazu, bei seinem selbstlos unermüdlichen Einsatz auf Verbrecherjagd. Dem kommt kein Spitzbub aus.» Dabei beäugt er mich ganz komisch. Bisher war er doch immer neidig, dass der Wolfi und nicht er der erste Trompeter ist. Egal wie oft der Herrsch ihn vor dem Festzelt mit Schnaps abgefüllt hat und dann dem Publikum froh verkündet hat, dass der Wolfi krank sei. Aber der Wolfi lässt sich keinen Auftritt wegschnappen und ist im Vollrausch mit seiner Trompete auf die Bühne geschwankt. Er bläst immer und überall an erster Stelle. So auch jetzt. Die Gebäckhungrigen hören gar nicht mehr auf mit den Lobeshymen. Die Verkäuferin, die Stumpf Paula, die sonst über ihre eigenen Mundwinkel stolpert, strahlt bis zum Plafond und wirft die körnerbeklebten Bauernsemmeln so federleicht in die Tüten, als wäre sie beim Bettenaufschütteln.

Sogar der Metzger Jakl, der Bäckermeister höchstpersönlich, schiebt seine Nase in den Verkaufsraum, lehnt sich an die frisch bemalte Wand, die ihm der Fidl vor kurzem hingepinselt hat. Fesselballon, Doppeldecker, Drachenflieger, Segelflugzeug und sogar ein Zeppelin fliegen über die See-Landschaft, die sich über den ganzen Laden erstreckt. Der Bäcker Metzger stimmt in das Gesülze mit ein. «Pöcking sollte dem Wolfi die Ehrenbürgerschaft verleihen, meint ihr nicht? Ja, ich finde sogar, dem Wolfi steht das Bundesverdienstkreuz zu.»

Soll das sein Ernst sein? Mir wird schwindelig. Ich versuche, auf Durchzug zu stellen, konzentriere mich auf eine Semmelauswahl, eine Mohn, eine Sesam, zwei Brezn, naa, vier, und nicht vergessen das eine Schweinsöhrl für die Emma, wie ich endlich an der Reihe bin.

«Dir, Muck, hat er das Leben gerettet, selbstlos, wie der Wolfi halt so ist. Das solltest du denen von der Zeitung und vom Radio vielleicht noch sagen.» Der Herrsch herrscht mich an, dass ich mit meiner Bestellung durcheinanderkomme. Ich blinzele gequält. Leugnen kann ich's nicht, leider.

«Oder was sagst du?» Er stößt mich in die Seite.

«Zu was?»

«Na, du bist mir vielleicht ein dankbares Opfer. Findest du nicht auch, dass man dem Wolfi wenigstens die Pöckinger Ehrenbürgerschaft verleihen sollte?» Ich presse meine Lippen und sonst was zusammen, damit mir nichts entfährt, was ich eventuell bereue, und zucke mit den Schultern.

Schnell rassele ich meine Semmelwünsche runter, doch bevor mir die Paula die Tüte über die Theke reicht, starrt sie mich mit ihrem Silberblick an, dass ich nicht genau weiß, ob sie mich überhaupt meint oder den Trompeter hinter mir: «Ich bin neben dem Wolfi gesessen, in der Achten, als ich vom Gymnasium runtermusste, und durfte ihm bei der Rechtschreibung helfen und in Mathe und überhaupt. Wenn ich das damals gewusst hätte, wem ich da beistehe.» Sie seufzt selig. «Wer weiß, vielleicht erzähl ich das mal meinen Enkelkindern.» Da wird sie sich sputen müssen, bevor ihre biologische Sanduhr abgelaufen ist. Eigenen Nachwuchs hat sie keinen, soviel ich weiß. Aber ich kann mich um die Stumpf'sche Familienplanung nicht auch noch kümmern, konzentriere ich mich lieber auf den Inhalt meines Geldbeutels und suche das passende Kleingeld zusammen. Ich könnte ja alles richtigstellen, sagen, wer das Skelett gefunden hat, aber so wie die gerade drauf sind, glauben die mir kein Wort. Sie denken am Ende bloß, ich will mich wichtigmachen und mich nur mit im Wolfi seinem Ruhm wälzen. Also reiße ich der Paula die Tüte weg und verlasse mit einem schnellen «Servus» den Laden. Zwick mich, ich bin im falschen Ort aufgewacht.

Kartoffelreise

*H*offentlich beschäftigt sich der Franzos bald allein, mein Kiefer ist schon ganz ausgeleiert vor lauter Ausländisch reden. Beim Essen und überhaupt jetzt auch noch anderssprachig denken ist viel verlangt. Fast kriege ich keinen Bissen runter, so was schlägt mir schnell auf den Magen. Doch so richtig beschweren kann ich mich eigentlich auch nicht. Denn der Thierry packt mit an und hilft mir, als ich die zentnerschwere Buzitür allein aus der Werkstatt herauswandeln will. «Right, left, under. A little bit under, naa, over, I mean over, in d' Höh!» Kruzi, was heißt *hinauf, höher*? Es wird Zeit, dass ich Französisch lerne, mit Englisch komme ich nicht so recht weiter. Doch es hilft nichts, da muss ich mit dem, was ich herausbringe, durch. «Make your ears open, please, Herrschaft, listen. Higher, hinauf, to the sky, you understand? Look, here plays the music, nicht dort drüben.» Bald breche ich mir halb die Zunge ab, schwitze vom Dolmetschen, dem Thierry dagegen treibt es vom Schleppen das Wasser aus den Poren. Die jungen Kerle heutzutage sind nur ein Fitnesscenter gewohnt, eine richtige Tür haben sie anscheinend noch nie gestemmt. Zarte Fingerchen wie ein Mädchen, nur mit schwarzen Haaren drauf. «Now, we go on the street to my bulldog, that's the tiger.» Ich stelle ihm stolz meinen Königstiger-Traktor vor. Was heißt Anhänger? Vehicle? Egal, er wird es schon sehen, wo wir das schwere Trumm aufladen müssen. Nach einigem Gewanke und Geschnaufe ist es geschafft, puh. Dann hole ich noch das Werkzeug, packe eine Brotzeit und das Badezeug für Emma ein, und los geht's. Zur Werft nach Starnberg, um die Türen dort wieder abzuladen. Der Franzos und die Emma nehmen auf den verblechten Rädern vom Tiger Platz. Wir tuckern den Landwirtschaftsweg entlang, umrunden ganz gemütlich das Durcheinander am zweispurigen Kreisel, wo keiner weiß, wie und wo sich einordnen. Wer schnell an den See oder in die Alpen oder umgekehrt nach München oder auf ein kühles Helles nach Andechs spurten will, wird hier ausgebremst und zur Meditation gezwungen. Dank Straßenverkehrsordnung, die jeder erst im Internet drin nachschauen muss. «That's Bavarian Street Art», erkläre ich dem Thierry. Nachher löst mich hoffentlich der Fidl mit seinen Sprachkenntnissen ab, er freut sich bestimmt, Französisch zu reden, und kann ihm erklären, dass die Sophie erst in drei Tagen wiederkommt. Obwohl ich insgeheim finde, dass ich mich so zweisprachig, Bayerisch-Englisch, gar nicht so schlecht schlage. Was kann ich dafür, dass ich zu Hause bleiben durfte, als in der Schule die schwierigen englischen Wörter drankamen. Damals lief die Olympiade in unserem neuen Fernseher drin, und die bildet auch, hat die Mama gesagt.

Ich linse zurück. Mein Schwiegervater ist mit seinem Bus heute Nacht gar nicht nach Hause gekommen, fällt mir auf, doch die Sorge mache ich mir nicht auch noch. Alt genug ist er, dass er allein in der Gegend herumstrawanzen kann. Am bayerischen Yachtclub öffnet sich die Chromtür für uns, und wir werden eingelassen. Gar nicht so einfach, noch einen freien Parkplatz zwischen den vielen Lieferwagen zu ergattern. Schließlich stelle ich den Tiger nah am Kai ab. Kaum sieht der Franzos den See, reißt er sich die Schlabberhose vom Leib und stürzt sich ins Nass. Thierry macht seinem hündisch klingenden Namen alle Ehre, planscht zwischen den angeleinten Segelbooten herum und taucht unter den Seerosenblättern durch, die auf der Wasseroberfläche treiben. Er scheint die höchste Freude zu haben.

Im uralten Bucentaurstadl, dessen Grundmauern schon das Vorbild aus dem siebzehnten Jahrhundert beherbergten, geht es zu wie in einem Bienenstock. Der weiß-blaue Bug des Prunkschiffs blinzelt langgestreckt in der Morgensonne zum Werfttor hinaus. Aber Obacht! Der Walter Wunder ist doch irgendein hohes Vieh bei FC Bayern. Warum dann nicht rot-weiß? Dieser Anstrich erinnert mehr an die Farben von den Münchner Löwen, 1860. Egal, ich finde, das schaut wirklich gut aus, viel besser als noch vor ein paar Tagen, als ich zum Ausmessen hier war. Drinnen staut sich alles, jeder Zentimeter bis unters Gebälk ist mit dem Buzi ausgefüllt. Alle basteln auf Hochtouren. Dutzende Nixen werden zwischen die Fensterluken geschraubt. Nur die Galionsfigur fehlt noch, die soll bis zur Jungfernfahrt das große Geheimnis bleiben. Gerüchte gehen um, sogar Wetten laufen, wen der Wunder damit verewigen wird. Vielleicht seine Frau Purzel oder wie das Fotomodell heißt, das halb so alt wie er ist. Immerhin haben sie eine Tochter zusammen. Oder eher eine Fußballgröße wie Maradona oder Pelé? Oder etwa Oli Kahn, den Titan? Den historischen Bucentaur zierte eine Neptunfigur, doch den Gott der Meere trägt bereits der große Katamaran der Dampfschifffahrt, die MS Starnberg, zwischen den Kufen. Ein Mechaniker schraubt am Springbrunnen herum, der zwischen den zwei Treppen, die zum Oberdeck führen, sprudeln soll. Auch die Rudermotorik wird getestet. Die zweireihigen Riemen, die den Buzi bei Windstille antreiben, steuert ein Computer. Kaum sind die Deckplanken gewienert, rollen die Wein- und Bierfässer über die Laderampe. Ich sehe den Bäcker Metzger herumwuseln, bestimmt hat der auch eine nächtliche Sonderschicht für all die Schleckereien eingelegt. Auch unser richtiger Metzger liefert in Massen. Kisten- und körbeweise karren sie Esswaren heran. Einen ähnlichen Tumult hat's damals nur bei der Titanic gegeben. Erneut fällt mir der Ozeandampfer ein. Doch erstens ist der Starnberger See kein Ozean, und zweitens, wenn ich an das Ende dieser englischen Jungfernfahrt denke, naa, das will ich lieber nicht mit unserer bayerischen vergleichen. Was für ein Glück: Unser See friert seit Jahren nicht zu, das einzige Eis kriegst du in den Buden am Ufer ringsum. Trotzdem schmeichelt dem Doppel-Weh der Vergleich mit dem Schiffsgiganten. Ich höre es, wie ich wieder nach dem Thierry schaue, den ich zum Abladen der Tür brauche. Von einem Pulk Journalisten umringt, läuft der Weh-Weh die Mole entlang. Sein Töchterchen, die in Emmas Alter sein dürfte, also so neun oder zehn, und die so einen amerikanischen Namen hat, den ich mir ums Verrecken nicht merken kann, hält er dabei an der Hand. Sie trägt die volle Reitermontur, Stiefel, Helm und sogar eine Gerte. Ich merke, wie der Emma die Augen übergehen, so was hätte sie auch zu gern. Aber solange wir kein Pferd haben, lohnt sich ein Reiterkostüm nicht. Stattdessen hat sie sich selbst mit Holzleim Lederteile auf die Knie ihrer Hose aufgepappt, die sie zu Hause zu ihren gepunkteten Gummistiefeln und ihrem Radlhelm als Reiterkappi trägt. Auf einmal löst sich das Wundermädl von seinem Vater, hockt sich auf die Mole, peitscht mit seiner Gerte auf die Taue und bringt die angehängten Yachten damit zum Schaukeln. Ihr Papa steigt derweil ins Starthaus hinauf, ein schmales, turmartiges Holzhäuschen mit roten Fensterläden, von dem früher die Regatten mit Kanonen und Signalhorn eröffnet wurden. Er lehnt sich über den Balkon und gibt sein Interview, in die zu ihm nach oben gereckten Mikrophone.

«Herr Wunder, dieses Aufgebot hier kennt man in der Geschichte nur von einem einzigen Schiff, das berühmteste der Welt, das leider ein sehr tragisches Ende nahm. Sie wissen, von welchem ich spreche», sagt eine Rothaarige, die die anderen mit ihrem Wespennest-Dutt um einen halben Kopf überragt.

«Schauen Sie.» Er zeigt mit großer Geste zur Werft. «Ihr Vergleich hinkt. An Größe steht mein Bucentaur keinem Schiff der Welt nach, auch nicht diesem Atlantikliner, auf den Sie ...»

«Wirklich?», unterbricht sie ungläubig.

Wunder nickt. «Sie müssen das Verhältnis der Größe zum Wasser sehen, schließlich ist der Starnberger See kein Ozean. Dafür hat mein Schiff keine Kamine, die die Umwelt und besonders unser schönes Voralpenland verpesten könnten. Es fährt mit erneuerbaren Energien, die Segel sind wirklich funktionstüchtig. Sollte der See jedoch windstill sein, wird Solarstrom mit Hilfe exklusiver Technik in das Ruderwerk eingespeist. Morgen werden Sie eines der modernsten Wasserfahrzeuge der Welt in Aktion erleben, sofern Sie mitreisen, und dazu lade ich Sie herzlich ein. Und auch das unterscheidet den Bucentaur von der Titanic: Ich mache keinen Unterschied zwischen Arm und Reich, jeder kann mitfahren und sich überall auf dem Schiff aufhalten. Es gibt keine Klassenunterscheidung. Bekannte Schauspieler, viele Politiker, die extra anreisen, auch die Spieler des FC Bayern sind unter den Gästen. Aber ich habe für morgen auch alle Handwerker und Künstler eingeladen. Als ersten Betriebsausflug sozusagen, weil dieses Meisterwerk nun durch ihrer Hände Fleiß vollbracht ist.»

«Was ist mit Rettungsbooten?»

«Ein paar aufblasbare Gummiboote haben wir an Bord, aber die brauchen wir nicht.»

«Und Rettungswesten?»

«In allen Größen, doch auch die sind überflüssig, denn der Bucentaur sinkt nicht.»

«Das hieß es damals auch, und dann kam doch ein Eisberg daher.»

«Ich bitte Sie, jetzt im August? Das einzige Eis, das wir in der Gegend haben, ist feinstes Speiseeis der Marke Pieb. Wir verkaufen es auch an Bord. Und falls ein Passagier während der Fahrt aussteigen will, kann er bequem auf eines der Begleitschiffe wechseln, das war schon zu Ferdinand Marias Zeiten so. Der hatte ein Dutzend kleinere Schiffe um sich herum, eines für die Küche, eines für das Silber, eines für das Bier, eines für die Jagd, dazu haufenweise Gondeln und Einbäume. Sogar ein Toilettenschiff fuhr mit, doch dazu müssen sich meine Gäste nicht von der Reling runterbewegen, Sanitäranlagen haben wir selbstverständlich an Bord.»

Er lacht über seinen eigenen Witz und entblößt die etwas zu groß geratene makellose Gebissreihe wie ein Zahnpräparat. Danach wird er noch über den Fußball ausgequetscht. «Stimmt es, Herr Wunder, dass in Zukunft die großen FC-Spielertransfers auf Ihrem Partyschiff ausgehandelt werden?»

«Wo denken Sie hin, in erster Linie ist das Schiff zur Erholung konzipiert, alles andere wird sich zeigen.» Vom Aufstieg versteht er was, der Walter Wunder. Als gelernter Metzger hat er mit einer Würstlbude am FC-Spielfeldrand angefangen und ist dann hartnäckig immer näher an die Prominenz gerollt. Gegen eine Leberkässemmel zwischendurch hat auch der strengste Fitnesstrainer nichts, dabei kannst du dich nun mal besser entspannen als bei einem schnell runtergeschütteten Energydrink. Die Presse spricht ihn auf die Farbwahl an. Ich spitze die Ohren. «Lassen Sie sich überraschen, wir haben ja unsere Galionsfigur noch nicht enthüllt, die wird ...» Ich hätte gern weiter mitgehört, aber endlich klettert der Thierry aus dem Wasser und schüttelt sich ab. Dabei trifft er das Millionärstöchterchen, das immer noch auf der Mole sitzt, und bringt es zum Kreischen.

«Gschwind, Emma, hier, gib ihr was zum Abtrocknen.» Ich ziehe das Handtuch aus dem Rucksack und reiche es meiner Tochter. Emma rennt los. Das Wundermädchen nimmt das Abtrockangebot schniefend und triefend an. Thierry bemerkt von all dem nichts. Er stapft strahlend an den beiden vorbei, zu mir, und teilt mir wild gestikulierend sein Befinden mit.

«Oui, oui», sage ich. «Have you time that you can load up the door and the thing around the door, where the door ist inhang drin, you understand? Can you help me noch ein Mal?» Er nickt, und ich schnauf aus, stolz über meine Sprachakrobatik. Dabei war ich in der Schule in Englisch trotz Olympiadefernschauen eine Niete und hab mich nur mit Abschreiben durchgemogelt. Vor der mündlichen Englischprüfung habe ich Blut und Wasser geschwitzt. Prompt verstand ich kein Wort, was mich der Prüfer fragte, auf Englisch natürlich. Es nützte nichts, dass sich meine Klassenlehrerin hinter ihn stellte und mir mit Mundbewegungen und Handzeichen auf die Sprünge helfen wollte. Sie hat auf den Koffer vom Prüfer gedeutet, und ich hab gedacht, vielleicht fragt er mich irgendwas über eine Reise, wo ich am liebsten hinfahren würde. «Home, ja, I will be at home.» Aber er hat mich angesehen wie der Chiller, wenn ich ihm aus Versehen zwei Mal die gleiche Sorte Katzenfutter gebe.

Schließlich erklärte er es auf Deutsch. «Du sollst uns sagen, was du in deinen Koffer tun würdest, wenn du verreist, Nepomuk, das kann doch nicht so schwer sein.»

Ach so, warum nicht gleich. Also ja. Ich fing unten an. «Shoes, socks, also, one shoe, two shoes and one sock and noch, äh, two socks …» Was heißt Hose, kreizsakra? Und Hemd, zefix? Meine Lehrerin klatschte sich auf die Schenkel und spitzte die Lippen, doch ich kam nicht drauf. Sie zupfte an ihrer Jacke.

«Yes, jacket», posaunte ich raus. «And a hat.» Ich tippte mir auf den Kopf. Mehr fiel mir beim besten Willen nicht ein. Ich könnte mir noch ein Handtuch um den Hintern rumwickeln, einen auf Inder tun, da wird doch auch Englisch gesprochen, aber ein «Handlapp» verursachte Stirnrunzeln beim Prüfer. Er seufzte, als ich verstummte, und zog ein Buch aus einem Stapel der zurückgegebenen Zehnte-Klasse-Bücher. Nun sollte ich einen Lückentext ergänzen, das würde ich wohl noch zusammenkriegen, sagte er. Mir brach der Schweiß aus. Solche Hausaufgaben hat der Martin immer für mich erledigt, dafür lief ich an seiner Stelle hinter dem Kartoffelroder her und sammelte die Erdäpfel auf. Potatoes, pommes de terre, patatas. Wer einmal solche Mengen aufgeklaubt hat, dem brennt sich das Kartoffelwort in allen Sprachen ein. Doch der Text im letzten Kapitel vom Englischbuch beschrieb leider keine Farm, aber so genau wusste ich das nicht, weil ich schon die Überschrift nicht verstand. Ich drehte das Buch ins Licht, als würde ich mich sammeln, räusperte mich und sah mich schon als Einzigen ohne Mittlere Reife. Abgesehen davon, dass ich die Mama wahrscheinlich zum Weinen brachte, konnte ich dem Jäger Wolfi sein schiefes Grinsen nicht ertragen. Er, der dauernd englische Schlager hörte und versuchte, sie mit seiner Trompete nachzuspielen, beherrschte natürlich die Sprache, behauptete er zumindest. Er erklärte mir den tieferen Sinn von Liedern wie «Love me two times» von einer Gruppe, die Die Türen hieß, so viel verstand ich auch. Ich starrte auf die Seiten. In den Lücken waren ganz schwach noch die ausradierten Wörter zu lesen. Ich sah auf den Prüfer. War das ein Trick, eine Falle? Er hob die Hand wie ein Dirigent, der dem Geiger den ersten Ton entlocken will. Dann legte ich los, stammelte den Text runter, tat bei den Lücken so, als ob ich einige Sekunden überlegen müsste, dabei konnte ich jedes Wort wunderbar lesen. Am Ende klappte ich schnell das Buch zu und schob es unter den Stapel der gleich aussehenden zurück, nicht, dass der Prüfer mir doch noch draufkam.

Schalldichtkunst

«No water, please.» Ich deute auf dem Thierry seine nasse Badehose und seine triefenden Schultern, nicht, dass die Politur noch Flecken kriegt. Er versteht sofort, nestelt an seiner Badehose, hat wahrscheinlich keine zweite dabei. Also trocknet er sich nur ab und zieht sich ein T-Shirt über. Wenigstens das. Wir laden gemeinsam das zweiteilige Türfutter ab, hangeln uns erst mit der Falz- und als Nächstes mit der Zierverkleidung, also zwei Mal mit sperrigen Holzrahmen, durch die Leute. Und dann stolpert der Thierry auf der Treppe zum Oberdeck. Zack, haut er das Futter gegen das Geländer, ein Eck bricht aus der Zierkante heraus.

«Pardon!», sagt er und lächelt.

Dafür kann ich mir jetzt auch nichts kaufen. Kreizdeifi!

«Ja, der Muck ist da. Bist du etwa auch schon wach?» Der Gässler Udo begrüßt mich, während er an der Beleuchtung herumschraubt.

«Freilich. Ein paar Minuten bis zum Mittagschlaf überbrücke ich locker», entgegne ich. Überall in den Kabinen montiert der Gässler LED-Lampen, die wie brennende Kerzen wirken und das Prunkschiff auch nachts zum Leuchten bringen sollen. Sogar die Fassungen wurden extra umlackiert und den Themen der Salonräume angepasst. Paris, Venedig, New York und Wladiwostok. Dort werden die Lampen in Weiß, Blau, Rot und Gold wie die Lichter auf der Russki-Brücke strahlen. In der Mitte gibt es einen großen Wellnessbereich. Massage und Zehennägelschneiden,

Physiotherapie und Kosmetik, so was in der Art, und dort hat auch die Wunder Purzel ihren Bereich mit Laufsteg und Pipapo. Es gibt sogar einen Hundesalon. Wie der Herr, so sein Geplärr. Neben den Gaulen schlägt dem Wunder sein Herz für die treuen Vierbeinerchen. Die Parkettleger haben ebenfalls perfekte Arbeit geleistet. Auf dem Oberdeck, um den Springbrunnen herum, erstrahlt ein vielzackiger Stern, der an das Schloss dieses Sonnenkönigs in Versailles erinnert, den ich nur vom Hörensagen kenne und den der Wunder verehrt. Nun nageln sie noch die Sockelleisten überall an. Ja, der Buzi gleicht einem schwimmenden Palast. Für den Zutritt zum Chef seinem Privatgemach namens «Starnberg» bin ich zuständig. Direkt davor, im Speisesaal, bastelt der Gässler noch an dem riesigen Kristalllüster herum. Im Eingang zum Wunder-Kabinett passe ich zuerst das Türfutter ein, bevor ich die Flügel einhänge. Anfangs ist mir nicht ganz wohl dabei. Das Schiff schaukelt leicht, schwankt sogar manchmal stärker zur Seite, wenn wieder eine Ladung an Bord geht und für Übergewicht sorgt. Die Emma besucht mich. Dank ihrer Gabe, die Zukunft vorherzusehen, findet sie mich auch ohne Navi. Ich bräuchte eines, wenn ich sie in dem Gewühl suchen müsste. Sie trägt den großen Reiterhelm vom Wundermädchen auf den Kopf, wenigstens verletzt sie sich auf diese Weise nicht, falls sie durch einen Buziwackler wo dagegenschlägt.

«Die Beverly darf gleich in einen Reitstall.» Ach, stimmt. So wie die Berge in Amerika drüben, so heißt dem Chef seine Tochter. «Und du erlaubst es mir auch, Papa, ich weiß es.»

«Wo?», frage ich.

«Du musst ‹was› fragen, Papa, nicht ‹wo›», korrigiert sie mich.

«Ja, dann eben, was erlaube ich denn?»

«Dass ich mitdarf.» Dagegen kann ich nichts haben, wenn es schon im Voraus entschieden ist. «Ich rede mit der Beverly ihrem Vater noch», sage ich, um nicht ganz klein beizugeben.

«Zieh bitte eine Schwimmweste an. Hier geht's so zu, nicht, dass dich noch einer aus Versehen ins Wasser schubst.»

«Mir passiert nichts. Außerdem hab ich den Freischwimmer, hast du das vergessen?» Und sie zieht ihre kurze Hose am Bauch runter und zeigt mir das Abzeichen an ihrem Badeanzug, das ihr die Sophie vor Ferienbeginn draufgenäht hat. Das hab ich natürlich nicht vergessen, aber ein bisschen ängstlich bin ich dennoch. Hier in der Werft ist das Wasser zu tief für eine erst Fast-Viertklässlerin. Hinter ihr taucht die inzwischen wieder trockene Beverly auf, auf Emmas Seepferdchen reitend.

«Sie wollte unbedingt auch mal das mit dem halb Reiten und halb Rennen ausprobieren», erklärt die Emma. «Dafür darf ich ihren Helm ausleihen, genau so einen will ich auch, Papa, biiiiittteee.» Bevor ich was erwidern kann, zischen sie wieder halb reitend und halb hüpfend ab. Ich freu mich, dass die beiden sich gut verstehen. Der Franzos schäkert mit ein paar Cateringdamen, also ist auch er beschäftigt, und ich ignoriere weiter die leichte Übelkeit. Das Türfutter im Wasser ausrichten und verkeilen, das erfordert auf einem wackelnden Schiff vollste Konzentration. Normalerweise verwende ich Zargenschaum, aber hier, ganz exklusiv – für den Wunder ist das Beste gerade gut genug –, nehme ich Spezialdübel zur Befestigung, was noch mehr Fingerspitzengefühl verlangt. Wie ich das Türfutter fertig gesetzt und die Zierverkleidung aufgeleimt hab, schraube ich die Beschläge an. Zuletzt pappe ich noch das abgebrochene Kantenstück vom Thierry wieder auf. Hoffentlich sticht es nicht jedem gleich ins Auge. Dann pfeife ich den Franzos zum Finale meiner Arbeit her, dem Türflügelholen. Erst breiten wir Decken auf dem Parkett aus, bevor wir vorsichtig die massiven Türblätter mit dem Alpenpanorama darauf ablegen. Trommelwirbel, der aufregendste Moment steht bevor. Passen die Flügel, ohne zu streifen? Wir hängen sie ein, ich drehe noch ein bisschen was an den Bändern. Millimeterarbeit. Dann lasse ich die Türflügel auf- und zufallen. Tusch! Nichts kantet, nichts quietscht, butterweich bewegen sie sich, vor und zurück. Es ist vollbracht!

«Voilà.» Der Thierry tätschelt mir die Schulter, wir verstehen uns. Jetzt muss ich nur noch testen, ob die Tür auch exakt schließt. Doch bevor ich den Griff anschraube, deutet der Franzos auf seine Badehose, macht dann so eine Handbewegung, als wollte er die Luft durchschneiden. Ich kapiere nichts. Er zupft an der Schnur, die die nasse Hose halbwegs auf seinen Hüften hält, und da erkenne ich den Knoten, den er anscheinend nicht mehr aufbringt, und leihe ihm mein Taschenmesser. Er verschwindet in der Menge, sucht vermutlich die Klokabine, um sich umzuziehen. Ich gehe ins Kabinett und ziehe die Tür hinter mir zu, um den Raum auf schalldicht zu testen. Perfekt. Als hätte mich wer ins All katapultiert: Sämtliche Geräusche, Bohrer, Hammer, Befehle, Schritte, sind wie verschluckt. Kein Laut dringt herein, auch kein Rauschen oder Wasserplätschern, wenn die Wellen sich am Buzi brechen. Ich lasse einen Pfurz und horche, ob der Gässler vor der Tür sich beschwert. Nichts, keine Reaktion. Wie ich wieder rausgehen will, merke ich, dass ich die Tür zugezogen hab, ohne vorher den Griff dranzumontieren. Wie komme ich nun wieder ins Freie? Was tun? Ich stehe inmitten von Prunk, Protz und meiner eigenen Verpestung und bin in der Stille gefangen. Mein Werkzeugkasten steht draußen, nicht mal das Taschenmesser hab ich parat, das hat der Franzos. Mit irgendeinem Hilfsmittel könnte ich in das Vierkantloch greifen und die Schlossfalle auch so entriegeln, aber woher nehmen? Ich sehe mich um. Der breite Kirschholzschrank mit abgeschrägten Ecken, wuchtigen Kränzen und gedrechselten Füßen leuchtet mir frisch restauriert entgegen. Eine echte Antiquität aus dem

Barock, wie mir der Wunder stolz berichtet hat. Mit Windrosen verzierte Türen, die sich mit einem Drehknopf ohne Schlüssel öffnen lassen. Ich schaue hinein. Innen ist der Schrank grau und leer und muffelt leicht nach den Jahrhunderten. Ich wende mich dem wuchtigen Schreibtisch zu, der unter dem Lüster steht, und stelle mir vor, wie der Wunder hier Landkarten ausbreitet und seine Flotte in Miniatur hin und her schiebt. Aber noch liegt kein Manschgerl oder eine Kleinkanone herum, die in das Griffloch passen tät, um mir wieder in die Freiheit zu helfen. Ich finde auch keinen Kugelschreiber oder Brieföffner, wie ich an den Schubladen ruckele, was sonst nicht meine Art ist. Neugierig bin ich wirklich nur, wenn es gar nicht anders geht, ehrlich. Vergeblich, sie sind versperrt, und der Schlüssel ist nirgends zu finden. Ich krieche unter den Schreibtisch, taste die Platte von unten ab, ob er dort irgendwo klebt, und erfühle ein weiteres Fach. Ein auf einer extra Schiene eingefügtes Geheimfach, so was baue ich auch manchmal auf Kundenwunsch ein. Raffiniert. Vermutlich verwahrt er dort sowieso kein Schweizer Taschenmesser mit neunzehn Funktionen. Aber vielleicht einen goldenen Schraubenzieher, der mir weiterhelfen kann? Das Fach ist eindeutig nachträglich hier angebracht worden auf diesem altertümlichen Trumm. Ich reiße mir einen Hemdenknopf ab und drehe mit der dünnsten Seite des Hirschhorns die Schrauben auf, um die Metallschiene zu lösen. Dann kann ich das Fach abheben. Ein kleines, in dunkelgrünes Leder gebundenes Fotoalbum liegt darin. Will ich das wirklich wissen, wenn ich das jetzt aufblättere? Ich zögere, wichtiger ist es doch, mich aus meiner Notlage zu befreien. Der Wunder soll seine Geheimnisse für sich haben. Brav lege ich es zurück. Mit der Metallschiene kriege ich leider die Tür auch nicht auf, die ist zu dick und die Schrauben zu kurz. Unter dem Schreibtisch sitzend, sehe ich mich weiter um. Bleiben noch die Fenster, an denen klebt noch die blaue Schutzfolie, aber aufkriegen tust du die ja auch nicht. Das Kabinett soll ja nicht nur schall-, sondern vor allem wasserdicht sein. Ich kann doch jetzt nicht bis morgen oder sonst wann warten, bis der Wunder hier logieren mag? Aber zunächst einmal schraube ich die Geheimfachschienen wieder fest. Ich will schon das Fach einhängen, als ich doch schnell einen Blick in das Album hineinwerfe, aber wirklich nur einen oder höchstens zwei. Fotos von jungen Frauen. Sie posieren in ihrem schönsten Gewand, meist einem Dirndl, daneben kleben kurze Haarsträhnen mit Schleifen umwickelt auf den schwarzen Seiten. Sind das dem Wunder seine ganzen Liebschaften? Na, mir wäre das zu stressig. Ich fixiere das Fach samt Album nun endgültig wieder und krieche unter dem Schreibtisch raus.

Es hilft ja nichts. Ich poche an meine gerade eingebaute Tür, erst zaghaft, kurz darauf fester, schließlich dresche ich auf die Intarsien ein, dass die Bergspitzen nur so wackeln. Ja, hört mich denn keiner dadraußen? «Himmimamasakramentkreizsacklzementzefixherrschaftnoamoi!»

Musenschwarm

«Was fluchst du denn da drin so arg herum? Hast du dich etwa irgendwo im Spiegel gesehen?» Ich beuge mich zum Vierkantloch in der Flügeltür hinunter und sehe dem Gässler seine Kauöffnung. Ein paar Stumpen, von denen die hinteren mit funkelndem Metall renoviert wurden.

«Jetzt nimm den Griff, der oben auf dem Werkzeugkasten liegt, und setz ihn ein, damit ich rauskann, hurtig.»

«Was krieg ich, wenn ich's tu?»

«Das siehst du dann schon.»

«Oha, dann lass ich dich lieber drin, das ist mir zu gefährlich. Ich hab Frau und Kind zu Hause.» Er entfernt sich. Ja so was! Was mach ich bloß? Geschwind gehe ich durch, ob mir nicht doch noch was einfällt, wie ich mich befreien könnte. Ich brauche doch den Gässler nicht dazu, das wäre doch gelacht. Ich durchforste noch mal meine Hosentaschen, normalerweise hab ich immer jede Menge Zeug dabei, was ich beim Aufräumen finde, zu Hause und bei Kundschaften. Die wertvollen Sachen, wie Chihuahua, Goldkettchen, Porscheschlüssel und Elektrozigaretten gebe ich natürlich zurück, das Glump darf ich behalten. Doch abends, vor dem Zubettgehen, leeren sich die Taschen meist von selbst, wenn ich die Hose umgekehrt aufstelle. Heute finde ich nichts, mehr oder weniger. Nur ein gebrauchtes Schnäuztuch, ein Centstück, einige Staubfusseln und ein noch originalverpacktes Lutschgutti bringe ich zum Vorschein. Irgendwo muss ich doch noch einen Stummelbleistift haben, ich taste mir hinter die Ohren. Nichts, der muss abgefallen sein. Dann gehe ich noch mal die Taschen durch, haue von außen drauf, da ist doch was! Ich merk's, kratze in der Naht und kralle eine einzige Schraube hervor. Eine lange, eine Spax, sieben Zentimeter. Vielleicht geht es mit der. Ich fummele herum, rutsche aber immer wieder ab. Moment, das Bonbon zerkaut und um die Schraube gepappt! Yes, mit einigen Anläufen schaffe ich es tatsächlich, die Falle runterzudrücken. Die Tür schnappt auf.

«Da bist du ja wieder.» Empfängt mich der Gässler, auf der Leiter stehend, wo er seelenruhig am Lüster tüftelt. «Na, siehste, geht doch. Ich wollt schon die Polizei anrufen, dass sie dich rausholen, ich hab dich total schlecht verstanden da drin, nur diese Klopfzeichen. Doch ich weiß nicht, ob dich der Jäger Wolfi ein zweites Mal retten tät, ein bisschen musst du dich auch selbst anstrengen.» Ein paar Stunden hab ich den Jägermeister vergessen, und schon werde ich wieder an ihn erinnert. Wenn ich fies wäre, könnte ich dem Gässler einen Schubs geben, nur einen klitzekleinen. Jetzt, wo das Schiff sowieso wieder in Schieflage geht, würde es gar nicht auffallen, dass ich das war. Die Leiter kippelt schon, ich lege Hand an ... und halte sie, damit dem Gässler nur ja nichts passiert. Denn in diesem Moment kommt der Wunder mit seinem Schiffs*architekten* daher, dem Holzner Grische. Ich suche sofort eine Ähnlichkeit mit seiner schreckhaften Schwester von gestern, dem Fidl seine neue Gönnerin. Dem Grische seine Nase und der Schnauzer darunter kommen so ungefähr hin, doch. Die Arme ausgebreitet, balanciert der Doppel-Weh-Kapitän hinter ihm über das Deck. Ich wische mir den Schweiß von der Stirn und schüttele beiden die Hand. Der Chef fließt selbst halb davon, also merkt er es nicht, wie unser Händedruck glitscht. Hastig stelle ich mich vor die Zierverkleidung, damit er, dank dem Gässler seinen Strahlern, nicht die wieder aufgeleimte Stelle vom Thierry seinem Malheur sieht.

Doch er schiebt mich auf die Seite, baut sich vor der Tür auf und betrachtet sie ausgiebig. «Was für ein Meisterstück, Herr Halbritter.» Er kann sich gar nicht sattsehen.

«Papa, wann fahren wir endlich?» Die Beverly mit der Emma im Schlepptau haut ihrem Vater ihr Smartphone in die Seite, dass er husten muss. Für Kinder gibt es scheinbar unzerbrechliche Modelle.

«Gleich, Liebes, gleich.»

«Mummy hat bei mir angerufen, Daddy, du hast dein Handy wieder mal leise gestellt. Der Sokrates kotzt, und sie weiß nicht, was sie tun soll. Und die Diamond schaut auch schon so komisch.»

«Ach, ich hab ihr doch gesagt, Quark und Hühnchenfleisch, ausschließlich.» Er wischt sich über die Stirn. «Kannst du ihr das ausrichten, bitte? Die Hunde dürfen nichts anderes kriegen, das ist wichtig.»

Die Beverly nickt und tippt schon rasend schnell in ihre rosa Maschine. Wer weiß, wie viele Anschläge die pro Minute schafft. «Und, fahren wir jetzt?»

«So hab doch etwas Geduld, Süße. Ich muss vorher noch ein bisschen was erledigen. Du hast es doch versprochen.»

«Aber du auch.» Sie stapft mit dem Reitstiefel auf und schiebt die Unterlippe vor. Wunder bückt sich zu ihr runter, wuschelt ihr durch die Haare, sie schlägt seine Hand weg. Dabei rutscht ihm das Hemd aus der edlen Anzughose und gibt ein bisschen nackte, weiße Haut oberhalb des Gürtels preis. Er hat eine kleine Narbe über den Pobacken. Sieht aus, als hätte ihn dort mal ein Anglerhaken erwischt. Gequält lächelnd wendet er sich wieder um und stopft sich das Hemd in die Hose. «Kinder und Hunde haben ihren eigenen Belli.» Er klopft sich auf den fast kahlen

Schädel. «Aber was erzähle ich Ihnen, Herr Halbritter? Ich hab der Bevi ein Pferd versprochen, unter der Bedingung, dass sie bis zum Bauende vom Bucentaur brav ist.» Wenn das die Emma hört, ich dachte, sie fahren zum Pferde*streicheln* auf irgendeinen Hof. Hoffentlich bedauert sie es jetzt nicht, dass sie nur in eine Halbritter-Halbbauernfamilie hineingeboren ist und nicht in eine Wundersippschaft. «Papa, Emma nehmen wir auch mit», bestimmt die Beverly, sie fragt erst gar nicht. «Sie übernachtet dann gleich bei mir, wir müssen alles für mein Pferd herrichten und ...» Jetzt kommt die Beverly kaum noch nach mit dem Luftholen.

Wunder drückt sie an sich und tätschelt ihr das Steppwestchen. «Von mir aus. Wenn der Herr Halbritter einverstanden ist?»

Was soll ich dagegen haben, Emmas Blick ist zum Steinerweichen. Ich frage mich nur, ob sie wieder zurück nach Hause zu unserem Hof findet, wo kein echter Gaul und Samt und Seide auf sie warten. Emma gibt mir das Seepferdchen, klar, das ist jetzt überflüssig. Wenigstens hat sie den Kohl, ihr Stoffschaf, dabei, ein Ohr von ihm schaut aus ihrem kleinen grünen Rucksack raus, der eine Klappe mit Froschgesicht hat. «Und deine Übernachtungssachen, brauchst du die nicht? Nachthemd, Zahnbürste?»

«Sie kriegt von mir ein Nachthemd, sie darf sich eins aussuchen», sagt das Wundermädchen. «Ich habe Emma schon die neue Kollektion gezeigt, in Mummys Schrankzimmer auf dem Schiff. Für mich haben sie extra die gleichen Kleider in Kleiner genäht. Und neue elektrische Zahnbürsten haben wir auch in allen Farben und Stärken, seit Daddy einen Vertrag mit ...»

«Ist schon gut, Bevi.» Wunder unterbricht sie, bevor sie den neuen Werbepartner ausplaudert. «Geht schon mal zum Auto.» Er gibt ihnen den Schlüssel mit dem Stern drauf. Emma umschlingt meinen Hals, drückt mir ein Bussi auf die Wange und flüstert mir ins Ohr: «Thierry ist doch bei dir, Papa, du bist nicht allein.» Und die beiden springen weg.

«Die Techniker vom Ruderwerk wären jetzt so weit, Herr Wunder.» Der Holzner macht einen Kratzfuß, als er seinem Chef das steckt.

«Na, dann sehen wir uns das doch an. Machen Sie es gut, Herr Halbritter, und wirklich eine feine Arbeit, meine Hochachtung.» Der Wunder verabschiedet sich.

«Ich hol dann die Emma morgen so um neun, rechtzeitig vor der Jungfernfahrt, wenn es recht ist», rufe ich ihm nach. Er folgt dem Holzner und wedelt mit der Hand, ohne sich noch einmal umzudrehen, was ich als ein Ja auslege.

Danach trage ich das Werkzeug auf das Oberdeck und schaue meiner Tochter von der Reling aus nach, wie sie mit dem Wunder'schen Familienpanzer abdampft. Als ich zum Tiger gehe, ruft mich eine Frau von weitem zu sich. Sie steht hinter dem geschlossenen Yachtclubtor. «Herr Halbritter?» Ich laufe hin. Das ist doch diese Irmi von gestern, welch Zufall.

«Hätten Sie ein paar Minuten für mich?» Sie winkt mich heran. «Grüß Gott. Ich hab gehofft, Sie hier zu treffen. Irmela Wimmer, Sie erinnern sich?»

«Natürlich, Frau Wimmer, Sie sind die Schwester vom Holzner Grische.» Wieder dieser Schnurrbart, der Chiller und sie hätten bestimmt einen guten Draht zueinander. «Ist doch sensationell, was Ihr Bruder hier gebaut hat, finden Sie nicht?»

«Es interessiert mich nicht, was der treibt. Ich bin wegen Ihnen hergekommen.» Das war eindeutig, der Graben zwischen den Geschwistern wirkt unüberwindbar.

«Der Fidelius hat mir gesagt, wo ich Sie finden kann.»

«Ach, sind Sie mit meinem Schwiegervater hier?» Unter den vielen Leuten hab ich ihn noch gar nicht entdeckt. Ich spähe auf den Platz, sein Daimler parkt nirgends.

«Naa, ich bin von der S-Bahn aus hierherspaziert.»

«Es tut mir leid, dass ich Sie gestern erschreckt hab.» Wenigstens will ich, dass sie sich mit dem Fidl wieder versöhnt. Das könnte ich mir nie verzeihen, wo er doch solch große Hoffnung in sie setzt.

«Keine Sorge, es ist alles in Ordnung. Der Fidelius hat heute bei mir übernachtet und ist ganz zeitig hergefahren, um seine Malereien auf dem Schiff zu beenden. Sie wissen ja, dass er wie alle großen Künstler den Trubel scheut. Er wollte fertig sein, bevor die anderen aufkreuzen. Danach ist er gleich auf Motivsuche in die Berge gefahren. Er sprudelt nur so vor Ideen, nennt mich seine Muse, also nicht nur, weil ich in einem Muse-um arbeite.» Sie lacht. «Ich scheine ihn wirklich zu inspirieren, so eine Energie hat er schon lange nicht mehr gehabt, sagt er.»

Sie blüht richtig auf, trommelt auf das Chromtor, als würde sie sich selbst applaudieren. «Ich arbeite nun schon einige Jahre als Kuratorin, aber Kunstwerke vom ersten Pinselstrich an, ja, sogar noch früher, im gedanklichen Entstehen mitzukriegen, das ist auch für mich etwas ganz Besonderes. Einmalig.»

«Aha.» Einerseits freut es mich, dass mein Schwiegervater wieder Auftrieb hat, vor kurzem stand sein Leben noch auf der Kippe, als sein Herz die letzten Zuckerer zu machen schien. Andererseits will ich gar nicht so genau wissen, wer ihm jetzt wieder eine Vergötterte spielt. Das ist mir irgendwie zu intim und geht über meine Schmerzgrenze hinaus. Doch sie hört mit der Schwärmerei gar nicht mehr auf, warum sagt sie mir das alles?

«Ach, der Fidelius ist so ein lieber Mensch, so sanft und freundlich, wie ich es selten bei einem Mann erlebt hab.» Na, dann darf sie sich bei ihm noch auf was gefasst machen, wenn dem Fidl die Zigaretten oder das Bier ausgehen. Dann wird sie ihn die längste Zeit beim vollständigen Vornamen genannt haben. Aber ich werde mich hüten und mich in seine Liebesgeschichten einmischen.

«Er malt und malt, gestern hat er mich noch als Akt skizziert.»

Auweh, ich ziehe die Luft durch die Zähne. Was muss ich mir noch anhören?

«Er schuftet für die Ausstellung, die hat er auch bald zusammen, wenn er so weitermacht. Halte ich Sie auf, oder haben Sie ein paar Minuten für mich?»

«Äh?» Anscheinend zählt die Zeit, in der ich mir, an das Yachtclubtor gelehnt, ihren Lobgesang angehört hab, nicht. Jetzt kommt erst das Eigentliche. Auwehzwick. Ich sehe mich nach einer Fluchtmöglichkeit um. Muss ich nicht plötzlich doch noch was schleppen, reparieren oder jemandem irgendwas helfen? Ich wende mich um. Nichts, wie durch Zauberei neigen sich auch die anderen Arbeiten auf dem Schiff ihrem Ende zu, und viele meiner Kollegen räumen bereits zusammen. Ich wollte auch nur noch den Franzos einpacken, damit mir der nicht abhandenkommt, bis die Sophie in ein paar Tagen wiederkehrt. «Passt schon», sage ich und ergebe mich meinem Schicksal, komme, was wolle.

«Vor längerem hab ich mir eine neue Arbeitsplatte für meine Küche gekauft und bräuchte wen, der sie mir auswechselt.»

«Ach so, um einen Schreinerauftrag geht es.» Ich atme auf. «Warum sagen Sie das nicht gleich. Gern. Wann passt es Ihnen denn, dann komm ich vorbei.»

«Sehr gut, die Platte steht schon eine Weile in der Garage, sie hat noch keinen Ausschnitt für die Spüle und den Herd.»

«Kein Problem. Ich seh sie mir an.»

«Wunderbar. Wie wäre es mit Montag, also übermorgen, oder ist das zu kurzfristig? So um elf Uhr?»

Ich rattere meinen inneren Terminkalender durch, momentan blinkt da nichts dringend anderes auf. Die Sophie kehrt erst am Dienstag zurück, und bei dem holzstichigen Bene kommt es auf ein oder zwei Wurmlöcher mehr nicht mehr an. Mähen muss ich noch, doch die Sieben-Tage-Wettervorhersage vom bayerischen Teletext sagt Regen für Anfang der Woche. «In Ordnung. Bahnhofstraße dreizehn, im Kurhaus, stimmt's?»

«Richtig, Sie sind ein Fuchs. Und entschuldigen Sie noch mal, dass ich gestern einfach ohne Gruß vom Atelier fort bin, aber ich kann es erklären.» Auf einmal zögert sie. Vielleicht sollten wir zuerst die eiserne Mauer zwischen uns überwinden? «Wollen Sie reinkommen?», schlage ich vor und drücke auf den automatischen Türöffner. Das Chromtürchen neben dem Tor springt auf.

«Naa, ich bleib lieber draußen.» Frau Wimmer weicht zurück. Anscheinend will sie auf gar keinen Fall den Wirkkreis ihres Bruders betreten.

Das Schreinergelübde

Aber dort drüben können wir uns hinsetzen, wie wäre es?» Sie zeigt auf die riesigen Eichenstempen, die auf der anderen Straßenseite zu einer Art Planschbecken im Hof von unserem asiatisch anmutenden Landratsamt führen. Ich wusste nicht, dass die eine Bank darstellen, eine Art Kneippkur zum Draufklettern vielleicht? Doch die Wimmer Irmi lotst mich zum Jugendamt, das am Rand des Wasserbeckens in einem unauffälligen Container untergebracht ist. Mei, in einem der reichsten Landkreise Bayerns sind die Villen halt anderweitig vergeben, und in den ausgeklügelten Büroräumen des Hauptgebäudes werden erst Probleme ab achtzehn Jahren behandelt. Neben dem Containereingang liegt ein Baumstamm, der vielleicht von den Wasserkunstwerken übrig geblieben ist. Wir setzen uns. Es dauert ein Weilchen, bis sich die Irmi zurechtgezupft hat, erst die Frisur, dann den Rock über den übereinandergeschlagenen Beinen, zuletzt zwirbelt sie noch die Härchen auf der Oberlippe in Form. «Wie soll ich anfangen», druckst sie herum.

«Keine Angst. Der Pfarrer, der Apotheker und auch der Schreiner haben Schweigepflicht», erkläre ich ihr. «Also nur zu.»

«Tatsächlich?»

Ich nicke. «Und außerdem heiß ich mit vollem Namen Nepomuk, nach dem Heiligen, der sogar unter der Folter das Beichtgeheimnis gewahrt hat. Meine Eltern werden mich nicht grundlos so genannt haben.»

«Also gut.» Sie rafft sich auf. «Ich bin einfach so erschrocken, gestern, als ich das mit den Knochen in dem Turm gehört hab. Nicht, dass Sie denken, ich wäre zartbesaitet. Ich hab sogar eine Ausbildung als Krankenschwester angefangen, bevor ich mich doch noch für ein Studium in Kunstgeschichte entschieden hab, ich ertrage so einiges. Mir war nur schlagartig klar, dass sie aufgetaucht ist.»

«Sie?»

«Meine Jugendfreundin, die bis heute verschollen war. Und dann hat Ihre Tochter noch dieses Armband um.»

«Ein Armband? Die Emma trägt immer irgendwelchen selbstgebastelten Glitzerschmuck, aber an ihrem Handgelenk ist mir nichts aufgefallen. Gestern hat sie einen Plastikring gefunden, soviel ich weiß. Und um den Hals trägt sie ein Kettchen, mit irgendeinem Anhänger dran, ich hab nicht so genau hingesehen.»

«Genau, das meine ich. Ein Skorpion, er hängt an einem Armband, das Ihre Tochter als Kette trägt, denn am Arm wäre es ihr deutlich zu weit. Ihr Sternzeichen in Silber, das hab ich meiner Freundin Luise Metzger, die sehr kräftige Handgelenke hatte, zum achtzehnten Geburtstag geschenkt.» Redet sie tatsächlich von dem Schmuckteil, das die Emma im Turm gefunden hat? Ich hab mir nichts dabei gedacht, weil es wie aus einem Überraschungsei wirkte, und auf den Anhänger hab ich nicht geachtet. Luise Metzger, Luise Metzger. Hastig durchstöbere ich mein privates Einwohnermeldeamt und erwische in meinem Hirn sogar den alten Egon, meinen kompetenten, wenn auch etwas mit Spinnweben überdeckten Mitarbeiter, der mir verdammt ähnlich sieht. Er reicht mir nach einigem Wühlen in den staubigen Blätterstapeln eine Notiz.

«Meinen Sie etwa die vor Jahren verschwundene Kugelstoßerin, die ältere Schwester vom Bäcker Metzger?», frage ich. Ich kenne die Geschichte nur vom Hörensagen. Ein Kaliber von Frau muss die gewesen sein, der jeder Mann und jedermann aus dem Weg ging. Hände wie Schraubzwingen und Schultern, so breit, dass sie seitlich durch eine Tür gehen musste. So hab ich es als Bub auf dem Gepäckträger hockend aufgeschnappt, während meine Mama vom Radl abstieg und jemanden aus dem Dorf über das Bäcker-Metzger-Drama ausquetschte, das in meiner Kindheit oft Gesprächsthema war. Die Spekulationen darüber wollten und wollten nicht abreißen. Meine Mama hielt den Lenker mit den vielen Einkaufstaschen, ich klammerte mich an den Sattel und balancierte hinten, tippte mit einem Schuh ab und zu auf den Boden, wenn die Mama vor lauter Staunen vergaß, dass ich noch da war. So speicherte ich mir, ob ich wollte oder nicht – was hätte ich auch sonst tun sollen, außer zu warten und zuzuhören –, all das Gehörte ab, was ich jetzt mit Hilfe vom alten Egon abrufen kann.

Die Irmi nickt. «Ja, die Luise durfte trotz ihres Talents nicht bei den Olympischen Spielen antreten, 1972. Dabei war ihr ganzer Körper auf diesen Sport ausgerichtet. Kleiner Kopf, breiter Hals, Oberarme wie Maßkrüge. Viele dachten, dass sie sich deswegen umgebracht hat, aus Enttäuschung, nicht zugelassen worden zu sein. Aber so war es nicht. Sie hatte übrigens eine Zahnkrone unten rechts.»

«Sie spielen auf die Knochen im Turm an? Die sollen doch von der Sisi ihrer Schwester stammen.» Ich tu mal so, als ob ich mir noch keine Gedanken gemacht hätte.

«Glauben Sie etwa den Mist, den die eine Zeitung von der anderen abschreibt? Mein Mann war Professor für bayerische Geschichte an der Uni München, wir horten alles über die Wittelsbacher zu Hause. Man braucht doch nur die Eckdaten nachzuschlagen. Das kann keine Schwester von der Sisi sein. Von ihren vier Schwestern, Helene, Marie, Mathilde und Sophie, starb nur Sophie eines unnatürlichen Todes. Sie kam bei einem Brand in Paris ums Leben, als sie sich versichern wollte, dass alle anderen aus dem Gebäude in Sicherheit waren. Keine der vier ist spurlos verschwunden, und für die Existenz einer Zwillingsschwester gibt es keinerlei Hinweise.» Sie lehnt sich zu mir und flüstert mir ins Ohr. Ihr Atem riecht säuerlich, ich tippe auf Weinschorle mit ganz wenig Wasser. «Das war doch nur eine Zeitungsente, ein typisches Aufbauschen, um das Sommerloch zu stopfen. Dann durchforsten die Journalisten ihre Archive und graben irgendwelches Zeug aus, was mal einer in einem Leserbrief an die Redaktion geschrieben hat.» Endlich benennt sie das, was ich mir denke. Ich bin der ehemaligen Holzner Irmi echt dankbar. Trotzdem muss ich nachhaken. «Nur weil die Emma dieses Band oder Kettchen im Turm gefunden hat, muss die Luise doch nicht tot sein. Wer weiß, zu wem die Knochen wirklich gehören? Schauen Sie, mein Vater ist auch verschwunden, sein Radl lag in einem anderen Sisi-Turm, trotzdem lebt er vielleicht noch.»

«Da hab ich leider keine Hoffnung mehr, Herr Halbritter.»

Meint sie das jetzt in Bezug auf meinen Vater oder auf ihre vermisste Freundin? Doch sie erklärt es nicht weiter. «Bitte finden Sie für mich heraus, was mit der Luise damals passiert ist und wer ihr das angetan hat, ja?»

«Ich?» Schon schmelze ich halb dahin. War das ein Hilferuf? Es klang fast so. «Wieso ich? Ich bin Schreiner und Landwirt, kein Detektiv. Ich versteh nichts von einer Ermittlung. Da müssen Sie sich an meine Frau wenden. Die Sophie ist gerade auf Fortbildung, aber nächste Woche, wenn sie wieder zurück ist, rufen Sie sie am besten mal an, oder ich richte es ihr aus.»

«Die polizeiliche Ermittlung wird zwar etwas zum Vorschein bringen. Knochenanalyse, DNA und alles. Aber selbst wenn sie herausfinden, dass es die Luise ist, kümmert sich doch vermutlich keiner so richtig. Sie sehen ja, was jetzt schon für ein Schmarrn in der Zeitung steht. Was interessiert die Leute schon die Wahrheit, die wollen Sensationen wie diese Bucentaurnachbildung.» Sie rümpft verächtlich die Nase. «Und außerdem wissen wir beide, wie das in einem Dorf funktioniert, gerade bei den Pöckingern: Wenn die nicht reden wollen, sagen die auch nichts, schon gar nicht der Polizei. Manche Geheimnisse bleiben fünfhundert oder mehr Jahre geheim, wenn nicht ein Insider wie Sie mal daran rüttelt und sich richtig kümmert. Der Fidelius hat mir von dem Fall mit dem Hendlmann erzählt, wie pfundig Sie den gelöst haben.»

«Na ja, ganz allein war ich daran nicht beteiligt.»

«Nicht so bescheiden, Herr Halbritter. Wollen wir uns duzen? Ich bin die Irmi.» Sie gibt mir die Hand.

«Von mir aus, ich bin der Muck.»

«Sag, verstehst du, was ich meine? Du kennst die Leute im Dorf und weißt, wie sie wirklich sind. Jeder verstellt sich, wenn er es mit der Kripo zu tun kriegt. Nichts gegen deine Frau, sie hat vielleicht spezielle Methoden, doch sie ist nicht in Pöcking geboren. Nur du kannst den Einheimischen die Wahrheit entlocken.»

Ich kratze mich an den Ohren, dann an den Haaren, plötzlich beißt mich die ganze Kopfhaut. Sauber eingewickelt hat sie mich, die Irmi, mit einem vorgeschobenen Schreinerauftrag, und erst wie ich zugesagt hab, ihren eigentlichen Wunsch ausgepackt. Was soll ich machen? Wenn's ums Helfen geht, bin ich hilflos. «Verdächtigst du schon gezielt wen?»

Sie nickt.

«Und wen?» Irgendwo muss ich anfangen, warum nicht gleich mit dem Täter. Dann wäre die Angelegenheit sofort abgehakt.

«Jeden.»

«Wie jetzt, jeden? Jeden im Landkreis, in Bayern oder in der Welt? Ist das nicht ein bisschen viel?»

«Jeden aus meiner Generation», schränkt sie ein. «Seit Jahren gehe ich alle Möglichkeiten durch, hab anfangs jeden über fünfundzwanzig überprüft. Als ich älter wurde, alle über dreißig, dann vierzig und jetzt die über Fünfzigjährigen und mehr. Ob wer der Luise was angetan haben könnte, frag ich mich. Ehrlich gesagt, war ich deswegen auch schon in Therapie. Es gibt die dunklen und die hellen Stunden in mir. In den dunklen trau ich mich kaum vor die Haustür. Hinter jeder Hausecke, ob Feldafing, Pöcking oder Bernried, seh ich den Mörder, der mir als Nächstes auflauert. Und wenn es mir wieder bessergeht, versuche ich, mir einzureden, dass die Luise wirklich nur mit einem der letzten GIs aus der Maxhofkaserne nach Hawaii gegangen ist.»

«Bei uns waren damals doch keine amerikanischen Soldaten stationiert. Die Kaserne haben sie doch erst Ende der fünfziger Jahre gebaut.»

«Da siehst du's, ich hab mich an jede auch noch so unwahrscheinliche Möglichkeit geklammert. Die Luise hat immer von Hawaii geträumt, aber ihre Eltern hätten sie nie so weit fortgelassen. Sandstrand, das permanent aufdringlich schöne Wetter, fettes Essen, dass man noch wochenlang Sodbrennen hat. Ich war dort, im Honolulu-Paradies, da ist mir, ehrlich gesagt, das Possenhofener lieber. Einen bayerischen Menschen kannst du nicht versetzen wie eine Kartoffel, der braucht Abwechslung, immer im gleich warmen Wasser unter der gleich heißen Sonne, das bekommt ihm nicht. Mein verstorbener Mann war die Ausnahme. Er konnte nicht weit genug weg von Traugolfing sein.»

«Wo liegt das denn?»

«Eben, das kennt keiner. Ich danke dir, Muck, du hast mich

mit deinem Knochenfund gerettet. Die Luise wäre nie ohne ein Wort, einen Abschiedsbrief, einfach abgehauen. Dass sie längst tot ist, hab ich irgendwie gespürt. Also, was sagst du? Forschst du ein bisschen für mich? Zu deinem normalen Schreinerstundenlohn. Die einzige Bedingung, die ich stelle, ist, dass es unter uns bleibt.» Sie stockt.

Und ich begreife, in welche Zwickmühle ich mich mit meinem Schreinergelübde gebracht hab. «Du verlangst, dass ich meiner Frau nichts davon sag? Selbst wenn es um ein Verbrechen geht? Ausgeschlossen.»

Sie sieht mich durchdringend an. «Wie war das mit dem heiligen Nepomuk und der Folter?»

«Ich bin verheiratet. Das genügt.»

«Also, wenn du es deiner Frau sagen darfst, heißt das dann, du nimmst den Auftrag an?»

«Die Küchenarbeitsplatte, klar, die bau ich dir ein.»

Sie schmunzelt. «Danke, Muck, aber das ist nicht alles. Schau, wenn einer etwas rausfindet, dann du. Auch mich hast du zum Reden gebracht», ergänzt sie, als sie meine Verblüffung bemerkt. «Niemand weiß von meinen Verdächtigungen, du bist der Erste, abgesehen vom Rinaldo, meinem Therapeuten, dem ich davon erzähl. Ich bitte dich, hilf mir!» Deutlicher geht es nicht! Ich fließe dahin wie der Isarkanal bei Hochwasser.

Diridarieinsamkeit
10.

*N*achdem ich zum Bucentaurstadl zurückgegangen bin und den Thierry von den Catering-Ringerinnen losgerissen hab, die ihn gerade mit Probehäppchen füttern, packe ich ihn und mein Werkzeug auf den Tiger. «Was it fine with the cooking girls?» Ich glühe den Traktor vor. Der Franzos grinst und erklärt mir einiges, was der Tiger übertönt, als er anspringt.

«What? Can you say it no einmal please? More louder, when it goes.»

«Schämirötitüsäblöfammetübelsaschasaworestatdemäoschurdwi.»

«Jaja. Ach so, wirklich? Fein, äh, fine.» Auf der Fahrt zurück nach Pöcking unterhalten wir uns prima, bis wir in unsere Straße einbiegen. Auf unseren Hof schaffe ich es nicht, weil die Frau Dengler wieder quer vor meiner Einfahrt geparkt hat. Ich hab es meiner Nachbarin, die erst seit drei Monaten hier wohnt, schon ein paar Mal gesagt. Auf meine unnachahmlich gleichbleibend freundliche Art. Nutzt nichts. Sie brezelt ihr Gefährt weiterhin auf meine Wiese oder stellt sich so in die Straße, dass ich mit Traktor und Anhänger nicht vorbeikomme, geschweige denn wenden kann, ohne das von ihr wie der eigene Augapfel gehätschelte Buntlack-Goggal zu streifen, denn dann wäre das Gekreische groß. Neuerdings hängt auch noch ein Schild an ihrem Zaun: Ferienwohnungen. Nicht auszumalen, wenn ihre Gäste auch noch alle hier parken. Ich steige ab, lasse den Tiger laufen und klingele bei ihr. Nach einiger Zeit öffnet sie, mit der Kaffeetasse in der Hand. Höflich bitte ich sie wegzufahren. Prompt schimpft sie los.

«Alle bedrohen mich, jetzt auch noch Sie, Herr Halbritter. Das hätt ich nicht von Ihnen, gerade von Ihnen, gedacht. Ausgerechnet Sie mit Ihrem psychosozialen Hintergrund.» Ich drehe mich um, sehe aber nur den altbekannten, sehr vertrauten, ja heimeligen Hintergrund. Haus, Hof, Wiese. Nix Psychodingsda.

«Ihnen fehlt ein Knopf.» Sie zeigt auf mein Hemd und plappert weiter: «Ich versteh gar nicht, was ich getan haben soll?»

«Sie parken in meiner Einfahrt, und ich kann nicht durch, Frau Dengler», wiederhole ich geduldig wie ein Lehrer bei einem Deutschdiktat.

«Wenn das so weitergeht, dann verkauf ich mein Haus, und ich weiß auch schon, an wen.» Sie fuchtelt mir mit dem Kaffeelöffel gefährlich nahe vor den Augen herum und sieht mich an, als wäre ich in einem Fernsehquiz kurz vor der Millionenabsacke. Ich reagiere nicht, aber auch ohne dass ich einen Telefonjoker anrufen muss, hilft sie mir auf die Sprünge: «Ich sag's Ihnen, ich verkauf alles an den Russen, das haben Sie dann davon. Bei dem finden Sie schon noch Ihren Lehrmeister.»

«Machen Sie, was Sie wollen, das ist mir gleich. Hauptsache, Sie fahren jetzt sofort weg, damit ich durchkomm.»

«Reden Sie nicht so mit mir, sonst muss ich noch die Polizei holen, ich kenn da wen auf der Starnberger Inspektion.»

«Und ich mindestens zwei, und auf die möchte ich jetzt nicht auch noch warten, ich will einfach nur heim», sage ich.

Irgendwie scheine ich ihr den Wind aus den Segeln zu nehmen, sie nippt an ihrem Gebräu, stellt die Tasse wieder auf dem Unterteller ab. «Wirklich interessant, Herr Halbritter, Ihre Art, von der mentalen Seite her.»

«Ja, so eine Seite hab ich auch.» Ich klopfe auf mein Hinterteil. «Rechts oder links oder in der Mitte quer durch, das können Sie sich aussuchen.»

«Frech, frech, na warten Sie, das hat Folgen.» Sie knallt die Tür zu. Ich trabe zum Tiger zurück. Immer noch auf dem Beifahrersitz hockend, fragt mich der Franzos was, ich zucke doppeldeutig mit den Schultern. Einmal verstehe ich ihn nicht, und zweitens weiß ich nicht, ob die Frau Dengler jetzt tut, was ich verlange. Da hopst der Thierry vom Tigerrad und klingelt bei ihr. Sie öffnet, und ich höre ihn mit ihr reden. Kurz darauf stapft sie mit dem Schlüsselbund in der Hand wirklich zu ihrer Blechhaube, rangiert raus und stellt sich beim nächsten Nachbarn vor die Haustür. Von mir aus. Soll sich der mit ihr plagen.

«What have you say to this wife?», frage ich den Thierry, der für die letzten Meter wieder aufsitzt.

«Ellewoatüreischineujütütüquönöterötüaschantuinosikerewu.»

Abends sortiere ich gedanklich meinen neuen Auftrag. Ganz ohne Holz und Heu, rein mit Herz und Hirn soll ich auf den Spuren der Luise Metzger eine Schlussfolgerung nach der anderen aufeinanderleimen? Beim Melken, beim Zaunumstellen, in den wiederkäuenden Gesichtern meiner Tiere suche ich Zuspruch. Ich weiß nicht, wie ich das vor der Welt, vor allem aber vor der Sophie rechtfertigen soll. Ich bin doch kein Detektiv! Bei dem Fall mit dem Hendlmann, im Frühjahr, hab ich zwar mitgeholfen, ja, das trifft es, geholfen hab ich. Gelöst hat sie es aber, mehr oder weniger. Wir sind halt ein Familienteam. Wie jetzt auch mit der Emma, ohne unsere Tochter keine Knochen. Soll ich die Sophie also bitten, dass wir zusammenarbeiten, ich als Hilfssheriff bei der Kripo Fürstenfeldbruck? Oder als Praktikant? Bis ich die Latte-Macchiato-

Gläser in die Büros balanciert hab, hat schon wer anderes den Skelettfall gelöst, womöglich doch noch der Jäger Wolfi. Als die Arbeiten draußen erledigt sind und ich im Haus weitermache, rotiert mein Hirn im Kastl weiter, doch bei dem Lärm aus dem Wohnzimmer kann ich erst recht keinen klaren Gedanken fassen. Gleich nach unserer Ankunft hat sich der Thierry aufs Sofa und dann aufs Ohr gehauen. Er schnarcht, was unsere Polster aushalten, anscheinend ganz erschöpft vom Flirten und Baden. Ich überlege, ob ich mir die Ohren mit Schafwolle ausstopfen soll und von welchem Tier die Wolle am dichtesten ist. Ich wäge zwischen dem Merino Landschaf und dem Schweizer Alpenschaf ab, also der Merina oder der Rübli, die sich beide in ein kurzes, aber festes Kraushaar kleiden. Ich entscheide mich für die Rübli und hoffe, dass ich mir ein paar Gramm außer der Reihe auskämmen darf, doch dann drehe ich auf halbem Weg um, denn mir fällt ein, dass ich mit einem derartigen Lärmschutz auch das Telefon nicht mehr höre. Was, wenn wer von meinen Liebsten, ob Sophie, Emil oder Emma, anruft? Und wirklich, kaum schlüpfe ich aus den Gummistiefeln, klingelt es. Schade, keine Sophiezuckerstimme erwartet mich, rau und tief brummt der Walter Wunder in den Hörer. Ist was mit der Emma? Hat sie sich das mit dem Übernachten noch mal anders überlegt? Ich stelle mich drauf ein, sie abzuholen.

Doch er sagt: «Also, die Tür ist spitze, ich muss es Ihnen noch mal sagen. Großes Kompliment, eine feine Einlegearbeit. Ich spüre überhaupt keine Übergänge zwischen den Hölzern, und doch wirkt das Motiv so plastisch, als könnte ich in die Felskanten reingreifen und mich auf die Gipfel hochziehen. Eine Pracht, wirklich.» Ich winde mich auf der Treppe, bei so was werde ich immer ganz verlegen, noch dazu hört er mit der Lobhudelei gar nicht mehr auf. Ungeduldig harre ich auf das Ende – oder auf das, was danach kommt, denn das kann doch nicht der alleinige Grund für seinen Anruf sein. Wenn er bei jedem, der beim Schiffsbau mitgeholfen hat, noch mal persönlich anruft, fährt der Buzi morgen ohne ihn ab.

Aber dann ist er fertig und sagt: «In meinen Häusern und natürlich auf meinen anderen Schiffen gibt es ständig irgendwelche Holzarbeiten, die ich gerne von einem Fachmann, wie Sie einer sind, erledigt haben möchte. Wie wäre es, wenn Sie ausschließlich für mich arbeiten? Sie könnten überall nach dem Rechten sehen und reparieren, was so anfällt. Mal wackelt ein Stuhl, dann klemmt der Kühlschrank. Meine Frau braucht auf dem Bucentaur auch noch weitere Fächer in ihrem begehbaren Kleiderschrank, aber das hat bis nach der Jungfernfahrt Zeit. Solange bleiben ihre Sachen noch in der Schachtel. Dringender sind neue Vorhangstangen in unserem Louis-Quatorze-Salon mit so Ablagen für Purzels Pokale und die Hundezüchterplaketten.» Was für Pokale, frage ich mich, etwa fürs Stelzenspazieren auf dem Laufsteg?

Er redet weiter: «Dann gehört in unserem Bootshaus das Gebälk ausgetauscht und so weiter. Ich biete Ihnen eine Festanstellung mit freier Zeiteinteilung. Sagen Sie jetzt nichts», sagt er, wie ich nichts sage. «Schlafen Sie drüber, reden Sie mit Ihrer Frau. Ich will Sie keinesfalls drängen.» Was denkt der sich bloß? Ich bin selbständig, eine Anstellung ist nichts für mich. Ich brauche meine Freiheit. Wenn ich allzeit auf Abruf wie auf heißen Kohlen stehe, kann ich nicht mehr denken. Es gibt noch andere Hilfsbedürftige auf der Welt, ich kann doch nicht nur dem Wunder helfen. Mein Traum war es immer, halb Bauer, halb Schreiner zu sein. Wer soll sich dann um meine Tiere kümmern, wenn ich so oft außer Haus bin? Sie fremdeln bei anderen Leuten schnell. Wer sorgt für das Heu, erntet die Kartoffeln? Auf das alles verzichten, nur damit das Konto regelmäßig gefüllt ist?

«Überlegen Sie es sich in Ruhe.» Er spürt meine Bedenken. «Wir sehen uns morgen, am besten gleich auf dem Schiff. Da können wir dann alles Weitere besprechen.»

«Äh, ach so, ich hol die Emma gleich in der Früh bei Ihnen ab, damit wir gemeinsam zum Steg gehen, ja?» So etwas wollte ich eigentlich vermeiden. Ich hab nämlich in keinster Weise vor, auf dem schwankenden Ruderdampfer mitzufahren. Ich schaue mir das lieber auf festem Grund vom sicheren Ufer aus an. Bei dem Gedrängel und der Prominenz, dachte ich, fällt das gar nicht auf, dass ich seine Einladung nicht angenommen hab. Und jetzt kommt er mir so daher. Ja, hat der sonst niemanden, der ihn unterhält?

Bevor ich noch was sagen kann, funkt er mir dazwischen. «Dass sich unsere Töchter angefreundet haben, gefällt mir. Es ist schön, wenn die Bev wenigstens ein paar Stunden mit Einheimischen verbringt und unseren wunderbaren Dialekt zu Ohren kriegt, sonst lernt sie ihn nie. Auch wenn es blöd klingt, für ein Kind ist es schwer, in solch einem Wohlstand aufzuwachsen, alles haben zu können, grenzenlos. Ich will nicht, dass sie die Bodenhaftung verliert, wenigstens in den Ferien nicht. Ihre Edna ist wie Medizin für meine Bev.»

«Unsere Tochter heißt Emma», korrigiere ich ihn. Er lacht. «Klar doch, in welche Schule geht sie?»

«In die Pöckinger Grundschule.»

«Na, dafür wäre ich ja eigentlich auch, aber Purzel besteht darauf, dass Bev ab Herbst ein Internat in Solothurn besucht. Meine Frau möchte ihr sämtliche Chancen ermöglichen, die ihr selbst früher verwehrt waren, bevor sie ein Modelagent entdeckte.» Von einem Pferd sagt er nichts, na, hoffentlich hat die Beverly doch keins bekommen, dann hab ich es leichter, die Emma ohne allzu viel Tränen und Bettlerei überhaupt wieder heimzukriegen.

«Jedenfalls scheinen die beiden viel Spaß zusammen zu haben. Ihre Elke hat Ihren Humor, Herr Halbritter, schon lange hab ich die Bev nicht mehr so viel kichern hören. Apropos hören. Ich hab da noch eine Frage ...»

Noch eine? Bestimmt zieht er jetzt den Schraubstock enger, es zwickt schon arg. Derweil versuche ich, im ersten Stock dem Franzosengeschnarche zu entfliehen. Vergeblich. Das Haus scheint unter seiner Kettensägerei zu vibrieren.

«Herr Halbritter, ist die Flügeltür zu meinem Kabinett denn auch wirklich schalldicht?»

«Selbstverständlich. Die Tür ist so massiv, da dringt garantiert kein Ton und auch kein Tönchen nach außen.» Ich weiß, wovon ich spreche, aber das verschweige ich lieber. Mittlerweile sitzt der verzierte Messinggriff im Türblatt, sodass dem Wunder so ein Missgeschick wie mir vorhin nicht passieren wird. «Das können Sie selbst ganz einfach testen. Am besten so: Einer soll draußen bleiben, dann gehen Sie rein und schreien recht laut, probeweise.»

«Aber ich bin ganz allein hier auf dem Schiff. Purzel hat Migräne. Frauen. Und dann den ganzen Tag dieser Tumult um mich herum, verstehen Sie mich nicht falsch, ich mag die Aufmerksamkeit, aber manchmal kann es auch zu viel werden. Deshalb hab ich alle weggeschickt und wollte allein auf dem Schiff fühlen, wie meine Phantasie greifbar geworden ist. Morgen schon gehört der Bucentaur der Welt. Kurzum, es ist weit und breit niemand, mit dem ich Ihren Vorschlag ausprobieren könnte.» Eine spürbar peinliche Pause entsteht. Dem Thierry sein Geschnarche dringt sogar durch die geschlossene Badtür, wo ich mich inzwischen verbarrikadiert hab, damit ich überhaupt was verstehe. So ist das mit dem Geld. Wenn du drin baden kannst, versperren dir die Münzen leicht den Weg zu den anderen, und du stehst allein herum. Aber ich weiß Rat.

«Ja, Herr Wunder, da hilft nur eines.» Und ich freu mich, dass innerhalb weniger Stunden meine Hilfskünste erneut verlangt werden. «Am besten, Sie gehen vor die Tür, brüllen, was das Zeug hält, egal was, dann merken Sie sich das Geräusch, rennen in Ihr Kabinett rein und machen schnell die Tür fest hinter sich zu. Und wenn Sie dann nichts hören, also rein gar nichts, außer einer Stille, dann passt es.»

Lebenssaftspritzarten
11.

Der Thierry schnarcht ohrenbetäubend weiter, nachdem ich aufgelegt hab. Ich gehe runter und betrachte ihn. Anstupsen oder sogar wecken mag ich ihn auch nicht, schließlich hat er mir ja mit der Denglerin und beim Schleppen geholfen, er verdient seinen Schlaf. Mein Taschenmesser hat er auf den Wohnzimmertisch gelegt, das schiebe ich wieder ein. Wer weiß, wann ich mich in die nächste Notlage manövriere. Mir fällt was anderes ein, als die Rübli wegen zwei Wollpfropfen zu stören und eine Unruhe im ganzen Stall zu verbreiten. Ich steige wieder nach oben, klappe die Leiter zum Speicher aus der Luke und suche unterm Dach nach dem alten Radio von der Mama, das noch von meiner Oma stammt. An dem hat meine Mama, sobald die Feuerwehr von weitem sirente, so lange rumgefummelt, bis sie auf den Polizeifunk gestoßen ist. Was der Jäger Wolfi womöglich gerade tut, interessiert mich aktuell nicht, ich will einfach nur ein paar Stunden die Augen zutun können. Und das geht vielleicht mit Musik. Lieber ziehe ich mir irgendeinen Schlummermarsch in mein Trommelfell, als weiterhin die Franzosenfanfare zu ertragen. Zuerst räume ich die Karl-May-Sammlung von meinem ältesten Bruder auf die Seite, die konnte der in Dresden nicht brauchen, wo er als Familientherapeut arbeitet. Wegschmeißen durften wir sie auch nicht, denn der Martin behauptet, alles, was er weiß, aus diesen Büchern heraus gelernt zu haben. Also hab ich's damals auch versucht, bin meist aber schon über den ersten Seiten eingeschlafen. Dieser May schreibt erst seitenlang über Türken und was die von den Indianern unterscheidet, dabei hab ich geglaubt, eine Anleitung zu finden, wie ich ein Apache werden kann. Die Winnetoufilme waren besser, die konnte ich eins zu eins nachspielen. Kaum dass der Abspann lief, rannte ich in den Garten und kroch durch unsere Johannisbeerbüsche durch. Hinten kam ich dann tatsächlich als echte Rothaut, auch auf der Kleidung, wieder raus. Neben den Büchern liegen einige Geweihe, die der Fidl mal beschriften sollte. Sein Kunde starb jedoch plötzlich, und die Erben wollten den Krempel nicht, darum dümpeln sie ineinander verkeilt bei uns herum. Ich kraxele über den alten Überseekoffer, in dem wir die Faschingssachen aufbewahren, schiebe eine Kapitänsmütze und eine Krone auf die Seite und wühle mich durch dem Emil sein Spielzeug, das die Emma nicht übernehmen wollte. Aber nirgends steht oder liegt der Radiokasten, der eigentlich nicht zu übersehen wäre.

Ein großes Holzteil mit zwei Drehknöpfen, einer für die Rauschunterdrückung, einer für die Antenneneinstellung, in der Mitte gelbe Tasten wie Zahnreihen. Die durfte ich als Bub so viel drücken, wie ich wollte, die Mama hatte nichts dagegen, denn sie funktionierten nicht. Manchmal tat ich so, als würde ich die Klaviermusik mitklimpern, die aus dem Radio erklang. Den Stoffbezug über den Drehknöpfen, hat die Mama aus Gardinenresten genäht, wenn sie die Küchenfenster aufmöbelte. Fein säuberlich hat sie sogar extra die geschwungenen Florida-Goldbuchstaben jedes Mal wieder auf den neuen Blümchen-Stoff draufgepappt. Es klingelt wieder. Bin ich auf ein altes Spieltelefon draufgetreten? Naa, das kommt von unten. Zwischen zwei Schnarchern düdelt es. Rasch klettere ich über das Gerümpel zurück, haue mir den Belli an einem Balken an, rutsche die Leiter runter und entdecke aus dem Augenwinkel das Radio. Unter Mamas Föhnhaube, mit der sie sich den Friseur sparen wollte, lurt es hervor. Aber erst mal hechte ich zum Telefonapparat. Die Sophie ist dran. Geschwind kaue ich noch mal den ein oder anderen Gedankengang durch wie einen Essensrest, den ich in der Backentasche versteckt hab und den ich jetzt natürlich auf die Schnelle nur mühsam zusammenkriege. Wie wollte ich ihr das mit dem Detektivauftrag erklären? Ich beschließe, mich in mein Schicksal zu fügen und meiner Liebsten die reine Wahrheit zu kredenzen. Noch hab ich nichts getan. Ich erinnere mich nicht mal, richtig zugesagt zu haben, nur ganz leicht genickt hab ich, und vielleicht hab ich das ein oder andere «Von mir aus» und «in Ordnung» und «mach ich gerne», «einverstanden», «ich freu mich drauf», «danke für das Vertrauen» hinterhergeschoben. Nur beim Wunder bin ich mir sicher, nichts gesagt zu haben zu dem Schreiner-für-alle-Fälle-Angebot. Nicht mal genickt hab ich, auch wenn er das nicht gesehen hätte am Telefon. Beide Gesuche schweben in der Leitung zwischen der Sophie und mir. Ich geb zu, neugierig bin ich natürlich schon, was sich wirklich hinter diesen Knochen verbirgt, und zu gern würde ich selbst ein bisschen bei dem ein oder anderen Pöckinger oder Possenhofener oder Auswärtigen nachforschen. Wenn du es genau nimmst, wurden mir die Gebeine doch direkt vor die Füße gelegt, so viel Zufall kann es gar nicht geben. Ein bisschen so, als wollte diese Luise oder wer im Turm sein Skelett hinterlegt hat, mich auffordern, dass ich mich kümmere. Ich, nicht der Jäger Wolfi, jawohl! Also fühle ich mich verpflichtet. Wenn das kein wahrer Hilfeschrei ist. Ärmer kann man nicht dran sein, abgemagert bis auf die Knochen und noch dazu ohne Identität. Das wünscht sich keiner, für sich selbst schon gar nicht und meistens auch keinem anderen, nicht mal der Nachbarin, auch wenn sie Dengler heißt.

Wie ich vermutet hab, fängt die Sophie mit den Schlagzeilen an, das mit der Sisi ihrer Schwester ist selbst bis nach Schweinfurt gedrungen. «Ich bin ein Mal fort, Muggerl, und schon taucht so eine Sensation bei uns auf und ausgerechnet vom Jäger Wolfi angeleiert, wie ist der eigentlich darauf gekommen, in dem Turm zu buddeln? War das ein Sonderauftrag vom Gartenbauverein? Sind die jetzt schon so weit, dass sie in jedem Unkenpfuhl Geranien vermuten? Du warst doch an dem Tag mit der Emma auch am See, habt ihr was mitgekriegt?» Meine Frau ist halt eine Kriminalkommissarin, wie sie im Buch steht, ihr machst du nichts vor und schon gar nicht ich, als ihr Leibeigener, den sie in- und auswendig kennt. Auch wenn ihre Spürnase ein bisschen verstopft wirkt, immerhin hat sie einen Tag gebraucht, um einen Zusammenhang zwischen mir und dem Viersterneangeber zu erkennen. Ich hoffe, dass es nicht an dem Seminarleiter liegt, diesem Thaddi, dass sie deswegen jetzt erst kombiniert. Ich ringe mich durch und sage einfach, wie es war, mit der Emma ihrem Erstfund und unseren weiteren Ausgrabungen bis zum Höhenflug vom Blauuniformierten und seiner Übernahme. Auch die uralten Schlossanekdoten lasse ich nicht aus.

«Na, das erklärt einiges. Wenn ich zurück bin, rede ich mit meinem Chef und klär ab, wer genau für den Knochenfund zuständig ist.» Fast hätte ich «ich» gesagt, doch ich beiße mir auf die Zunge.

«Es sei denn, der Jäger Wolfi ist zur Kripo gewechselt», ergänzt sie. «Doch das hätte ich mitgekriegt. Weißt du was davon?» Schreck, lass nach, das fehlt noch, dass er mit der Sophie hautnah tagtäglich zusammenarbeitet. Dann beruhige ich mich wieder, so etwas hätte sich brühwarm im Dorf herumgesprochen. Beim Bäcker wollten sie ihn zwar fürs Kreuz vorschlagen, aber nicht für den gehobenen Dienst. Ich wollte der Sophie doch noch etwas sagen, was Wichtiges, was Familiäres, aber ich komme nicht drauf. So geht's mir oft, wenn ich meine Liebste höre, vergesse ich alles. Außerdem muss dem Thierry jetzt auch noch eine Fliege ins Nasenloch geflogen zu sein, er quält sich mit einer markerschütternden Lautstärke vorwärts. Ich muss mich erneut ins obere Bad verdrücken, damit ich die Sophie überhaupt verstehe. Genau, der Franzos! Der war es. Sie weiß ja noch nichts davon, dass ihr Verwandter bereits eingetroffen ist.

«Mein Cousin, echt? Er wollte doch erst Mitte der Woche, wenn ich zurück bin, kommen? Ich hoffe, es ist okay für dich, dass du mit ihm allein bist? Wie verständigt ihr euch denn?» Und ich erzähle ihr von meiner Dreisprachigkeit und bringe sie zum Lachen, was mein Herz einen Salto schlagen lässt.

«Ich schau, dass ich am Dienstag so früh wie möglich abfahre, wenn der Kurs vorbei ist, ja?», verspricht sie. Ich versuche, meine Sehnsucht nach ihr runterzuschlucken, und frage sie stattdessen, wie es ihr geht. Sie steht knietief im Blut, sagt sie, der Thaddi dicht neben ihr. Was der alles schon für verzwickte Fälle gelöst hat. Ich kriege was von Blut in Blut erklärt, von Spritzmustern, die aussagen, ob das Opfer noch gelebt hat, und falls ja, wie lange. Ich möchte weghören, wenn sie von diesem LKA-Heini spricht, und genau hinhören, was das Fachliche betrifft. Gar nicht so leicht, aber mir liegt Muttitasking oder Multi oder wie das heißt. Wer mit zwei deutlich älteren, mehr oder weniger abwesenden Brüdern und nur die ersten Jahre mit einem Vater, also hauptsächlich mit einer Mama aufgewachsen ist, auf den springt die weibliche Fähigkeit, mehrere Sachen gleichzeitig machen zu können, früher oder später über. Während des Telefonats höre ich das Brummen vom Fidl seinem Daimlerbus, ich schaue aus dem Fenster. Er winkt mir, als er aus dem Führerhäuschen steigt, und stellt sich zum Pieseln verbotenerweise an die Nachbarshecke von der Denglerin. Heute hab ich nichts dagegen, ehrlich gesagt. Leicht schwankend, aber scheinbar recht munter und sichtlich erleichtert steigt er nach hinten in seine Schlafkoje, wo er das Plüschsofa zum Bett umfunktioniert. Der Sophie berichte ich, was ich live beobachte, und dass der Fidl jetzt eine Kunstliebhaberin gefunden hat, die ihm eine Ausstellung organisiert.

«Na, das bringt ihn hoffentlich ein bisschen von der Flasche weg», sagt sie. Ich hab da so meine Zweifel, die Irmi scheint auch gerne zu bechern.

«Und du, Muggerl, was war bei dir? Hat mit dem Türeinbauen alles geklappt?» Ich erzähle ihr von dem ganzen Brimborium der Buzivorbereitung, und die Sophie bedauert es noch mal sehr, dass sie bei der Jungfernfahrt nicht dabei sein wird. Dann sage ich ihr, dass die Emma bei Familie Wunder übernachtet, was ja für uns auch ein Wunder ist. Auswärts schlafen, das mochte unsere Tochter bisher nicht, was ich nachvollziehen kann. Nirgends schläft es sich so gut wie im eigenen Mief.

«Und der Jäger Wolfi wurmt dich natürlich, hab ich recht?», bohrt die Sophie nach, wie wir uns eigentlich schon alles gesagt haben. Ich könnte sie küssen für so viel Erkenntnis, wenn ich nicht Angst vor irgendwelchen Funken hätte, weil ich den Hörer eh schon so vollsabbere. «Und was machst du als Nächstes?», fragt sie noch.

«Äh, wie ist das bei dir, wenn du einen Fall anfängst?» Und ich hake noch mal bei der Irmi ein, dass ich für sie eine neue Küchenplatte einbauen soll, und dann rücke ich auch wegen der anderen Sache, der mit den Knochen und Irmis Verdächtigungen, mit der Sprache raus und dass ich für sie über die Luise Metzger nachforschen soll. Vor meiner Frau will ich keine Geheimnisse haben, aber um Erlaubnis fragen brauche ich auch nicht. Alt genug bin ich, dass ich diese Entscheidung selbst treffe.

Der Undosakracher
12.

Nach ein, zwei Liedern Wunschkonzert aus der Mama ihrem Radio, das ich neben unserem Bett aufgestellt hab, rutsche ich in einen süßen Schlaf.

Am Sonntag wache ich gestärkt und einigermaßen erholt auf. Auf dem Weg nach Starnberg lege ich mir zurecht, wie ich dem Wunder sein Angebot absage. Lieber bin ich weiterhin mein eigener Herr und schicke mich in Ruhe, wann und wo *ich* will. Leicht gedacht, aber gedacht und getan, das sind zwei Paar Stiefel. Bei jeder Wurzel, über die ich mit meinem Radl durch den Wald holpere, fange ich noch mal frisch an. «Wissen Sie, ich tät ja gern, aber ich kann nicht, weil ... Es ist ja nicht so, dass ich das nicht zu schätzen weiß, Herr Wunder, doch ich will nicht, verstehen Sie das jetzt nicht falsch, ich seh meine Freiheit und mein Familienleben bedroht. Auch wenn das drastisch klingt, es ist wirklich so. Wer soll denn die Spülmaschine ordnungsgemäß zu Hause einräumen? Wer sticht mir das hundsgemeine Jakobskreuzkraut auf den Wiesen aus, damit es keinen vergiftet? Und dann sag ich Ihnen auch noch ganz ehrlich und persönlich, ich strawanze zu gern tagsüber oder auch mal nachts über meine Wiesen und Felder, und zwar dann, wann ich will. Nicht erst, wenn ich von Ihnen Urlaub kriege. Ich bin wie der Chiller, unser Kater, der sich einfach die Zeit nimmt, stundenlang vor einem vielleicht schon längst erloschenen Mauseloch zu sitzen und über die Welt zu philosophieren – oder auch nicht.

Vielleicht einfach ein Schläfchen zu halten, wann es ihm passt, und nicht einem Mäusedosenfleischfabrikchef zu unterstehen, der sagt, wo es langgeht. Das soll jetzt nicht wie eine Drohung klingen, aber ...» Ich seufze. Was ich mir selber vorsage, überzeugt nicht mal mich, wie soll es dann beim Wunder wirken? Möglichst knapp und prägnant muss ich es formulieren, am besten so, dass er mir nicht widersprechen kann und mich am Ende doch noch überredet, wie beim ersten Elternabend, wo ich anstelle der Sophie hingegangen bin. Meine Frau hat mich noch gewarnt, hebe ja nicht den Finger. Aber ich war so viele Jahre nicht mehr in dem Schulgebäude drin, geschweige denn in den kleinen Bänken gesessen, dass ich nur mal probeweise und auch ein bisschen wie aus einem Zwang heraus die Hand gehoben hab, als die Lehrerin gefragt hat, wer denn Klassenelternsprecher werden will. Die anderen haben auf den Boden gestarrt oder in ihren Handtaschen gewühlt, sich geschnäuzt oder umgedreht und die Malereien ihrer Kinder an der Rückwand bestaunt. Erst als sie aufgefordert wurden zu zeigen, ob sie einverstanden sind, dass ich sie vor der Lehrerin vertrete, schossen alle Arme einstimmig in die Höhe. Übrigens pennt der Thierry immer noch. Ich hab ihm einen Zettel hingelegt, wo ich bin, er kann nachkommen, wenn er will. Die Emma hasst es zwar, sich noch in den Kindersitz zu quetschen, den ich über dem Gepäckträger an dem Rahmen unter dem Sattel eingehängt hab, aber heute geht es nicht anders. Bei dem Gerangel, das mich gleich am Seeufer erwartet, würde ich mit dem Tiger nicht durchkommen. Die Verkehrswacht hat schon angefangen, den ganzen Landkreis und darüber hinaus umzuleiten. Wenn wer von Norddeutschland anreist, muss er laut Mamas Radio übers Allgäu, dann Liechtenstein, Meran, Kitzbühel, Salzburg fahren, um nach Starnberg zu gelangen. Den lila Kleinkindsitz hab ich immer noch am Sattel, weil er für den Wasserkanister so praktisch ist, um den Tränkkübel auf der Weide zu füllen. Apropos Schafe. Vorhin hab ich übrigens mit meiner Herde die Internationalität geübt, als ich sie zum Südhang vom Schneiderberg geführt hab. «Let's go, boys and girls.» Prompt fand eines der Lämmer nicht in den Pferch. Es brach in Panik aus, schlug einen Haken und rannte um den Zaun herum. «Hello, I am your Mister, also your Ausmister, you unterstand?» Aber nichts zu machen, bei ihm muss ich wohl bei null anfangen. Mit «Komm, komm, Schaferl, ja wo ist es denn, ja da geh her» hab ich es am Ende doch noch in die eingezäunte Wiese gelockt. Dann beginnt eben erst morgen der richtige Englischkurs.

Wie vermutet staut sich schon vor Starnberg der Verkehr. Von der Almeidahöhe aus, als ich per Pedalgas aus dem Wald schieße, sehe ich, dass sich auch der See mit lauter Schifferlfahrern füllt. Viele wollen eben das Spektakel möglichst hautnah verfolgen. Ich fahre ans Ufer runter, winde mich mit dem Radl geschickt zwischen den Autos durch, auch durch die Fußgängermassen, die sich schon mal mit Würstln, Kebab und Getränken stärken. Von München bis Garmisch strömen die Leute an den See, und sogar in jede Menge asiatische Gesichter schaue ich hinein. Dann schaffe ich es bis zur Wundervilla, die in der Nähe vom Bucentaurstadl steht. Bevor ich auf den Klingelknopf drücke, lege ich mir noch mal hastig meine Argumente zurecht. Vielen Dank, Herr Wunder, das ist nett, Herr Wunder, dass Sie an mich gedacht haben, aber ich muss leider Ihr überaus großzügiges … Wie blöd klingt das denn? Viel zu viel Text. Bis ich den rausgeleiert hab, hat er mich schon tausendmal überredet. Ich hab nachgedacht, Herr Wunder, und bin zu dem Entschluss gekommen, dass ich, so leid es mir tut … Genauso lang, Sakra. Und dann weiß ich es. Ganz kurz, einfach, ich sag bloß … Aber was ist das? Kein Bayern-Spieler, keiner der Manager, nicht mal einer von den Physiotherapeuten oder eine der Spielerfrauen öffnet mir, geschweige denn der Wunder selbst oder wenigstens seine Haushälterin. Wie selbstverständlich macht mir der Jäger Wolfi in seiner nachttopfblauen Uniform die Tür auf, dass mir der Kiefer runterklappt und ich anstelle vom einstudierten schweren «Nein» gar nichts rausbringe.

Er dagegen schwafelt los: «Ich hab schon gehört, dass du dich auch bei der Familie Wunder einschleimst. Riechst wohl das Diridari, Halbritter, und möchtest was davon abbeißen. Sein Hausmeister willst du werden, dass ich nicht lache. Du kriegst deinen Hals nie voll, was?»

Ich wische mir die Spucke aus dem Gesicht, mit der er mich durch seine schlechte Aussprache besprenkelt hat. «Und was tust du hier?», frage ich, als ich mich wieder einigermaßen gefangen hab, ohne allerdings zu erwarten, dass er mir darauf eine gescheite Antwort gibt, aber versuchen kann ich es. Anstelle seiner Dienstwaffe trägt er eine Flinte mit doppeltem Lauf über der Schulter. Also daher weht der Wind. «Oha, bist du etwa der Jagdverwalter vom Wunder?»

«Das geht dich einen Dreck an.» Der Wolfi verschränkt die Arme und sieht mit seiner Narbe auf der Oberlippe auf mich herab wie der zweibeinige Vierbeinige aus Rotkäppchen. Mein schiefes Kinn ist angeboren, an seiner schiefen Narbe dagegen, die ihn beim Reden behindert und seinen Mund auf der einen Seite immer ein wenig offen stehen lässt, bin ich schuld. Zu den künstlichen Vorderbeißern hab ich ihm bei einer Meinungsverschiedenheit verholfen, als wir zwölf waren. Damals ist er mit seinem Angeberradl in der Obacht-Hindenburgstraße neben der Schule auf die Fresse geknallt. Das war kein Unfall, sondern lag an den Speichen, die ich vorher heimlich in der Pause angesägt hatte, weil er mich wieder mal zur Weißglut gebracht hat. Doch das weiß er bis heute nicht. Seitdem spielt er durch das Spezialgebiss sogar besser Trompete, wofür er mir eigentlich dankbar sein sollte. Trotzdem hab ich immer noch ein schlechtes Gewissen und bin brav wie ein Lamm, was ihn betrifft. Ich büße tagtäglich für das, was ich ihm angetan hab, indem ich ihn ertrage.

«Also bist du für den Wunder so eine Art Knecht?», stichele ich weiter.

«Ich arbeite selbständig. Also, was willst du?»

«Ich komm, um meine Tochter abzuholen, sie hat bei der Beverly übernachtet. Lass mich ins Haus.» Ich versuche, mich an ihm vorbeizudrängen.

Breitbeinig versperrt er mir den Zutritt. «Hat dich wer reingebeten?»

«Machst du jetzt auf privaten Sicherheitsdienst, oder was?» Ich trete wieder einen Schritt zurück, sein Achselparfüm drückt mich sonst ins Koma. Er kneift die Augen zusammen und fletscht die Hochglanzpolierten.

«Das mit dem Sisi-Skelett, wo hast du diese Behauptung denn her? War das ein Gefallen für die Presse? Passiert wirklich so wenig bei euch in der Wache, dass du sogar mit einem Hubschrauber herumgondeln musst, damit sich was dreht?» Mir würde noch mehr einfallen, ich rede mich gerade erst warm, aber ich will sofort zur Emma, sonst verpassen wir noch den Buzistart. Ich versuche mich an ihm vorbeizudrängen.

Doch er sagt: «Alle Wunder sind schon drüben beim Bucentaur, auch die Kinder, ich glaub, da war deine Tochter mit dabei.» Er tritt vor, zieht die Tür hinter sich ins Schloss, strafft seine Uniform und stolziert wie ein Zinnsoldat auf seinen Streifenwagen zu, den er im absoluten Halteverbot geparkt hat. Ich springe aufs Radl und fahre an dem schmalen Uferweg bis zum bayerischen

Yachtclub vor. Fahren ist übertrieben, ich steige ständig ab und schiebe zwischen den Leuten durch. Meine Radlklingel überhören sie. «Obacht, Notfall», schreie ich einfach, dann komm ich wenigstens zentimeterweise vorwärts. Aber erst als ich «Obacht, Überfall» plärre, schrecken sie wirklich zur Seite. Das Clubtor ist geschlossen. Auch sonst wirkt alles wie ausgestorben. Ich traue meinen Augen nicht, hinter dem Starthaus schiebt sich schon der Buzi rudernd übers Wasser. Wie ist das möglich, dass er bereits vom Stapel gelassen wurde? Ich war doch pünktlich? Aber fünf Minuten zu spät ist halt dennoch zu spät. Mist! Wie kriege ich jetzt die Emma vom Schiff runter? Ich schwinge mich wieder auf den Sattel und folge dem Buzi vom Ufer aus. Erneut muss ich mich durch die Leute hindurchschlängeln, die alle auf dem Teer festzukleben scheinen. Gefilmt und fotografiert wird wie wild. Dann lugt unter Jubelgeschrei der Buzi hinter den Starnberger-See-Dampfern hervor, die hier ihren Liegeplatz haben. Gegen das Prunkschiff sieht selbst der neue Katamaran, die MS Starnberg, alt und farblos aus. Ich bin gespannt, wie sich die mit weiblichen Namen versehenen Dampfer und der männliche Bucentaur zukünftig auf dem See vertragen, wo jetzt der Wunder mit seinen Luxusfahrten den See frequentiert. Nicht nur ich und Tausende Glotzer erliegen der Pracht, als das neue Partyschiff sichtbar wird. Auch das Wetter verneigt sich vor der Jungfernfahrt. Vor dem leuchtenden Buziblau verblasst sogar der strahlend blaue Himmel. Dreißig zweireihige Ruder auf jeder Seite zerteilen die Wellen und wirbeln das Wasser wie Champagner auf. Golden funkeln die gedrechselten Säulen, in die die Nixen eingewickelt sind, ebenso die Löwenköpfe an den Rammspornen vorne am Bug. Blau-weiße Fähnchen wehen entlang der Deckkante. An allen Ecken und Enden wird gewunken, vom vollbesetzten Schiff aus herüber und vom Ufer aus wieder zurück, und so geht's immer hin und her. Dann entrollen sich unter großem «Oh» und

«Da schau her» die Segel, obwohl kaum ein Lüftchen geht. Der Zug der Ruder reicht jedoch für den Wind, oder womöglich hat der Wunder unter dem Springbrunnen auf dem Deck auch noch ein Gebläse aufgestellt. Majestätisch bauschen sich die rautenverzierten Stoffmassen, was über den ganzen See weithin sichtbar sein muss. Der Buzi hat bestimmt sein Fassungsvermögen von tausend Leuten überschritten, dichtgedrängt stehen die Passagiere an der Reling oder luren aus den Luken. Wie soll ich nur die Emma finden? Scheint, als könnte sich niemand mehr bewegen, alle sind zu bunten Stecknadelköpfen erstarrt. Ich halte weiter Ausschau nach meiner Tochter,  quetsche mich und mein Radl weiter an ganzen Menschenketten vorbei. Ich muss vor zum Dampfersteg, wo der erste Halt sein soll. Vermutlich steigt ein Teil der Gäste dort wieder aus und lässt die nächsten rauf. Schnell, dann kann auch die Emma raus. Jetzt gäbe ich was auf ein Handy, ich hab meines in der Hosentasche, aber die Emma hat keines. Sie, die sowieso weiß, was in der nächsten Zeit passiert, braucht nicht noch eine Rückversicherung per Tastendruck. Na ja, gleich hat sie ihren Buziausflug gehabt, und den Rest schauen wir uns dann gemeinsam und gemütlich, mit zwei, drei Kugeln Eis, vom Ufer aus an. Ich stelle mein Rad hinter einen Kiosk und wurschtle mich zum Steg vor.

«Hey, nicht vordrängeln.» Ein stark beleibter Bermudashortler packt mich am Ärmel.

«Ich bin Arzt.» Ich schau kurz zur Mama im Himmel hoch und hoffe, dass sie mir die Notlüge verzeiht. Doch so richtig durch lässt mich deswegen auch niemand. Ich stecke fest. Da entdecke ich mitten in der Menge einen, den ich kenne. Seine weiße Kapitänsmütze sticht unter den anderen bunten Kappis heraus. Sämtliche Angestellte von der bayerischen Seen-Schifffahrt tragen eine, ob Schiffsjunge, Matrose oder tatsächlich Kapitän. Damit könnte die Starnberger-See-Flotte ein Vorbild für die Welt sein, zumindest was die Gleichberechtigung betrifft. Der Hainzlmeyr Philipp, genannt Fips, ist mein Exarbeitskollege von der Schreinerei, in der ich gelernt hab. Als Altgesell hat er die Möbelmacherei an den Nagel gehängt und kurz vor der Rente noch mal umgesattelt. Er wollte unbedingt nach den vielen Jahren im Holzstaub reinigende Seeluft schnuppern. Jetzt verkauft er am Starnberger Anlegesteg Billette für die Rundfahrten, hilft den Passagieren an Bord oder kümmert sich im Winter um die Instandsetzung der Dampfer und Anlegestege rund um den See.

«Bist du im Dienst, Fips?», rufe ich ihm über zwei Sonnenhüte und eine Filmkamera hinweg zu.

«Wie man's nimmt, Dienst ist Dienst, ja. Aber ich bin mehr Security, damit mir keiner als solches vom Steg purzelt.» Der Fips hat sich immer schon ein wenig umständlich ausgedrückt. «Unser Fahrplan ist radikal zusammengestrichen worden.»

«Dann fährt heute gar kein Dampfer?»

«Heute?» Er lacht gequält. «Den restlichen Sommer durch haben sie die Fahrten eingeschränkt, als wäre schon Oktober. Alle lechzen nach diesem Superschiff, und uns bleibt die Kundschaft aus.»

«Aber der Buzi fährt doch gar nicht jeden Tag und legt auch nicht überall an.» Das wäre mir neu, dass der Wunder alle Touristen auf dem See mit Rundfahrten bedient, wo er eigentlich ein ganz exklusives Partyboot wollte. Nur heute hat er eine Ausnahme gemacht und die Öffentlichkeit mit einbezogen.

«Trotzdem, wer will noch auf unsere einfarbigen Schwergewichte umsteigen, wenn man mit dem nötigen Diridari eine glitzernde Buzifahrt ergattern kann? Wir können leider nicht mit Goldstaub aufwarten. Und ich hab nicht sofort geschaltet, als der Wunder ‹hier› geschrien hat. Der Harry war schneller, er hat die Seite gewechselt und kann jetzt fein von der Kommandobrücke runtergrinsen.»

Harry Zelterich, sein Dampferkollege, lenkt jetzt den Buzi. Und ich dachte, das sei nur ein gelegentliches Steuermann-Zubrot.

«Ich frag mich, was als solches an diesem Wunder dran ist, der mit ...», ruft mir der Fips noch zu. Der Rest geht in Gejubel unter, wie sich das Schiff in Richtung Steg heranschiebt. Die Leute drängeln sich dichter zusammen, jeder will als Erstes an Bord und einen der wenigen Plätze erwischen. Von der Nähe wirkt das Schiff noch überladener. Der Fips streckt die Arme über den Kopf und wedelt wie ein Lotse. «Zurück», brüllt er. Schließlich nimmt er noch ein Pfeiferl in den Mund, schrillt mir schmerzhaft ins Trommelfell. «So treten Sie doch zurück, meine Herrschaften. Der Bucentaur legt hier gar nicht an.»

Großes Geraune und Murren geht durch die Menge. «Was, wieso, was ist los, ja spinnt's ihr komplett, jetzt, oder?»

«Aus versicherungstechnischen Gründen», erklärt er und zeigt auf ein Plakat an der Fahrkartenbude mit einem Haufen unleserlichem Kleingedruckten. «Da steht es auch angeschrieben, meine Herrschaften. Kommen Sie und lesen.» Doch keiner folgt seinem Rat. Alle starren auf das Wasser, wo, wirklich und wahrhaftig, das blau-weiße Gold am Steg vorbeirauscht. Einen Moment überlege ich, auf einen der Anlegepfosten zu klettern, mich abzustoßen und rüberzuspringen. Abgesehen davon, dass ich bestimmt auf den Bauch platsche und dann von einem Ruder erschlagen werde, mache ich mir einfach Sorgen um die Emma. Was, wenn sie Platzangst kriegt oder seekrank wird? Wenn sie aufs Klo muss oder einfach heimwill?

«Wo legt das Schiff denn als Nächstes an?», frage ich den Fips, der von allen Seiten bestürmt wird, als wenn er was dafür könnte. Einer reißt ihm sogar die Mütze vom Kopf. Ich fange sie auf und gebe sie ihm zurück.

«Danke.» Er setzt sie vorsichtshalber nicht mehr auf, sondern schiebt sie sich unter die Achsel. «Die genaue Route kenn ich auch nicht. Ich glaub, der Harry macht eine Rundfahrt ohne Stop bis nach Seeshaupt und wieder zurück und legt erst am Bucentaurstadl wieder an.» Dann ergänzt er leise: «Jedenfalls ist an all unseren Stegen für sämtliche Fremdschiffe Anlegeverbot, die bayerische Seenschifffahrt hat das vor einer Stunde durchgesetzt.» Fips will wohl nicht von den Buzifans gelyncht werden. Ich bin inzwischen auch sauer, der Wunder hat mich sauber ausgeschmiert. Ich versuche, ihn auf dem Handy zu erreichen, schon allein das aus der Hosentasche zu angeln, ist bei dem Gedränge kaum zu bewerkstelligen. Fast fällt mir das Mobilteil aus der Hand, als ich den Ellbogen anhebe und an die Brille von meiner unbekannten Nachbarin stoße. Sie regt sich gleich dermaßen auf, kriegt rote Sprenkel im Gesicht und holt ihr Asthma-Spray raus. Ich verstehe nur Bruchstücke von ihrer stockenden Beschimpfung in einer Sprache, die Deutsch klingt, aber irgendwie auch nicht. Ich tippe auf Kölsch oder Holländisch und quetsche mich ein paar Schaulustige weiter, damit sie mir keinen Rückschlag versetzt, sobald ihr Spray wirkt. Ein weiteres «Aaah» und «Oooh» durchflutet die Menge. Statt Richtung Süden abzudrehen, zieht der Buzi eine große Schleife nach rechts, wühlt dabei kunstvoll den See auf. Fast erscheint es so, als würde sich das Wasser bis auf den Grund zurückziehen und hinter dem Schiff stauen. Mit welchem Ballettmeister hat der Wunder denn diese Choreographie einstudiert? Und dann kommt der große Augenblick: Unter großem Hurrageschrei wird die Galionsfigur enthüllt. Als das Tuch gefallen ist, verebben die Jubelschreie etwas. Keine bekannte Persönlichkeit ziert den Bug, wie erwartet, auch wenn die Kulleraugen, Stupsnase und Falten an so manchen erinnern. Ein Kaiserhund, ein Mops, hockt vergoldet auf der Reling und wedelt mit einer rot-weißen FC-Bayernfahne in der Vorderpfote. Darauf ist keiner gekommen, obwohl es nahelag. Wunders Huldigung an den erst vor ein paar Jahren verstorbenen Humoristen, der in Ammerland am Ostufer lebte. Der Millionär war angeblich mit Loriot eng befreundet und hat aus dessen Mops-Züchtung den letzten Wurf ergattert. Diese beiden magendarmkranken Hunde, wie hießen die noch gleich?

«Der ist doch gestohlen», höre ich die Asthmatikerin von vorhin zischeln. «Genau so ein goldener Mops stand in Stuttgart auf einem Loriotdenkmal, einer Säule. Seither ist er verschwunden.» Ein Raunen geht durch die Menge, und manche schauen gleich auf ihren Handys nach, ob das stimmt, aber die Internetverbindung muss überlastet sein.

«Es lädt nicht», sagt einer, also konzentrieren sie sich wieder nach vorne aufs Wasser. Harry Steuermann dehnt seine Show bis zum Undosa aus, dem einstigen Wellenbad, das für die Sommerfrischler aus dem neunzehnten Jahrhundert in der Starnberger Bucht errichtet worden ist. Mit einer ganz neuartigen Maschine sind damals in einem großen Becken Wellen erzeugt worden, gekrönt durch einen künstlich angelegten Strand mit Strandkörben und allem. Das Wellenbad existiert seit bald hundert Jahren nicht mehr, aber auf dem Sandstrand lümmeln die Leute noch und schlürfen bei wummernder Technomusik Cocktails. Nun wird sich zeigen, was der Buzi draufhat. Ein neuer Schlenker endet in einer fast vollendeten Pirouette. Von überall her brandet Applaus auf. Die Mikrophone der Fernsehübertragungswagen verstärken den Beifall, es kommt mir vor, als würde der ganze See, die fünfzig Kilometer ringsum in die Hände klatschen. Dann stoppen die Ruder, stehen tropfend in der Luft, um sogleich gegen den Uhrzeigersinn das Wasser zu durchpflügen. Der Buzi will rückwärts abdrehen und Richtung Seeshaupt aufbrechen. Was für ein Schauspiel. Aber so ein Koloss ist halt doch keine Jolle, der Schwung treibt ihn mit seiner mächtigen Goldwampe und der vollen Ladung in seinen eigenen Wellen vorwärts, und er rutscht wie auf einer Banane zur Seite. Ein überschwapptes Tretboot kentert. Ein paar sonnenbadende Bikininixen sehen das Inferno kommen, rumpeln von ihren Liegen auf und nehmen Reißaus. Wumms, es tut einen lauten Schepperer, als der Buzi arschlings an den Undosasteg kracht. Bretter splittern, das Gekreisch ist groß. Ein orangefarbener Sonnenschirm knickt ein und kippt ins Wasser, Topfpalmen, die auf den Stegpfosten standen, saufen ab, und sämtliche Restaurantbesucher flüchten von der Terrasse die Böschung hinauf in Richtung Bahngleise. Um mich herum halten alle vor Entsetzen die Luft an. Du magst nicht hinschauen, aber du kannst auch nicht wegschauen. Und dann stockt mein Herz: Was ist mit der Emma?

Buziwettradlfahrt
13.

Ich hangle mich durch die erstarrten Menschen durch, quetsche und quäle mich in Richtung Undosa vor. Mein Radl zerre ich irgendwie mit, falls die Emma wohin transportiert werden muss, oder ich weiß auch nicht, was ich denke. Doch kaum stehe ich endlich vor dem zerborstenen Steg, lassen sie mich nicht durch. Wasserwacht, Undosabesitzer und andere Wichtigtuer sind schon an der Ursachenforschung, und der Buzi? Der fährt munter weiter, driftet ab, die lange Seestrecke vorwärts, so als wenn nichts gewesen wäre. Keiner steigt aus, keiner steigt um. Niemand hat einen Kratzer abgekriegt, heißt es auch dann, wie ich ganz außer Atem jemanden von der Deutschen Lebensrettungsgesellschaft frage, einen Jungen in Emils Alter etwa.

«Nichts passiert, die Fahrt wird fortgesetzt. Die Passagiere haben nicht mal was mitgekriegt von der Stegrammung», erklärt er in seinem Leuchtanzug mit Schwimmweste, ihm pappt ein Pflaster auf der Stirn.

«Und das?», frage ich und deute auf seine Verletzung.

«Ach, nur ein Pickel, der sauweh tut und noch dazu scheiße ausschaut.»

«Zerkau etwas Brot und tu diesen Brei dann unter das Pflaster, das zieht den Schmerz und den Eiter raus.» Ich gebe ihm ein Eckerl von meiner Semmel, und dann haue ich ab, bevor noch einer auf die Idee kommt, hier nach einem Schreiner zu fragen, der das Stegschlamassel wieder in Ordnung bringt. Ich radl nun nah am Ufer, auf dem Weg ist jetzt Platz, denn die Zuschauer halten sich noch vor Schreck eher fern vom Kai. Alle paar Sekunden sehe ich zum Buzi, ob ich nicht doch die Emma erblicke. Auch wenn die Winkerei und die Feierlaune auf dem Schiff keinerlei Schaden genommen haben, sind die vom Ufer-aus-Bestauner verhaltener in ihrer Armbewegung. Noch dazu scheint ihnen die Muskulatur taub geworden zu sein. Die meisten wenden sich ab und den Verkaufsbuden zu. Ich komme besser voran, gebe Gummi. Eine innere Unruhe peitscht mich vorwärts. Warum habe ich der Emma nur diese Übernachtung erlaubt? Ausgerechnet vor der vermaledeiten Jungfernfahrt. Hoffentlich hat die Emma nichts von der Stegstreifung mitgekriegt. Weiter, weiter. So schnell bin ich noch nie per Zweirad gerast. Endlich erreiche ich das Paradies in Possenhofen, wo ich wieder einen Blick auf den Buzi erhasche. Hier säumen ebenfalls die Menschenmassen das Ufer und jubeln dem Wunderschiff zu wie bei einer Königsparade. Wie es aussieht, hat hier noch keiner was von dem Starnberger Zwischenfall mitgekriegt. Der Buzi gleitet majestätisch dahin, nimmt sogar Fahrt auf. Oder vielleicht ist es auch nur meine zweiundvierzigjährige Pumpe, die langsam müde wird, sodass ich bei dieser Tour de Bavière leicht zurückbleibe. Hobbypaddler stoßen sich von den Badestegen ab, reihen sich in die Traube Boote, die den Buzi umschwärmt wie Fliegen das Honigbrot. Manche stehen rudernd auf Surfbrettern, andere hocken in Einzel- oder Doppelkajaks. Auch Schlauchboote, Faltboote, einfache Holzschüsseln in Augenform und sogar eine schwimmende Palme und ein Plastikwal schließen sich an. Alles, was als Fortbewegungsmittel auf dem Wasser taugt, reiht sich in die Buziflotte. Bald zieht sich eine Schlange von bunten Schwimmern längs durch den See. Das erinnert mich an den Pöckinger Faschingsumzug, der hatte heuer auch mit der Emma zu tun. Als Bär verkleidet, sollte ich den ersten Anhänger mit dem Tiger ziehen, den der Zorndl Gerhard organisiert hat, um für die Bahnhofsumbenennung zu kämpfen. Über den Rädern war folgender Spruch befestigt:

> Pöcking vor –
> Am Bahnhofstor,
> Leut, seid's gescheit,
> macht's euch selber
> – und nicht dem Adelshaus –
> die Freud!!!

Ein verkleideter König Ludwig, eine Sisi und noch ein paar andere Blaublütige, die ich nicht erkannte, steckten in einem Käfig, über dem ein durchgestrichenes Possenhofenhalteschild hing. Darum herum tanzten die Pöckinger Trachtler wie beim Maibaumaufstellen. Oder jedenfalls war es am Rosenmontag so geprobt worden. Doch am Faschingsdienstag haben die ganzen Lustigen bald die Lust verloren, vor lauter Warterei auf uns. Sie wussten schon bald nicht mehr, woher die Gaudi nehmen, das ganze Bier ging schon zur Neige. An mir lag es nicht, dass der Zug nicht in Gang gekommen ist. Die Emma hat sich einfach nicht entscheiden können, als was sie geht. Dabei könnte die Auswahl nicht größer sein. Im Speicher liegen Kostüme aus mehreren Generationen. Koch, König, Ritter, Indianer, Schmetterling, Blume, Biene, Clown, Räuber, Ballerina und vieles mehr. Sophie hat der die Emma einen Vorschlag nach dem anderen gemacht, manches hat Emma sogar anprobiert und sich vorm großen Spiegel gemustert, aber nichts entsprach ihrer Vorstellung. Bald war meine Frau mit den Nerven runter, und ich hab auch nicht weitergewusst. Mir ist schon die Soße von der schwarz bemalten Bärennase in meinen Vollplüschohrenanzug gelaufen, dass ich geglaubt hab, ich stehe in einer Sauna. Dann wurde es auch der Sophie zu bunt und mir zu spät, also bin ich allein los. Emma hat sich im Bad eingesperrt. Sie sollte zur Strafe zu Hause bleiben. Wer sich so aufführt, darf nicht Fasching feiern. Bei einer Gaudi hört sich der Spaß auf. Aber die Emma ist einfach durchs Badfenster abgehauen, der Emil hat ihr eine Leiter von außen hingestellt. Wenn's gegen die Eltern geht, halten die Geschwister zusammen. Und schwupp, saß sie doch noch mit auf dem Tiger, als Bademeisterin verkleidet. Schlappen, Schwimmreif und Sophies Bademantel, der hinter der Tür hing.

Auch auf dem Schlossparkgelände herrscht Hochbetrieb. Einige Familien, besonders die, deren Frauen auch bei der größten Hitze vermummt umeinanderlaufen, haben ihre gesamte Wohnzimmereinrichtung samt Stehlampe mitgebracht. Deren Grill steht sogar auf einem feingemusterten Fransenteppich.

«Obacht, Vorsicht, Attention, geht's auf die Seite», plärre ich den ganzen Weg Richtung Roseninsel. Mann, Dackel und Kleinkind springen zur Seite. An den Sisi-Türmen vorbei, wo ich den Gedanken an meinen Detektivauftrag sofort wieder ausblende, weiter zum Fidl vor. Dort erwischt mich ein «Hallo» in weißem Qualm, fast wie eine Geisterbeschwörung sieht das auf den ersten und letzten Blick aus, denn mir pressiert es.

«Ja, der Muck, so halt an, was hast du es denn so eilig?» Der Melcher Sepp auf dem Weg in die Büsche, um etwas Flüssigkeit abzulassen, hat mich erblickt und stellt sich mir in die Quere. Er und die gesamte Rentnerclique vom Selbstversorger-Verein *Gemeinsam Dabeisein* haben sich beim Atelier versammelt und grillen etwas Undefinierbares, das sie vermutlich wieder aus einer Fernsehkochshow gelernt haben. «Komm, iss mit uns und trink was, ich hab auch ein Zwetschgenwasser», ruft er mir nach. Der Braumeister hat sich gemerkt, dass ich kein Bier mag, überhaupt keinen Alkohol zu mir nehme, außer reinen Schnaps, gelegentlich.

«Ein andermal gern», schreie ich zurück und übersehe fast eine kindliche Dreiradlerin, die zwischen den parkenden Autos hervorschießt. Mich wirft's gegen einen Papiermüllcontainer, wo ich abpralle wie an einer Gummiwand und leicht schwankend, aber schnell das Gleichgewicht wiederfinde und erneut in die Pedale trete. Nun versperrt mir die Holznerwerft die Sicht zum See. Erst am «Seelaich», wie der Uferabschnitt kurz vor Feldafing heißt, kriege ich wieder den echten Buzi zu sehen und bin, Mama sei Dank, noch im Rennen, gleichauf mit dem Wunderfahrzeug. Ja, fast hab ich den Eindruck, dass ich mehr PS draufhab. Schnurstracks nähern wir uns beide der Roseninsel.

«Aus der Bahn», schrecke ich zwei Gassigeher mit einem Pulk Hunde um sich herum auseinander. «Notfalleinsatz.» Eine Sekunde achte ich nicht auf das, was sich oberhalb vom Lenker befindet. Fast schmeißt es mich, wie zwei Typen in Neoprenanzügen eine Schnur über den Weg spannen. Hoppla. Ich kann gerade noch abbremsen, dabei dreht's mir mein Radl zur Seite. Ich kippe in die Wiese.

«Siehst du, was du anrichtest», sagt der eine oder die eine, ob Männlein oder Weiblein, kann ich nicht genau erkennen, weil die die Anzüge bis übers Kinn hochgezogen haben und ich erst mal meinem Atemzug hinterherhechele. Mein Puls rast ohne mich weiter, obwohl ich längst angehalten hab.

«Sind Sie verletzt?», fragt die «Sie», dem Lippenstift und der Wimperntusche nach ist es eher eine Frau, auch wenn das heutzutage kein Unterscheidungsmerkmal mehr ist. Lackierte Nägel sind bei jungen Männern genauso angesagt wie das neumodische Augenbrauenzupfen. Mei, da bin ich schon froh, dass ich noch aus einer mehr oder weniger verwahrlosten Generation stamme, wo ein Mann noch vor sich hinstinken darf wie ein Eichelbär und kein Härchen vorzeitig gerissen werden muss. Die paar am Kopf siedeln von selber aus, ohne ein Servus.

«Nichts passiert.» Ich rappele mich schnell wieder hoch und entziffere das Taferl, das sie aufspannen wollten: «Leni-Riefenstahl-Gedächtnistauchen». Was es nicht alles gibt! Die Frau Riefenstahl kenne ich auch oder vielmehr kannte ich. Kurz vor ihrem Ableben hab ich bei ihr den Garten gemäht, als Urlaubsvertretung. Hitlers Filmemacherin ist bei uns in Pöcking hunderteins geworden. Zeitlebens sehr umstritten, trägt sie ihren schlechten Ruf auch jenseits vom Jenseits mit sich herum. Aber wieso tauchen? Stimmt, sie filmte auch in der Tiefsee.

«Das muss anders heißen.» Die Frau will über die Kreidebuchstaben wischen, doch der Kerl, dem Vollbart nach, der um die Nase herum rausspitzt, ist es einer – wenn ich, dank der Irmi, auch da inzwischen meine Zweifel hab –, reißt ihr das Taferl weg und hängt es an einen höheren Ast, für die Frau unerreichbar.

«Ich mache dabei nicht mit, Steffen, ich hab's dir gesagt. Ich tauche, weil ich will und nicht, weil ich dieser Massenauflaufverherrlichungstante gedenke. Für was gehe ich sonst bei Antifa-Demos mit.»

«Du verstehst überhaupt nichts von Filmkunst. Leni Riefenstahl war eine Vorreiterin der Filmästhetik, ganz Hollywood hat sie kopiert.»

«Meinetwegen auch noch Bollywood und Hintermaising, mir leuchtet es einfach nicht ein, was die mit unserem Tauchfest zu tun hat. Dabei habe ich mich so darauf gefreut.» Die zwei streiten und erinnern mich an die Hindenburgstraßen-Debatte in Pöcking. Vielleicht sollte ich der Frau ein «Obacht» vor dem «Gedächtnistauchen» vorschlagen? Doch ich halte mich lieber raus.

Ich suche wieder den See ab. Der Buzi scheint seine Fahrt verlangsamt zu haben, denn noch ist er nicht in Sicht. Wer hätte das gedacht, dass ein Radlfahrer schneller als ein Wunderfahrzeug ist? Ich hab also noch ein paar Minuten zum Rasten.

In der Bucht, nahe der Roseninsel, sitzen und planschen noch weitere Taucher, zwei blasen auf der Wiese große Schlauchboote mit Fußpumpen auf. Eigentlich ist der beliebteste Tauchtreffpunkt genau gegenüber am See, vor der Seeburg, die wirklich mit ihren vielen Zinnen und Türmen wie eine alte Raubritterburg ausschaut. Drüben in Allmannshausen verläuft eine Steilwand senkrecht in die Tiefe, angeblich hundert Meter weit runter. So mancher Taucher ist nicht mehr nach oben gestiegen nach so einer Tour. «Wollt ihr den Sankt-Andreas durchtauchen?», frage ich diesen Steffen, der jetzt einen Außenbordmotor in ein Boot schleppt.

«San Andreas? Was, von hier aus? Puhh.» Er streicht sich über die Neoprenbadekappe. «Die Kontinentalplatten verschieben sich doch zwischen Mexiko und Kalifornien. Machen die etwa einen Schlenker bis hierher?»

Ich zucke mit den Schultern. «Kann sein oder auch nicht. Ich red von der Fahrrinne zwischen Ufer und Insel.» Mir hat das der Fips erzählt, und so geb ich's ihnen weiter: «Zwischen dem Ufer hier und den Sandbänken rund um die Roseninsel liegt der Sankt-Andreas-Graben, dort sind die frühen Dampfschiffe noch durchgefahren, ohne auf Grund zu laufen. Doch die neuen Modelle sind nicht wendig genug, sodass die große Rundfahrt abseits der Insel vorbeiführt.»

«Dass da ein Graben ist, das weiß ich natürlich, aber den Namen dafür kannte ich bisher nicht. Der ist klasse, den stell ich gleich auf unsere Website. Danke.» Er strahlt mich an. «Wir geben hier nämlich Anfängerkurse. In der kleinen Wand oder Fahrrinne, wie Sie sagen, kriegt man ein bisschen was zu sehen, da unten liegt ein Haufen altes Zeug rum.» Er zeigt auf die dunkler gefärbten Stellen im Wasser, die nach dem Andreas, dem Schutzpatron der Fischer, benannt sind. Ich bin zwar noch nie selber getaucht, aus besagten Gründen, aber seit meiner Kindheit heißt es immer, gib Obacht, dass es dich dort nicht runterzieht. Der heilige Andreas hat auch noch andere Sachen zu tun, als sich um dich zu kümmern.

«Was genau liegt denn dort unten?», frage ich. Die ältere Frau schickt dem redseligen Riefenstahl-Fan einen Blick, der auch mich zum Verstummen bringen würde.

«Ach, nichts Besonderes, Sachen von früher», antwortet sie an seiner Stelle. «Alte Bierflaschen, Wrackteile von kaputten Booten. Wenn man Glück hat, kriegt man eine Aalrute in ihrer Höhle zu sehen. Man braucht halt was fürs Auge, ein Ziel, wenn es runtergeht.»

«Und ist das nicht gefährlich?»

«Nee, das hier ist ein Babybecken im Vergleich mit der Kante.»

«Die Kante?»

«Na, die Wand drüben auf der anderen Seite», erklärt die Tauchmamsell. «Dort gibt es zwar auch ein paar kleine Terrassen und Felsvorsprünge, doch bei zweiundzwanzig Grad Wassertemperatur kann nichts von den Geräten vereisen, so wie drüben, wo es an der tiefsten Stelle konstant kalt bleibt. Um die vier bis sechs Grad.» Und dann kommt ihr anscheinend eine Idee: «Wollen Sie vielleicht einen Tauchkurs machen?»

Ich schüttele heftig den Kopf. Keine zehn Rösser würden mich hier wie dort runterbringen. Bei «Ross» fällt mir etwas ein. «Was ist eigentlich mit diesem Fuhrwerk, das müsste doch auch hier unten liegen? Vor hundert oder zweihundert Jahren ist bei der Roseninsel mal ein Biertransporter ins Eis eingebrochen. Angeblich sitzt der Wagenlenker noch dort unten auf dem Kutschbock. Mit den Zügeln in den Knochenhänden jagt er in Vollmondnächten seine Geisterpferde über den See.»

«Sie kennen ja coole Storys.» Steffen grinst und zieht sich die Flossen an. Doch weil ich kein Kunde bin, verlässt das Taucherduo das Interesse, und sie tun recht geschäftig. Und ich stehe sauber im Weg mit meinem Radl, wie sie, zusammen mit den anderen, die Sauerstoffflaschen und ihre andere Ausrüstung ins Boot laden. Endlich kommt der Buzi in Sicht, er bremst weiter seine Fahrt, die Ruder bewegen sich nicht. Will er an der Insel anlegen? Mitten auf dem See bleibt er stehen. Auch die Froschmänner beobachten das. Wer weiß, vielleicht versucht der Harry im Wunderauftrag, die alte Fahrrinne zu nehmen. Hoffentlich gelingt das. Mein Handy düdelt in der Hosentasche. Ein Mal Gedüdel heißt Schriftnachricht, hab ich gelernt. Der Emil hat mir zwar gezeigt, wie das geht, damit ich das lesen kann, aber bisher hatte ich noch nicht oft Gelegenheit, es auszuprobieren. Ich versuch's und rufe das Textdisplay auf.

Ich bin im Schrank und kann ned raus. Emma.

Omeiomei

14.

Ich starre auf das Mobiltelefon, lese und lese wieder von vorn. Kruzifünferl, soll das ein Witz sein, verarscht mich jemand? Oder ist die Emma wirklich auf dem Schiff in einem Schrank eingesperrt? Von welchem Telefon kam das? Da steht kein Name, nur eine Nummer. Mir wird angst und bange. Ich sehe wieder zum Buzi, der dümpelt noch an derselben Stelle wie vorher herum. Nach Augenmaß und Wasserlinie, vielleicht täusche ich mich auch ... Ich werfe das Radl ins Gras und laufe näher ans Ufer. Das Schiff liegt links tiefer als rechts. Sinkt das Heck, oder ist das eine optische Täuschung? Oder mein Kreislauf? An der Reaktion der anderen merke ich, dass auch ihnen etwas auffällt. Der Riesenkoloss steigt vorn, die ersten Ruder paddeln bereits in der Luft. Das kann nicht sein, vermutlich stimmt mit meinen Augen was nicht, Unterzuckerung, Dehydrierung oder Altersblindheit? Aber Emmas Nachricht! Was soll ich tun?

«Das Schiff hat Schlagseite.» Steffen springt samt Flossen auf und platscht mit übergroßen Schritten zu mir. Auch die anderen Taucher der Gruppe fixieren den Buzi. Die nächste Riemenreihe auf der rechten Seite schaufelt schon im Leerlauf, dafür versinkt links ein Ruder nach dem anderen. Ich wage kaum hinzusehen. Die bunten Punkte, sind das etwa Menschen, die über Bord springen? Was ist da nur los? Das Geschrei, das von weitem bis zu uns dringt, klingt wie Hilferufe. Emma, was soll ich nur tun? Ich muss sie anrufen, drücke auf die unbekannte Nummer und warte, während ich weiterhin gebannt auf die Tragödie mitten auf dem See glotze. Mein eines Ohr zuhaltend, versuche ich mit dem anderen, was zu verstehen, und lausche, bis das Tuten aufhört. Jemand atmet. Leise. «Emma, bist du das?»

«Papa?» Sie schnieft.

«Ach, Emmachen, wo steckst du?»

«Ah-uh-fm Buh-huzzi. Die Be-beh-verly hat mir ... geliehen, wir h... auf ... Versteck g... und ... raus. Ist a... kein richtig Schr...» Ich verstehe nur die Hälfte, presse das Telefon noch fester ans Ohr.

«Sprich lauter, Emma, geh mit dem Mund bitte näher an den Hörer», sage ich schnell, obwohl ich mich eigentlich gar nicht traue, irgendwas zu sagen, nicht, dass die Verbindung abbricht. Am liebsten würde ich durch das Handy zu ihr durchkriechen. «Emma, Emma, bist du noch dran?» Ich höre nichts mehr, dafür registriere ich, wie das Schiff in Zeitlupe weiter absackt.

«Papa, ich kann nicht mehr sehen, was nachher ist, ich hab Angst», ruft Emma plötzlich laut. Oje, sie hat ihre Gabe verloren.

Ich reiße mich zusammen. «Beschreib mir doch mal, wo du auf dem Schiff bist. Wie sieht der Schrank genau aus, in welcher Kabine, äh, welchem Zimmer dort bist du? Sag einfach alles, was dir einfällt, wo habt ihr euch getrennt, die Beverly und du?» Nicht so viel auf einmal fragen, ermahne ich mich selber. Eins nach dem anderen, Hauptsache, die Emma redet und gerät nicht in Panik. Fieberhaft gehe ich innerlich die Kajüten und Kabinette auf dem Buzi durch. Ich glaube schon, dass ich überall gewesen bin. Ein Schrank, welcher Schrank? Fast in jedem Raum steht einer. Im Restaurant gibt es unter den Luken niedrige Borde mit Schiebetüren, prima Verstecke für Kinder, die sich entlang der Tischreihen ziehen. Dann die mit Stoff verhängten Schränke im Wellnessbereich. Oder die Wandschränke in den Kajüten. Mir fallen noch viele andere ein. Was ist mit dem windrosenverzierten Koloss im Wunderkabinett? Der stand komplett leer, während die Schiebeschränke im Restaurant bestimmt voller Geschirr sind. Ein ideales Versteck.

«Papa, ich hhh... keine Lu...» Es tutet in der Leitung. Mit zitterndem Finger drücke ich erneut die Nummer.

Nach dem fünften Läuten heißt es: «Der Teilnehmer ist vorübergehend nicht erreichbar.» Ich drücke die Wahlwiederholung. Dasselbe. Noch mal. Und noch mal. Der Buzi kippt weiter, und schon berührt das Geländer am Heck die Wasseroberfläche, nicht mehr lang und die ganze linke Seite versinkt. Menschen rutschen über die Planken, die Schreie werden lauter. Von überall eilen Boote zu der Unglücksstelle und fangen an, die Schiffbrüchigen einzusammeln. Was ist mit der Emma? Sie sitzt doch im Schrank und kann nicht raus! Hört wer ihr Rufen und rettet sie? Ich muss zu ihr hin. Sofort. Hastig schlüpfe ich aus den Haferlschuhen, lasse dabei das Handy nicht los. Hin- und hergerissen will ich mich samt Socken und Hose ins Nasse stürzen und mit einem Arm loskraulen.

«Warten Sie.» Steffen hält mich zurück. «Wollen Sie etwa zu dem Schiff? Überlassen Sie das besser den anderen Rettern.»

«Meine Tochter ist an Bord. Sie ist neun und klemmt irgendwo fest. Die Handy-Verbindung ist gerade abgebrochen.»

Der Steffen streift sich die Flossen ab und wirft sie in ein Boot. «Dann komm, ich fahr dich hin. Schnell, helft mal.» In der Not duzt er mich und winkt den anderen. Die Frau und noch einer der Taucher schieben das Schlauchboot weiter ins Wasser und befestigen den Motor.

«Beeilt euch, sie steigt weiter», ruft einer. Sie? Meint er den Buzi? Tatsächlich. Der Koloss ruckelt am Bug mehr und mehr hoch. Die Löwenköpfe an den Rammspornen zeigen wie Pfeile schräg in die Luft. Das mächtige Ruderschwert am Heck taucht langsam ab. Mir wird schlecht, doch ich reiße mich zusammen.

«Zieh die Schwimmweste an.» Der Steffen drängt mich. Ich zögere.

«Ertrunken nutzt du deiner Tochter gar nichts mehr.» Er schubst mich ins Boot, zurrt an der Leine, und nach einigem Mucken springt der Motor an. Ich klammere mich auf den Gummirand, falle fast runter, wie der Steffen losdüst. Das Boot knallt aufs Wasser. Die Wellen peitschen mir an den Rücken, und ich versuche, mich an der Schnur, die an dem Schlauch entlangläuft, festzuhalten. Wir preschen vorwärts. Unterwegs versuche ich immerfort, die Emma telefonisch zu erreichen. Nichts, gar kein Ton mehr, das Handy ist t... Ich wage es nicht, das in mir drin auszusprechen. Ich muss die Sophie verständigen, vielleicht kann sie was tun, ihr fällt doch immer was ein und immer was Gescheites. Doch ich traue mich nicht, eine andere Nummer zu wählen, falls unsere Tochter doch noch mal anruft. Außerdem müsste ich erst die Auskunft wählen, dass die mich mit Schweinfurt verbindet. Mit dem zweiten Schlauchboot jagen die anderen Taucher hinterher. Sie sind nicht die Einzigen. Vom Ufer lösen sich weitere Wasserfahrzeuge, Surfbretter, Ruderboote. Jeder will helfen. Sogar auf einer Tür liegend gondelt ein Leonardo-DiCaprio-Typ heran. Dann ein lautes Krachen, der Hintermast vom Buzi bricht, das bayerische Rautensegel flattert wie ein großer Schleier über den See, bauscht sich ein letztes Mal majestätisch auf, bevor es sanft ins Wasser gleitet. Die Retter bremsen, zögern, näher an den Buzi heranzufahren. Was, wenn noch andere Teile bersten? Keiner will sein Leben riskieren. Aber mir kann es nicht schnell genug gehen, ich treibe den Steffen an. Doch zuvor müssen wir eine Omi mit einer Luftmatratze vorbeilassen, die zeitunglesend unseren Weg kreuzt und, mit Kopfstöpseln versehen, nichts von all dem Spektakel mitzukriegen scheint. Weiter. Weiter. Noch zehn Meter. Immer noch springen Leute reihenweise von der Brüstung. Manche klammern sich an die in die Luft ragenden Ruder wie an ein Reck. Das Wasser ist übersät mit Menschen mit und ohne Rettungsweste. Wenigstens friert keiner wie damals bei der Titanic. Um sie herum treiben allerlei Gegenstände, Goldfiguren, die Nixen und der andere Charivari, der sich vom Schiffsrumpf gelöst hat. Da war der Leim wohl nicht wasserfest genug.

«Ich muss stoppen, wir gefährden sonst noch jemanden. Näher kann ich nicht heran.» Steffen stellt den Motor ab. Eilig suche ich die Boote mit bereits Geretteten ab, dann die noch Planschenden im Wasser. Schwimmreifen werden geworfen, Arme zerren Leute ins Trockene. Keine Emma in Sicht. Ich packe das Ruder und gehe an die Schlauchbootspitze. Wir müssen dichter dran, ich will auf den Buzi und muss meine Tochter suchen. Ich schreie, dass die Leute Platz machen sollen, aber Schwimmer sind noch träger als Landzuschauer, wenn man sie dazu bewegen will, dass sie sich bewegen. Es dauert eine Ewigkeit, bis sie meinem Paddel ausweichen. Emma, Emmakind, halt durch, ich bin gleich bei dir! Steffen packt mit an, und schließlich sind wir nah genug dran. Ich lege mein Handy in Steffens Taucherbrille und suche mir eine Stelle, wo ich raufsteigen kann.

Ein Passagier winkt uns mit großer Geste und beugt sich über das schräge Geländer am Unterdeck, das nun dicht über uns schwebt. Er streckt sich uns entgegen. «Endlich, mir ist es schon sauber nass reingegangen. Gebenedeit seid ihr unter den Weibern. Vor Schiss bin ich fast noch katholisch geworden.» Ich reiche ihm die Hand und ziehe ihn aufs Boot runter, wo ihn der Steffen in Empfang nimmt. Bei der Übergabe wuchte ich mich an seiner Stelle nach oben.

Der Möchtegernkatholik glotzt mir nach. «Ja, spinnt der?», höre ich ihn hinter mir rufen. «Ist das ein Selbstmörder?» Die vermutlich letzten Buzigäste springen ab und glotzen mich unverständlich an, wie ich aufs Schiff kraxle. Die halbversunkenen

Ruder dienen mir als Treppe. Ich bin dankbar um jede Verzierung, jeder rausstehende Schnörkel gibt mir Halt wie an einer Kletterwand. So hangele ich mich über die Brüstung und schaffe es tatsächlich auf das Deck. So muss sich ein Hamster in einem Rad fühlen, mit jedem Schritt, den ich an der Schiffsgalerie entlanglaufe, glaube ich, weiter abzusinken. Ich scheine wirklich allein an Bord zu sein. Naa, dort drüben huscht was vorbei. Tiere mit langen Schwänzen. Sie stürzen sich von Bord. Das ist das Ende. Emma, wo bist du? Ich rufe sie und muss mich gleichzeitig in der Schieflage orientieren. Noch ist der Springbrunnen, der die Schiffsmitte markiert, nicht unter Wasser. Das Wunderkabinett liegt zwar im Unterdeck, aber ziemlich weit vorne, in Richtung Bug, der ja jetzt in die Höhe steigt. Ob dort trotzdem alles überschwemmt ist? Schalldicht heißt ja nicht unbedingt wasserdicht, oder vielleicht doch? Ich drücke die Tür zum Schiffsinneren auf, was mehr dem Öffnen einer Truhe gleicht bei der Schräglage. Wasserschwaden umwabern meine Haxen. Ich wanke weiter, darf auf dem glitschigen Boden nicht ausrutschen. Ich muss zur Emma, schnell, und klammere mich an alles, was ich greifen kann. Ein Samtstuhl schlittert mir entgegen, und ich kann gerade noch ausweichen, als ein Marmortisch hinterdreinrutscht. Nun bin ich dankbar um die Schwimmweste mit ihren dicken Kammern, so prallt wenigstens das meiste ab, was mir entgegenfliegt: Kochtöpfe, Geschirr, Wandgemälde mit Goldrahmen. Ich durchschreite oder, besser gesagt, durchkrieche den Speisesaal, über mir klirrt der Kristallüster. Er hängt immer noch an Ort und Stelle, aber er leuchtet nicht mehr. Der Strom muss ausgefallen sein. Wie auf der Titanic ... Aber das heißt, die Emma sitzt jetzt im Finstern. Was muss sie nur durchstehen, meine Kleine. «Emma!», rufe ich wieder, verharre einen Moment und lausche. Abgesehen von Wellengeplätscher und einem Ächzen der Balken kriege ich keine Antwort. Ich arbeite mich weiter vorwärts bis zu den Stufen ins Unterdeck. Doch was ist das? Das Treppenhaus steht schon unter Wasser. Jetzt muss ich tauchen. Ich ziehe die Schwimmweste aus und tanke so viel Luft wie möglich, überlege, wie ich am besten abspringen soll, da wickelt sich was um meine Beine. Ein Kleiderbügel mit einer Bluse daran hat sich an mir festgehakt. Ich denke an den Wunder und an die Fächer, die ich seiner Frau einbauen sollte, damit sie alle Klamotten unterbringt. Das wird jetzt alles hinfällig sein. Weiter vorn als da, wo ich bin, liegt Purzels Reich. Noch im Trockenen. Was hat die Emma vorhin gesagt, als ich sie kaum verstanden hab. Kein richtiger Schr…? Als Schreinerstochter weiß sie, was ein Schrank ist, also meint sie was, was sie sonst nicht kennt. Den begehbaren Kleiderschrank von der Purzel vielleicht, ein Zimmer voller Regale, ein Raum auf dem Schiff mit Kleidern? Das hat doch auch die Beverly erwähnt? Hin- und hergerissen, ob ich nicht lieber zuerst tauchen soll, entscheide ich mich für einen raschen Blick ins Purzel-Kabinett. Die Tür hat sich verkantet, darunter klemmt etwas, ich ziehe es heraus. Ein Frosch grinst mir entgegen. Der Emma ihr Rucksack mit ihrem Stoffschaf drin. Mir treibt's das Augenwasser aus den Augen. Emmalein, wo bist du? Ich stelle die Träger weiter, hänge mir den Rucksack über die Schultern und durchsuche Purzels Kabine. Alle Klamottennischen. Dabei rufe ich Emmas Namen, plärre mir fast die Kehle aus dem Hals. Sämtliche Schuhe und Handtaschen werfe ich aus den Regalen und steche mich an einem Absatz. Autsch, das ist ja lebensgefährlich hier. Wieder ruckelt das Schiff, und ich hab mit dem Gleichgewicht Probleme, als es sich weiter schräg legt. Mit einem Fuß laufe ich schon an der Wand wie eine Fliege. Ich klammere mich an den Türrahmen. Dem Schiffsbauch entfährt ein dumpfer Ton, ein hohles Ächzen, das wie ein gewaltiger Walfurz klingt. So muss sich dieser Jonas im Walfischbauch gefühlt haben kurz vor dem Untergang. Ich harre aus, bis es endlich ruhiger wird. Wasser dringt nun auch hier hinein, die Nässe klettert mir die Hosenbeine hoch. Nebenan ist eine Toilette, wie ich auf der Tür lese. Der Riegler zeigt auf Rot, also besetzt. Hockt da wer drin? Ich pumpere dagegen. «Emma, EEEEMMAAAAA!!!» Ich suche nach einem Euro oder irgendwas, mit dem ich das Schloss aufdrehen kann. So hat es zu Hause die Sophie gemacht, als die Emma sich bei dem Faschingsstreit eingeschlossen hat. Münzen finde ich keine, und mein Hemdenknopf ist zu dünn. Meine Hände zittern. Aber mein Taschenmesser hab ich doch wieder! Hastig drehe ich mit einer Klinge das Schloss auf und drücke den Griff runter. Es dauert, bis unter den Ritzen das Wasser hindurchströmt und ich die Tür gegen den Druck nach außen aufbringe. Endlich. Ich schrecke zurück. Tot.

Huhu

15.

*J*emand packt mich, zieht mich wie eine schlaffe Puppe weg von dem, was ich gesehen hab und was sich mit allen Einzelheiten für immer in mein Hirn eingraviert hat. Ein Taucher in voller Montur findet mich, als mir das Wasser bereits in den offenen Mund läuft. Das Schiff ist samt mir weiter abgesackt, ich konnte mich nicht rühren, stand einfach nur da, bis mich die Strömung anhob. Minutenlang oder eine halbe Ewigkeit, ich weiß nicht genau. Ich schaute und wollte eigentlich nicht hinsehen.

«Wir können nicht, müssen doch ... dürfen ...», rufe ich gurgelnd, wehre mich aber nicht gegen die rettende Hand. Dazu fehlt mir einfach die Kraft. Der bebrillte Schnorchler formt mit den Handschuhfingern ein paar Zeichen vor meiner Nase, aber ich verstehe leider kein Tauchisch. Er stößt einen Schwall Luftblasen ins Wasser, die ich als Seufzer deute. Dann umfasst er meinen Kopf, hält ihn mit geschicktem Griff so, dass ich wieder besser Luft bekomme, und schleppt mich auf dem Rücken liegend weg. Kaum sind wir vom Schiff runter, bäumt es sich auf, als hätte es einzig unsere Last noch einigermaßen auf dem Wasser gehalten. Mit einem lauten Schmatzer hebt sich der Bug mit den Rammspornen und dem winkenden Goldmops senkrecht in den Himmel. Dann ruckelt er noch ein paar Mal und verharrt. Das Heck muss auf Grund gelaufen sein. Die vollbesetzten Boote, die überladenen Luftmatratzen und Surfbretter, alle, ob Retter oder Schiffbrüchige, starren auf das halbversunkene Wunderwerk. Steffen hilft, mich auf das Schlauchboot zurückzuhieven. Erst da begreife ich, dass nicht er mich gerettet hat.

«War sonst niemand mehr auf dem Schiff, Mama?», fragt er die Frau, mit der er vorher über die Leni Riefenstahl gestritten hat und die jetzt ihre Taucherbrille lupft.

«Keiner, und bei ihm hier, unserem Sankt-Andreas-Experten, war es äußerst knapp.» Sie hängt mir ein Handtuch um und drückt mich von der Bootskante auf den Boden runter. Ich soll mich ausruhen. Ich will nicht, ich will meine Tochter.

«Papa, ich bin hier», höre ich die Emma rufen. Es muss ein Traum sein. Ich schließe die Augen, blende den Himmel aus und das Leben, will nichts mehr sehen und hören. «Papa, huhu, hier bin ich, so schau doch her.» Ich schaue schon, in mich hinein, stelle mir vor, dass sie lebt, irgendwo in mir drin, einem Paradies, das genauso wie das echte Possenhofener aussieht, nur noch tausendmal schöner. Pferde gibt's da für die Emma und Reitausrüstungen und alles, was sie sich wünscht. Etwas Nasses drückt unter mir, ich hab noch den Rucksack auf, mit ihrem Stoffschaf namens Kohl drin. Ich traue mich nicht, die Augen zu öffnen, nicht, dass dann auch noch der Traum in mir drin fortschwimmt und ich völlig versinke.

Sirisurri

«Ein Wunder ist es», höre ich meine persönliche Retterin sagen. Sie ist die Mutter vom Steffen, heißt Judith Holle und hat mit ihrem Handy herumtelefoniert. «Bisher wurde niemand ernsthaft verletzt, sagt die Wasserwacht, und keiner scheint ertrunken zu sein.» Wenn sie wüssten.

«Wir bringen Sie zum Possenhofener Dampfersteg, zur Sammelstelle für alle Schiffbrüchigen. Dort kriegen Sie trockene Sachen und können sich aufwärmen.»

«Schläfst du, Papa?» Die Emma spricht mit mir, ich freue mich und heule zugleich. Ich spüre sie sogar: Sie ist mir ganz nah, so als säße sie mit mir im Boot. Sie kitzelt mich, und ich muss lachen, obwohl ich nicht will. Es wirkt alles so echt. «Ui, und den Kohl hast du auch gerettet, danke, Papa.» Mit einem Bussi werde ich wach geküsst. Märchenhaft.

Ich reiße die Augen auf, blicke in das allerschönste Kindergesicht. Emmas. Sommersprossen, fast schon Herbstsprossen, so bunt, wie sie sind. Sie lebt, wirklich und wahrhaftig! Meine Emma, ich schluchze und umarme sie und will sie am liebsten nie mehr loslassen. Tausend Fragen will ich sie fragen, aber das hat Zeit. Erst breitet sich das Glück richtig aus. Wir hocken im Boot und werden von den Wellen geschaukelt, Emma winkt den anderen Geretteten, die an uns vorbeifahren. Ein schwarzer Vogel fliegt hoch über uns, oder ist es eine Hornisse? Sie brummelt näher, wird größer, verwandelt sich in einen Hubschrauber, der sich sirrend durch die Luft schraubt. Es wird doch nicht der schon wieder sein? Kaum dass ich wieder spüre, dass ich lebe, steigt mir die Galle auf. Er ist es, muss es sein. Unverkennbar streckt er einen seiner Quadratlatschen aus dem Flugobjekt, als wäre er jetzt bei der GSG 9 und müsste ein paar Geiseln befreien. Ich ertappe mich, dass ich ihm wünsche, dass er runterfällt, gemein, wie ich bin. Bei solch fiesen Gedanken wird die Mama im Himmel auch nichts mehr für mich richten können. Als innere Ausrede bringe ich vor, dass der Jäger Wolfi doch nur, wie alle anderen, im bacherlwarmen Wasser landen würde, mehr nicht. Und dann könnte er gleich den Befreiungsgriff üben, wenn ihn am Grund ein Waller packt. Die Luftmaschine kreist eine Weile über dem Wrack, das wie eine Mopslöwenkopfstele aus dem See ragt, dann dreht sie ab und fliegt zurück Richtung Starnberg.

Was bin ich froh! Die Emma ist nicht mal richtig nass geworden. Ich würde nun doch gern wissen, ob es ihr wirklich gutgeht und wie sie es aus dem Schiff geschafft hat, doch dann denke ich mir, ich will sie nicht gleich bedrängen. Sie braucht bestimmt etwas Zeit, so wie ich. Sie trägt noch den Plastikring aus dem Sisi-Turm am Finger, von dem Kettchen sehe ich nichts mehr. Das war ein Beweisstück, wir müssten es eigentlich abgeben, aber das eilt jetzt nicht. Nach unserer Ankunft auf dem Steg, kaum dass wir an den großen Pfosten, wo sonst die Dampfer anlegen, ausgestiegen sind, rennt sie zum Opa Fidl vor. Dort haben die Senioren eine Art Großküche improvisiert. Die weiße Rauchwolke von vorhin hat sich in eine dichte Qualmsäule verwandelt, die uns alle zum Husten bringt und das Ufer verhüllt. Die dem Wasser Entstiegenen müssen nun aufpassen, nicht an einer Rauchvergiftung zu sterben. Eine Vielzahl Gerüche steigt mir in die Nase. Was kochen die da bloß wieder? Ich höre die Pöckinger Feuerwehr anrücken, deren Martinshorn hat einen unverkennbaren Schnackler hinten nach, so als würde das Tatütata ausatmen. Tatüta-hh-taaa. Erst ein Wasserunglück, und nun brennt's? Hoffentlich nicht dem Fidl sein Atelier. «Emma, bleib hier», rufe ich vergeblich. So schnell wollte ich sie nicht gleich wieder hergeben, doch sie ist schon zwischen den vielen Leuten verschwunden. Wind kommt auf, und der Rauch dreht ab, sodass ich nun mehr erkennen kann. Auf dem Steg und den Wiesen am Ufer tummeln sich Menschen. Ich will der Emma nach, merke, dass ich Schwammerl in den Knien hab, und sacke auf eine der Bierbänke, die am Steggeländer entlang aufgestellt sind. Ich bin nicht der Einzige mit einem Schwächeanfall.

Der Mann neben mir fächelt sich mit seinem Handtuch Luft zu. «Oha, da sind aber Experten am Werk.» Jetzt erkenne ich eine Reihe Griller am Grillen. Also ich mein die Heiß- oder Heizgeräte, nicht die Zirptierchen. Vom Atelier aus bis zum Dampfersteg runter, in allen Formen und Größen. Runde und eckige, manche wie ein Mausoleum geformt, andere leuchtend grell wie Ufos oder klassisch schlicht wie ein Servierwagerl. Einer ist der mit dem Perser unterlegte Bratrost aus dem Schlosspark. Anscheinend haben alle Hobbyköche und Partygriller ihre Utensilien hierherverfrachtet, um eine Art Notversorgung zu leisten. Zusammen mit den eifrigen *Gemeinsam Dabeiseiern* aus Pöcking fuhrwerken die verschleierten Frauen, und ich sehe auch die Müller Ayşe als Dolmetscherin in ihrem Element. Auch ein Samowar ist am Steg neben der Schautafel aufgebaut, die ersten Tees und natürlich das selbstgebraute Sisi-Bier der Senioren werden verteilt. Die Emma schleppt einen Berg Decken herbei, teilt sie mit der Pflaum Burgl zusammen an die Bierbänkler aus. Jetzt, wo auch ich helfen könnte, sitze ich nur da und lasse mein

Kind arbeiten. Mir fehlt ja eigentlich nichts, doch einen Moment will ich mich ausruhen. Meine Knie zittern noch, und alles dreht sich, sodass ich schon glaube, die Leute kreisen mich ein, Ufer und Wasser vermengen sich zu einem grünblauen Brei. Ich meide den Blick auf das Wrack, obwohl ich genau in die Richtung schaue. Der Buzi steckt in der Sandbank kurz vor der Roseninsel, als hätten sie einen blaugoldenen Leuchtturm im Wasser aufgestellt. Die beiden Löwenköpfe schnappen nach den Wolken, der Goldmops liegt auf dem Rücken, als nähme er ein Sonnenbad in der Luft. Ich ertappe mich, wie ich an das beschädigte Stückchen in der Zierverkleidung denke, die Kante, die beim Transport der Flügeltüren rausgebrochen ist. Wer schert sich nun darum? Niemand, genauso wenig wie um den anderen Prunk, der den Fischen auf dem Silbertablett serviert wird, fragt sich nur, was die damit anfangen sollen. Einige Boote der Wasserwacht sichern das Wrack wie mit einem unsichtbaren Absperrband. Ich wäre gern mit meiner blauen Schnur behilflich, die ich immer von den Heuballen aufhebe, wenn ich die aufschneide. Die Meterstücke kannst du auch von Boje zu Boje verknüpfen, aber ich will mich nicht aufdrängen. Ich suche die Reihen der Schiffbrüchigen ab, ob ich wen kenne. Zwischen den erschöpften Geretteten entdecke ich die Wunderfamilie. Er, sie und die Beverly hocken zusammen unter einer grauen Decke auf einer Bank und sind damit kaum von den anderen zu unterscheiden. Die Eltern spielen an ihrem Handy herum. Der Wunder hat es am Ohr, die Purzel starrt darauf, als wäre es ein Minifernseher, und das ist es vielleicht auch. Nur die Beverly stochert mit ihrer Gerte im Gras herum. Ich muss noch das Angebot mit dem Exklusiv-Schreinerauftrag absagen, doch ist das, mitten in diesem Elend, der passende Zeitpunkt dafür? Vermutlich hat sich diese Angelegenheit sowieso von selbst erledigt, hoffe ich. Ich merke, dass die Emma und die Beverly sich nicht mehr beachten, als meine Tochter mit der Burgl durch ihre Reihe kommt, so als würden sich die beiden gar nicht kennen. Wie mir die Emma auch eine Decke bringt, ziehe ich sie zu mir auf den Schoß. Was bin ich froh, dass ihr nichts passiert ist und dass ich sie wiederhab!

«Magst du dich umziehen, Papa? Die haben vorne Sachen aus dem Altkleidercontainer, soll ich dir was holen?»

«Danke, es geht schon, mir ist nicht kalt.» Ich schlinge meine Arme um sie und bussele sie ab. So viel Freude bringt mich zum Glühen, ich bin schon fast wieder trocken. Und doch kriege ich das, was ich auf dem Schiffsklo gesehen hab, nicht aus mir heraus.

«Papa!» Sie windet sich aus meiner Umarmung, setzt sich aber dann doch zu mir und seufzt. Ihr Blick geht zur immer noch das Gras peitschenden Beverly.

«Habt ihr euch gestritten?», frag ich.

Sie nickt. «Die Bevi ist sauer auf mich.»

«Wieso, was war denn?», frage ich und ziehe Emma wieder näher zu mir heran.

«Ihr Handy ist weg, das war nicht wasserdicht. Dafür hab ich ihr aber schon die Kette aus dem Sisi-Turm geschenkt. Das ist gar kein Krebs, hat die Bevi gesagt, das ist ein Skorpion, so wie sie.» Mmh, eigentlich müsste ich dem Wundermädchen das Kettchen wieder abluchsen. Nur wie, ohne allzu großes Aufsehen zu erregen? Ich kann ja kaum von «Beweisstück» oder so reden.

«Ich hab mir solche Sorgen um dich gemacht. Und als du dann noch am Telefon gesagt, dass du keine Luft mehr kriegst...»

«Häh?» Sie überlegt einen Moment. «Ich hab keine Luuust mehr, hab ich gesagt, Papa. Die Bevi gibt immer bloß an, die spielt gar nicht richtig.» Emma fischt den tropfnassen Kohl aus dem Rucksack, den ich auf der Bank abgestellt hab, und wickelt ihn in ein Handtuch.

«Dann warst du gar nicht eingesperrt?»

Sie tupft dem Schäfchen mit einem Handtucheck die Kulleraugen trocken. «Doch, schon, die Beverly hat abgeschlossen, und dann ist sie weggelaufen.»

«Und wie bist du aus der Kajüte wieder rausgekommen?»

«Das war keine K-Dingsda.» Emma verdreht die Augen. «Das war der Nachthemdschrank zum Drinherumgehen von der Beverly ihrer Mama. Ich bin zum obersten Fach hochgeklettert, wo der zweite Schlüssel in einer Mopsfigur versteckt war, und hab aufgesperrt, dann bin ich zu den anderen rausgerannt und hab mich für das Rettungsboot angestellt. Dort hat mir ein Mann das Handy weggenommen, der wollte seine Frau anrufen, dringend. Dabei ist es runtergefallen und nass geworden, aber der Mann hat es trotzdem eingesteckt.»

«Und woher hast du das mit dem Schlüssel im Mops gewusst?»

Sie schüttelt den Kopf über mein Unwissen. «Das kann ich doch sehen, das weißt du doch, Papa.»

Ich bin beruhigt, ihre Gabe ist zurück. «Du, ich ruf die Mama mal an, kommst du mit vor zum Opa? Dort frag ich den Bene, ob er mir sein Handy leiht. Meines ist auch fort, das hab ich auf dem Steffen seinem Boot vergessen. Und mein Radl und die Schuhe stehen auch noch in Feldafing.»

«Dann such ich dir solange andere Schuhe in den alten Sachen. Du ziehst sie auch an.»

Ich würde lieber weiter strumpfsockig laufen, aber gegen die Zukunft, die Emma schon sieht, bin ich machtlos. Wir wecken unseren Sitznachbarn auf, der mittlerweile ein Nickerchen macht, als wir aufstehen und die Bank aufschnappt. «Tut mir leid!» Aber er bedankt sich, er hatte gerade so einen scheußlichen Traum, worin er fast ersoffen wäre, und jetzt bräuchte er dringend was Flüssiges als Druckausgleich. Ich strumpfe zum Atelier vor und finde den Bene beim Fidl am Arbeitstisch. Er zeichnet einem Schiffbrüchigen die Einkesselung von Stalingrad auf die Papiertischdecke auf, wo er seinerzeit mit dem allerletzten Flieger rausgekommen ist. Ich unterbreche ungern, traue es mich dann doch, wie er zwischen zwei Pfeilen und Kritzelknäueln mit dem Kugelschreiber eine Fuchtelpause einlegt. Er reicht mir sein Ei-Phone, das in seiner Brusttasche wohnt. Damit hat er uns ja schon mal beim Hendlmordfall den Ersthelfer gemacht. Dann suche ich mir ein ruhigeres Eck, hinter dem Eingang zur Schlossmauer, wo es zwar ein bisschen verpieselt riecht, ich aber wenigstens verstehe, was ich sage. Aber dann fällt mir wieder ein, dass ich die Sophie ja nur ganz umständlich erreiche. Ich Schafbeutelwascher in Person. Mir schwurbelt der Schädel. Bin ich etwa nachträglich seekrank, gibt's das auch? Ich gehe zurück, frage den Fidl, ob er ein Telefonbuch im Atelier hat, damit ich in Fürstenfeldbruck bei der Kripo anrufen kann. Im Schweinfurter Hotel wird sie um diese Uhrzeit nicht sein, sie steckt sicher noch mitten im Blut. Also muss sie einer ihrer Kollegen für mich anpiepsen. Auswendig weiß ich die Nummer leider nicht.

«Naa, wozu brauch ich ein Telefonbuch ohne Telefon?», sagt der Fidl. Mein Schwiegervater bevorzugt, wenn überhaupt, die schriftliche Korrespondenz.

«Frag doch einfach die Siri», plärrt der Bene vom Tisch aus herüber.

«Die Sisi?»

«Naa, die Si-rrrr-i.»

«Wen? Habt ihr ein neues Vereinsmitglied oder eine neue Pflegerin?» Ich suche unter den Grillhelfern der *Gemeinsam Dabeiseier* nach einem unbekannten, sirisch wirkenden Gesicht.

«So was brauchen wir nicht.» Der Bene erhebt sich und stellt sich zu mir. «Wir managen uns selbst, hast du das vergessen?

Die Siri ist das Fräulein in meinem Ei-Phone drin, mit ihr versteh ich mich manchmal besser als mit meinen drei Ehefrauen damals. Und sie hat bestimmt nichts dagegen, dass auch du sie mal was fragen darfst.»

«Ich dachte, du warst nur zwei Mal verheiratet?»

«Kann auch sein, ist schon zu lang her, ich erinnere mich nicht mehr so genau. Die erste war eine Kriegsehe, kaum geschlossen, schon erschossen. Und die zweite ...» Er kratzt sich am Hinterkopf. «Also, die Siri verrät dir sogar Telefonnummern.» Mit mir will er seine Ehedramen anscheinend nicht weiter besprechen. Er zeigt mir, wo ich drücken muss.

Wie kann ich dir helfen?

steht blitzartig in Leuchtschrift auf dem Apparat. Hoppla, das war doch mein Job bisher. Ich stottere rum: «Äh, also, ja, äh, i...» Anstelle der Schrift wellt sich nun eine Linie auf dem Display, als würde jemand ein winziges Seil schwingen, nur dass du den Jemand nicht siehst. Und wie ich zu sprechen aufhöre, ertönt ein Pling.

«Ich bin mir nicht sicher, ob ich das richtig verstanden habe.» Ich fahre zusammen, als eine helle Frauenstimme direkt zu mir spricht.

«Das ist sie, meine Siri, schön, gell?» Der Bene kriegt ganz rote Backen vor Stolz.

«Und was muss ich jetzt tun?», frage ich.

«Möglichst nicht rumstottern, sondern reden, klar und deutlich.» Er drückt mir noch mal die Taste.

«Ich wollt wissen, ob, ja, ähem, die Ding, also ich brauch die Telefonding von meiner, äh, also ...»

Pli-Ling: «Ich bin nicht sicher, ob ich das richtig verstanden habe», ertönt es zum zweiten Mal.

«Kann deine Madame auch noch was anderes?» Die Siri erinnert mich an den Batteriehund, den ich mir als Bub unbedingt zu Weihnachten gewünscht hab. Angeblich sollte der bellen, schwanzwedeln und unterwegs noch ein Bein heben können, eben wie ein richtiger Hund. Als ich ihn dann wirklich auspacken durfte und nach einer Weile endlich von meinen Brüdern zurückbekam, die ihn natürlich zuerst begutachten wollten und halb auseinandernahmen, hörte sich das Kläffen eher wie Niesen an. Die Batterien waren auch gleich leer, kaum dass ich ihn im Garten und im Wald und über den Kartoffelacker und alle Wiesen hinter mir hergeschleift hab.

Der Bene reißt mir seine Siri fort. «Wen brauchst du denn?» Und ich sag's ihm, dann beugt er sich über das Phony, berührt mit seinen Lippen fast die Plastikscheibe, als wollte er sie küssen, und haucht in halbwegs geradem Hochdeutsch in das viereckige Ei: «Telefonnummero bittö von der Kri-mi-nal-polizei in Fürstenfeldbruck.» Und tatsächlich gleich sechs Möglichkeiten stellt die Siri daraufhin vor. Liebe auf den ersten Ton. Ich wähle den richtigen Ort aus und rufe bei der Sophie ihrer Dienststelle an. Frau Gstattenbauer, die Sekretärin am Verbrechens-Empfang, fragt, ob sie mir die Sophie geben soll, sie stünde neben ihr.

«Was?» Und wie ich tatsächlich meine Frau kriege, überschlagen sich meine Worte. Ich sag ihr alles, was ich weiß, von dem Toten und überhaupt. Noch nie hab ich so viel auf einmal geredet, ich glaube selbst nicht, dass ich das bin, der das alles zusammenfabriziert. «Und warum bist du schon aus Schweinfurt zurück? Ich dachte, dein Kurs geht bis Dienstag?»

«Ich hab vorzeitig abgebrochen wegen der Sonderkommission ‹Buzi›, die gerade frisch einberufen worden ist. Wir müssen nach der Ursache des Schiffsunglücks suchen. Der Oliver ist noch in Mallorca und der Dieter im Krankenhaus, Bandscheibe.»

«Und du bildest jetzt ohne deine Kollegen ganz allein eine Soko?»

«Ich krieg noch Unterstützung aus Starnberg, jemand von der Wasserwacht wahrscheinlich. Die Tochter von der Melcherin ist doch mit dem DLRG-Chef verheiratet.»

«Das hab ich gar nicht gewusst. Ich bin noch nie im Wasser bei Rot über die Ampel gefahren.»

«Du Schmarrer.» Ihr vertrautes Lachen erklingt, und mir geht das Herz auf.

«Muggerl, ich muss los, bis ich vor Ort bin, das dauert sonst zu lange wegen der Leichenbergung. Sag mir doch noch mal genau, wo der Tote lag.» Und ich wiederhole meine Worte, diesmal langsamer zum Mitschreiben. Nur den Grund, warum ich auf dem sinkenden Schiff war, lasse ich aus.

Die Sophie meint, ich wollte nur irgendwelchen Leuten helfen, wie immer. «Danke. Und du, wir sehen uns dann im Auffanglager.»

«Was, wie, wo?»

«Der Kraulfuß Fritzl stellt großzügig seine Wiese zur Verfügung, oberhalb von seinem Haus, du weißt schon, da wo das Wegkreuz für die ertrunkenen Pfarrer ist, das ihr, du und der Fidl, damals hergerichtet habt.»

Natürlich, unser Wiedertreff-Kreuz vergesse ich mein Leben lang nicht. «Was, die tausend Schiffsbrüchigen sollen jetzt alle beim Fischer auf der Kuhweide unter freiem Himmel kampieren?»

«Naa, das Technische Hilfswerk und die Pöckinger Feuerwehr bauen Zelte auf, die müssten schon dabei sein.»

Ach, darum das Martinshorn der Pöckinger. «THW und Feuerwehr, ob das gutgeht?»

«Wieso nicht, es ist schließlich endlich mal keine Katastrophenübung, sondern Realität, wo beide Vereine zusammenarbeiten müssen. Ich hoffe, dass es bis auf den einen, den du gefunden hast, glimpflich ausgeht und keine weiteren Toten angeschwemmt werden.» Ich höre, wie die Frau Gstattenbauer ihr was zuflüstert. «In Ordnung, sofort.» Sophie wendet sich wieder mir zu. «Du, ich muss weitermachen, also, wir treffen uns später, ja?» Ich glaube schon, dass sie auflegt, doch dann fragt sie noch, wie's der Emma geht. «Sie hat doch hoffentlich von all dem nichts mitgekriegt?»

«Ich bin mir nicht sicher, ob ich das richtig verstanden hab», antworte ich zur Ablenkung mit Knartschstimme wie ein Siri-Imitat. Wie soll ich das nur mit der Emma auf dem Schiff meiner Frau erklären?

«Muggerl, bitte. Eine Gaudi machen wir nachher. Sag jetzt gescheit.»

«Wo?»

«Wie, also wann, ich meine, von der Leiche, sie war doch hoffentlich nicht dabei, als du die gesehen hast?»

«Natürlich nicht, auf keinen Fall, bestimmt, ungelogen.» Da bin ich ganz ehrlich.

«Na, das hört sich aber geschwindelt an. Lass uns nachher genauer reden, ich bin sehr froh, dass euch nichts passiert ist. Was ist mit meinem Cousin? Ist der auch bei euch am Dampfersteg?»

Auwehzwick, den Thierry hab ich ja total vergessen!

Werry importänt
17.

Hockt der Sophie ihr Vetter wirklich noch bei uns zu Haus im Trockenen und lässt es sich gutgehen, fern von einem Schiffsunglück oder irgendwelchen Überschwemmungen? Mich interessiert es schon, was der Thierry wie und wo treibt. Solch jungen Globetrottern wird's doch schnell langweilig. Ich gebe dem Bene sein Phony zurück und einen Zwickel fürs Telefonieren, aber er will nichts annehmen. Seine Siri kostet nichts, und fürs Telefonieren hat er soundso viele Freiminuten, die er nie aufbraucht, da seine Kameraden alle schon unter der Erde liegen. «Mit zweiundneunzig bist du mehr auf Beerdigungen als auf Hochzeiten, obwohl, jucken täte es mich schon, nur noch ein Mal wenigstens. Die Leni Riefenstahl hat auch mit hundert geheiratet.» Jetzt kommt er noch mit der daher.

«Vor der Roseninsel sollte ein Leni-Riefenstahl-Gedächtnistauchen stattfinden, hast du davon gewusst?» Manchmal schwirren so Sachen durch die Luft bis in die Köpfe der Leute, und keiner redet davon, weil jeder denkt, der andere weiß es schon.

«Ich tauch nicht so gern, und die Riefenstahl, mei, die ist ja nie aus ihrer Villa rausgegangen. Ich hätt sie schon mal gern getroffen und ihr gesagt, wie es im echten Krieg war, nicht in einem von ihren Filmen drin.»

«Und was sagst du dazu, dass sie die Hindenburgstraße jetzt

doch nicht umbenennen?» Ich war vor der Abstimmung bei einem Vortrag in der Turnhalle, und ich meine, ich hab den Bene auch gesehen, aber er hat sich nicht geäußert, als jeder seine Meinung kundtun durfte.

«Ohne den Hindenburg hätte es der Hitler nicht an die Macht geschafft, manche sagen, man soll den alten Schmarrn mit den Nazis vergessen, aber dann kochen sie ihn doch wieder hoch. Ich trag die Grausamkeiten sowieso noch die paar Jahre, die mir bleiben, mit mir herum. Lieber würd ich es schon runterspülen, wenn ich könnt, immer noch träum ich davon, in dem wenigen Schlaf, den ich in der Nacht find.» Und er trinkt einen Schluck aus seiner Sisi-Bier-Flasche, prostet mir zu.

Sein geschichtlich interessierter Gesprächspartner von vorhin steht auf und murmelt: «ขอบคุณลา.»

«War das japanisch?»

«Thailändisch, glaub ich», erwidert der Bene.

Wegen dem Franzos wende ich mich an den Fidl, obwohl der schon mehr wie deutlich angeheitert ist, bei der Menge an Leuten, mit denen er auf ihre Rettung anstoßen muss. Als ich in der Früh losgeradelt bin, waren in seinem Daimler noch sämtliche Vorhänge zugezogen. Und wie ich die Schühchen von der Irmi entdeckt hab, die draußen neben dem Vorderrad standen, wollte ich nicht stören. «Du, Fidl, hast du den Thierry getroffen heute Vormittag?»

«Wen?» Er stellt seine leere Flasche auf den Tisch. «Etwa den Wadenbeißer von der Lehrerin gegenüber?»

«Keine Terrier, sondern den Thierry, unseren französischen Gast, den Vetter von der Sophie. Also, was ist der dann im Verwandtschaftsgrad zu dir? Ein Neffe?»

«Geh, woher?» Er winkt ab. «Ich hab doch der Sophie ihre Mutter nicht geheiratet.» Stimmt auch wieder. «Aber die ...

die ...» Sag bloß, ihm fällt nicht mehr ein, wie Sophies Mutter geheißen hat, ich helfe ihm nicht, da kann er lang warten. «Die Sylvie, na, die Antoinette, oder wart, naa, die Denise, nicht, das war die aus Toulouse mit dem ... dem ..., ach, ist auch wurscht.» Plopp, er schnalzt den Verschluss einer neuen Sisi-Bier-Flasche auf. «Cathérine, richtig, so hat sie geheißen.» Mit dem Zeigefinger fuchtelt er mir vor der Nase herum. «Das war ein Prachtweib. Die hat dir gesagt, wo's langgeht, hoho. Auf deine Rettung, Muck.» Er prostet auf meine Faust, ich hab noch genug Seewassergeschmack in mir, ich brauche momentan keine weitere Flüssigkeit. Die Franzosen-Kathi, meine Schwiegermutter, war das letzte Mal bei Emmas erstem Schultag in Pöcking. Fast vier Jahre ist das her, und wenn ich dran denke, könnte es bis zum nächsten Wiedersehen ruhig mindestens noch mal so lange dauern. «Hast du heute Morgen, oder wann du losgefahren bist, einen jungen Kerl gesehen, bei uns im Haus?», probiere ich es noch mal.

«Ach so, den? Ich hab mich schon gewundert, wer das ist. Der Bursche hat mir ganz nett gewunken, als er raus ist bei euch, und ich hab ihn gefragt, ob er auch zum See geht, um sich das Buzispektakel anzuschauen. Aber dass das ein Franzos war, ist mir nicht aufgefallen.»

«Ja, hat er nicht geantwortet auf deine Frage?»

Der Fidl kratzt sich am Kinn. «Biäsürschähswiearut. Schäö tikepurlabato.»

Ich verstehe kein Wort. Dem Klang nach muss es aber der Thierry gewesen sein.

«Kapierst du, was ich gesagt hab?» Der Fidl starrt mich bierselig an. Ich schüttele den Kopf. «Was? Und du bist mit einer Französin verheiratet? Schäm dich.»

«Halbfranzösin, Fidl, nur halb», rechtfertige ich mich.

«Dann gib dir doch mal Mühe und lern ihre Sprache, meine Tochter hat auch die deine gelernt.» Er hat recht, Bayerisch hat sie wegen mir und meiner Mama gelernt, sonst wäre die Sophie nie von ihr akzeptiert worden. «Also, was hat er gesagt?», bringe ich den Fidl wieder in meine Spur.

«Na gut.» Er erbarmt sich. «Er hat gesagt, dass er aufs Schiff drauf ist, hat wohl ein Billett gekriegt. Mit dem hat er mir vor der Nase rumgewedelt.» Genau, das muss die VIP-Karte von mir gewesen sein, die mir der Wunder gegeben hat, ich hab sie auf dem Küchentisch liegen lassen. Herrschaftszeiten, wie blöd kann ich überhaupt noch sein! Jetzt war der Franzos auch noch auf dem Buzi. Hoffentlich ist er gesund runtergekommen. Ich muss schnell die Emma einsammeln und zu den Zelten hoch, um bei den anderen Geretteten nachzuschauen, ob er dabei ist, bevor die Sophie eintrifft und ihren Vetter nicht parat vorfindet. Wie ich zum Dampfersteg eile, rechts und links zum Ufer rüberlure, ob der Thierry nicht irgendwo gestrandet ist und ich ihn nur vorher übersehen hab, prescht von links ein Motorboot der Wasserwacht vorbei. Hinter der Windschutzscheibe steht meine Sophie, ich vermute auf einer Kiste, denn sie wirkt größer, verdeckt sogar fast den Wasserwachtler in seiner dunkelblauen ... Nein, das war ja klar, wer ihr Soko-Kollege sein wird. Manchmal glaub ich, dass sie den schon geklont haben, so oft wie der überall mitmischt. Und von meiner Frau kriege ich ihn auch nicht weg, er sucht direkt ihre Nähe. Der Möchtegern-Dressman, eher der «Von mir kriegst du noch Dresche»-Mann! Das garantiere ich ihm unter Garantie. Eines Tages, wenn ich nicht mehr machtlos wegen der Scheiß-Lebensrettung bin.

Schwarzweißgedanken
18.

Mit der Emma an der Hand steige ich zum Zinkhaus hoch, wo die Ida Ding, die Schriftstellerin, der ich die ganze Geschichte hier erzähle, im Waschhäusl ihr erstes Lebensjahr verbracht hat. Dahinter liegt die Kuhweide vom Kraulfuß. Das Hickhack zwischen den Technikern vom Hilfswerk und den Pöckinger Feuerwehrlern hat bereits begonnen. Die Starnberger vom Katastrophenschutz sind mit großem Aufgebot angerückt. Gerüste, Feldbetten und Planen. In Nullkommanochwas bauen sie eine ganze Zeltstadt auf. Dagegen wirkt die Jurte der Pöckinger, die gern an den Kindergarten verliehen wird, wie ein Tannenbäumchen vor einem Fichtenwald. Ich lange mit hin und helfe, wo ich kann. Die Emma findet schnell ein paar Spielkameraden und saust mit ihnen herum. Bald steht die Wiese bis zum Waldrand voller hellgelber Fünfzigpersonenzelte. Per Großeinsatz werden alle Geretteten von überall auf dem See nach Possenhofen transportiert, da das der nächste Anlegesteg von der Roseninsel aus gesehen ist. Die vom Dampfersteg können selbst hergehen. Der Rest wird um den See herum per Bus und Taxi hergeleitet. Die Limousinen der Angehörigen, die die Schiffbrüchigen nach der Registrierung abholen, die Einsatzwagen der Retter plus die Busse der Berichterstatter lassen neue Parkplatzprobleme entstehen. Logisch. Der Kraulfuß Fritzl weiß Rat. Breit grinsend stellt der Fischer eine weitere Wiese zur Verfügung, halb Possenhofen gehört schließlich ihm, aber er tut das gegen Geld, versteht sich. Allein durch diesen Nachmittag wird er für einige Zeit finanziell ausgesorgt haben. Aber nicht nur der Fritzl macht das große Geschäft an diesem Tag. Es gibt noch andere Sauger, die im Buzidrama ihre Chance riechen.

Ein Megaphon ruft zur Blutspende auf. «Retten Sie die Verunglückten, ein wenig roter Saft von Ihnen verlängert Leben.» Ich frage mich, wo das Blut helfen soll. Die Halbertrunkenen brauchen höchstens eine Wärmflasche oder eher ein Eis, denn trotz einiger Quellwolken, die sich vor die Sonne batzen, ist es immer noch hochsommerlich warm.

Hunderte erschöpfter Menschen schleppen sich in Bademänteln oder in ihrer noch nass wirkenden Festkleidung in die Jurte, die als Registrierzelt dient. Die Ankömmlinge sollen sich in eine Liste eintragen, die dann mit der Gäste- und Passagierliste abgeglichen wird. Die Pflaum Burgl, die Melcher Manuela und die Müller Ayşe sortieren das Gedrängel bald in drei lange Schlangen. Ich halte nach dem Thierry Ausschau. Bei den energischen Frauen von *Gemeinsam Dabeisein* traut sich keiner, auch nur andeutungsweise aus der Reihe zu tanzen. Die Melcher Manuela, unsere Dorfchronistin, schwelgt in Kindheitserinnerungen, denn damals, unterm Krieg, ist dieser Platz hier Barackensiedlung gewesen. Anfangs drillte hier sogar die Waffen-SS ihr Gefolge mit Schießübungen und Märschen am Ufer entlang. Bis 1945 und die ersten Jahre danach lagen dann mehr und mehr Schwerverletzte in den Barackenbetten.

«Da waren fei ein paar schneidige Soldaten dabei», ergänzt die Kirchbach Gretl, die Mesnerin, die damals beim Bund Deutscher Mädel in Possenhofen Flakhelferin gelernt hat. «Auch wenn nicht mehr alles an ihnen dran war.» Und ihre Wangen glätten sich wie unter Dampfdruck. Nach der Aufnahme verteilen sich die Leute auf die Zelte, je nach Zustand von Sanitätern oder einer Brotzeit unterstützt oder beiden zusammen. Unsere Gemeinde hat eine Gulaschkanone spendiert. Der Panscher, der ehemalige Apotheker, wirft mit dem Melcher Sepp, dem Braumeister a. D., den Riesenkessel an. Bald blubbert ein stärkendes Süppchen. Vom Brauen, ob Bier, ob Medizin, da verstehen die beiden was. Die nach fleischlos Hungernden können sich gratis an einem Kuchen- und Semmelbuffet laben, das der Bäcker Metzger, obwohl er selbst unter den Schiffbrüchigen war, auf die Schnelle auftischt, indem er aus seinen Filialen das Samstags-Übriggebliebene-und-bis-Montag-noch-Genießbare eingetrieben hat. Ein Riesenstapel Lebkuchen ist auch darunter. Frisch schauen die nicht mehr aus, allein die Form. Und dann erkenn ich's erst. Ein Wolf mit Polizeikappi, Schreck lass nach. Der Bäcker Metzger war äußerst backeifrig. Ich bin gespannt, ob sich jemand an dem greislichen Gfries die Zähne ausbeißen will.

Die Gelegenheits- oder mehr Verlegenheitsvegetarier müssen blechen, die versorgt der Kraulfuß gegen Bares. Er zieht mit einem Handwagerl von Zelt zu Zelt und verkauft Fischsemmeln. Bei welchem Discounter hat er die am Sonntag aufgetrieben? Er legt doch immer erst Montag früh seine Netze aus. Die Leute haben zu seinem Glück meistens ihren Geldbeutel nicht verloren, denn anschreiben lassen kannst du bei ihm weder im Fischers Fritzl, seinem Pöckinger Laden oben im Dorf, noch hier. Ich höre, wie er mit einem der Bettlägerigen feilscht, der kratzt nur noch zwei Euro siebenunddreißig aus der Tasche zusammen. Sie einigen sich schließlich, indem der Kraulfuß ein Stück vom Fisch aus der Semmel wegzwickt, damit es auf die geforderten Zweifünfzig rausgeht.

Wunder über Wunder. Tatsächlich scheint keiner der tausend Buzigäste ernsthaft verletzt, bis auf ein paar kleine Schnittwunden und aufgeschürfte Knie von Bootskanten und den Muscheln zwischen den Steinen im Wasser. Einer hat einen Bienenstich, nein, halt, den isst er zu seiner Tasse Kaffee. Den Thierry habe ich immer noch nicht gefunden, doch noch sind auch nicht alle registriert. Bald stellt sich heraus, dass zu viele im Auffanglager sind, weil die Retter in ihrem Eifer ein paar mehr aus dem Wasser gefischt haben, also auch welche, die gar nicht auf dem Schiff waren und nur im See geschwommen sind. Da heißt es kritisch sortieren für das Dreifrauenteam in der Jurte. Trotzdem kriegen alle Ankömmlinge eine Kelle Gulasch auf den Teller und einen Kuchen als Nachspeise. Die Pöckinger lassen sich nicht lumpen, was der Bürgermeister per Durchsage, gleich nach seiner persönlichen Blutspende, noch etwas blass in der Fassad, betont.

In der Mitte vom Zeltplatz ist noch ein Stück Wiese unüberdacht geblieben, dort kauern die Kühe vom Kraulfuß, die konnten sich ja schließlich nicht in Luft auflösen, nur weil die Menschheit sinkt. Gekrault und bestaunt von allen Seiten, tun die Leute so, als hätten sie noch nie ein Rindvieh, also ein Vierbeiniges, gesehen, und bei manchen von den Zugereisten stimmt das womöglich sogar.

«Muck, magst nicht auch noch ein paar von deinen Schafen und Ziegen herbringen, solch ein Streichelzoo wirkt sehr positiv auf die schockierten Seelen, wie du siehst», fordert mich der Zorndl Gerhard auf, der mit aufgestrickten Hemdsärmeln der Sabine, der Susi, der Evi und der Petra, den vier gehörnten Murnau-Werdenfelser-Schönheiten, einen Wasserkübel hinstellt.

«Mögen schon, aber wollen nicht.» Ich merke selbst, dass das ein bisschen barsch klingt. Wie soll ich das erklären? «Meine Tiere sind keine Zirkusartisten, die brauchen ihre Ruhe und ihre gewohnte Umgebung. Solch eine Fremdbegrabschung schlägt sich bei ihnen leicht auf den Blättermagen, und dann kann ich schauen, wie ich die einzelnen Blätter wieder zusammenhefte.»

«Verstehe.» Der Zorndl nickt. «Wie in einem Herbarium, gell, wo zwischen den Seiten die ganzen Kräuter drin sind, die deine Schafe gefressen haben? Ich hatte als Kind auch so ein Album. Mei, das war eine Papperei, bis da eine Blume gehalten hat.» Der Gerhard verteilt nebenbei noch Handzettel an die Überlebenden. Natürlich ist er auf Stimmenfang zum Bürgerbegehren wegen dieser Bahnhofsumbenennung. Er gibt mir ebenfalls ein neongrünes Papier, was bei uns schon drei Mal im Briefkasten lag.

Pöcking soll Bahnhof werden!

Möglichst unauffällig falte ich den Zettel und schiebe ihn in die Hosentasche. «Wie sieht's aus mit dem Wetter, was meinst du, bleibt es so heiter, oder zieht ein Unwetter auf?» Das ist kein Nur-so-Gerede. Für mich steht in den nächsten Tagen die Mäh-Frage an, und der Gerhard ist Gewitterflieger bei der Hagelabwehr in Rosenheim. Ich als Bauer rücke also nur bei länger anhaltendem Sonnenschein mit meinen Maschinen aus, er dagegen ist bei verhängtem Himmel im Einsatz. Dann impft er die Wolken mit Silberjodid, damit die Chiemgauer Landwirte keine Ernteschäden davontragen. Zwar verwandelt er so manches Unwetter in einen sanften Regen, doch böse Pöckinger Zungen behaupten, dass er selbst sich dort droben auflädt wie eine Tausend-Volt-Batterie. Woher käme sonst sein hartnäckiger Eifer wegen diesem Bahnhofsnamen? Meine Sophie stößt endlich zu uns, und mein Herz geht auf wie die Morgensonne.

«Es ist alles vorbereitet, die Technik steht, Frau Halbritter.» Der Zorndl gibt meiner Frau einen Schlüssel. Sie bedankt sich, und sobald er sich abwendet, um einer neuen Gruppe Kuhstreichler sein Bahnhofsanliegen aufzuzwingen, fallen wir uns in die Arme. Busseln und busseln und noch mal und wieder. Aber auch die längste Umarmung geht irgendwann zu Ende, leider. Ich muss die Sophie wieder freigeben, schließlich sind wir nicht zu Hause und werden inzwischen nicht nur kuhäugig beäugt.

«Mir brennen vielleicht die Haxen.» Meine Frau lässt sich auf die Wiese fallen und legt ihre kurzen Beine auf meinen Schoß. Ich streife ihr die Sandalen ab und massiere ihr die schmerzenden Fußballen. Wo andere einen Schritt tun, muss sie mit Schuhgröße fünfunddreißig mindestens zwei machen.

«Also Muck, wir haben niemanden gefunden, auf oder unter Deck war keiner mehr, weder lebend noch tot. In der Klokabine nicht und auf dem gesamten Schiff. Die Wasserwacht hat Taucher runtergeschickt, die jeden Winkel abgesucht haben. Bist du dir sicher, dass du jemanden gesehen hast?»

«Glaubst du mir etwa nicht?»

«Doch natürlich. Ah, das tut gut, ich hab gar nicht mehr gewusst, dass ich Zehen hab.»

«Sie sind ja auch schwer zu erkennen», sage ich und küsse ihren kleinsten Wuziwackizeh.

«Sag mal, Muck, was hast du eigentlich an den Füßen?»

«Wieso? Die Flipflops hat die Emma für mich ausgesucht. Sind die nicht schick?» Es hat zwar eine Weile gedauert, bis ich mit meinen ausgeleierten, nassen Wollsocken die lilagrüne Plastikblume, worunter sich der Zehentrenner befindet, erwischt hab, aber es geht oder besser gesagt schlurft sich teilweise einigermaßen, also eigentlich ganz gut mit diesen Gummisohlen. «Vielleicht ist die Leiche von der Strömung fortgespült worden?», schlage ich vor.

Sophie nickt. «Und du bist sicher, dass es ein Mann war?»

«Der Lederhosen nach, ja.»

«Eine Bundlederne?»

Ich nicke. «Haferlschuhe, Strümpfe und ein weißes Hemd, glaub ich.» Dann kann es eigentlich nicht der Thierry sein, dämmert es mir, es sei denn, er hat sich eine Tracht ausgeliehen.

«Glauben oder bist du dir sicher?»

«Äh ...» Ich überlege einen Moment. Das innere Bild zeigt starke Schwarzweißkontraste mit roten Sprengseln drin, der Übergang zum Farbfernsehen halt. Meine Generation. «Ja doch, so war's.»

«Gut, und hast du den Toten nicht vielleicht doch erkannt? Tracht haben an diesem Tag so gut wie alle Passagiere angehabt, selbst der Wunder und die Besatzung.» Sie setzt sich wieder auf, schlüpft in ihre Sandalen.

«Ich hab die Tür kaum aufgekriegt, die klemmte, sodass ich ihn nur flüchtig gesehen hab, wie er auf dem Klo hockte, na ja, mehr so lag oder hing, zwischen Papierspender und goldener Klobürste.»

«Und wie kommst du drauf, dass er tot war? Er hätte doch auch bewusstlos sein können? Ihm war übel, und dann ist er in Ohnmacht gefallen.»

«Willst du mir jetzt ein schlechtes Gewissen einreden?»

«Ich frage nur. Vielleicht hat er doch überlebt und ist einer der Passagiere, die noch unter Schock stehen.»

Einen Moment überlege ich, aber dann bin ich mir sicher: «Sein Gesicht war blutverschmiert und auch die Wand und auf dem Boden, überall war Blut, bevor das Wasser eindrang.»

«Vielleicht ist er wo dagegengestoßen, als das Schiff sank.»

«Mmh.» Ich fühle mich immer beschissener.

«Also, es war eigentlich zu dunkel ...»

«Nur im Gang», ergänze ich schnell. «Die Kajüten, auch die Klokabine haben Fenster.»

«Aber die Tür war im Weg, als dass du was Genaueres gesehen haben könntest, und dann hat dich schon jemand aus dem Schiff gezogen, und du wurdest gerettet?» Mehr und mehr höre ich einen skeptischen Unterton bei ihr heraus. Ich weiß doch, was ich weiß, und ich hab es mir garantiert nicht eingebildet! Hell von dunkel kann ich supergut unterscheiden. Ich bin noch mit Schwarzweißfernsehen aufgewachsen. Wir waren die Letzten im Dorf, die auf Farbe umgestellt haben, weil meine Mama Angst hatte, dass der Peter Alexander von ihrer Lieblingsshow in echt nur wie alle anderen Männer aussieht. Nach einigem Zögern hat er ihr auch in Farbe gefallen, wie sie ihn mal bei einer Caritaskundschaft zufällig in deren Fernsehgerät drin gesehen hat. Und ich hab mich auch erst an einen farbigen Winnetou gewöhnen müssen, so was prägt.

«Okay, alle Rettungseinheiten rund um den See sind alarmiert, falls noch weitere Personen, ob lebend oder tot, auftauchen.» Sophies Blick klebt an mir, was ich an sich gern hab, nur schaut sie gerade so, als ob ich was angestellt hätte, das fühlt sich beunruhigend an. «Du, Nepomuk?»

«Ja?» Ich schlucke, mit vollem Namen spricht sie mich selten an, das klingt nach Was-ausgefressen-haben-und-nicht-wissen, Was.

«Du sagst es mir doch, wenn dir noch was einfällt?»

Bevor ich Bauchweh kriege, rücke ich lieber raus damit. «Dein Vetter war auch auf dem Schiff, und bisher hab ich ihn noch nicht unter den Überlebenden gefunden.» Und ich erzähle ihr von dem Malheur mit der Buzifahrkarte.

Eiertomatentest
19.

Voller Sorge um den Thierry folge ich meiner Frau in die Jurte, wo sie die Gästeliste mit der Passagierliste vergleicht. Ich stehe drauf, obwohl ich gar nicht dabei war.

«Muggerl, du schonst mich doch jetzt nicht aus Liebe?» Sophie sieht zu mir hoch. «Sag, könnte der Tote mein Cousin gewesen sein?»

Ich schließe ihre kleinen Hände in meine und beuge mich zu ihr runter. «Der Tote war zu Lebzeiten älter.» Gerade sehe ich diese lichten Stellen auf seiner Stirn wieder vor mir, die der WC-Hocker ähnlich wie ich gehabt hat, aber vielleicht sind dem auch vor Schreck die Haare ausgefallen, wer weiß. «Und außerdem trug er doch Tracht.»

«Als ich meinen Cousin zuletzt gesehen hab, hat er noch Windeln getragen, wie sieht er denn heute aus?»

«Ein hagerer Typ, etwa so groß wie ich. Die Hose ist ihm zwischen den Knien gehängt, wie beim Emil, ob das an noch vorhandenen Windeln lag, hab ich nicht überprüft. Und sonst, mei, wie so junge Franzosen halt aussehen. Schwarze, verstrubbelte Haare, ein bleiches Gesicht mit ein paar Pickeln auf der Stirn und am Kinn.»

«Also, damals war der Étienne ziemlich glatzköpfig, von einer schwarzen Haarpracht war noch nichts zu merken.»

«Wieso Étienne?», frage ich. «Der heißt doch Thierry.» Sollte ich mich so verhört haben? Leise sage ich Thierry-Étienne und dann noch ein paar Mal lauter und schneller hintereinander. Also wenn du wirklich Tomaten auf den Ohren hast, also keine Kirsch-, sondern die richtig großen Eiertomaten, könnte ein Verhören bei den beiden Namen herauskommen. «Ja, hat der vielleicht einen zweiten Vornamen und benutzt den im Ausland?»

«Möglich. Warte, das haben wir gleich. Bevor wir eine Suchaktion starten, rufe ich besser erst mal die Lou an und frage nach, wann der Étienne zu uns gereist ist, und ob sie mir seine Handynummer gibt. So finden wir ihn am schnellsten.» Sophie sucht aus ihrem Handy eine Nummer heraus, auf die sie drückt. Den Rest verstehe ich dann nicht mehr, als ihre Tante drangeht und die beiden in das französische Genuschel verfallen. Ich warte gespannt, helfe einer Dame beim Wechseln ihrer nassen Sachen, also nicht so, sondern indem ich das Handtuch halte, damit sie sich dahinter umziehen kann. Die Textilstubenzwillinge brauchen wen beim Aufstellen einer Wäschespinne für die viele Kleidung, damit die möglichst schnell trocknet. Der Rossi, der ehemalige S-Bahn-Zugführer, der an Multipler Sklerose leidet, steckt mit seinem Rollstuhl in der Matsche fest, in die sich die Wiese langsam verwandelt. Also hieve ich ihn auf ein paar Bretter, die als Stege zwischen den Zelten dienen.

Und dann endlich ist die Sophie mit dem Telefonieren fertig. «Étienne ist noch in Italien, erst auf dem Rückweg wollte er bei uns vorbeischauen. Er meldet sich alle paar Tage bei seiner Mutter über einen Fernsprecher, denn sein Handy ist ihm gestohlen worden. Einen Thierry kennt sie nicht, und auch ihr Sohn hat keinen erwähnt beim letzten Gespräch. Sie fragt ihn aber, sobald er wieder anruft.»

«Und das hat so lange gedauert?»

«Ich konnte doch nicht gleich mit der Tür ins Haus fallen, ich musste erst hören, wie es ihr geht.» Aha, mit ihren Verwandten ist das erlaubt. Ich aber, wenn ich so ein Herantasten und Weichklopfen mit jedem mache, ist sie genervt. Ihr Handy gongt, sie zeigt mir ein Foto, das ihr Tante Lou gesimst hat. Ein blonder Lockenkopf lächelt heraus, seine Nase hat Ähnlichkeit mit Sophies Nase und ein bisschen was von Emmas, den Herbstsprossen nach. Also der Thierry oder wer das auch immer war, der sich mir als Bonjourverkäufer aufgedrängt hat, ist das nicht. Hier im Lager scheint er auch nicht zu sein. Den Registrierdamen ist noch kein Franzos untergekommen, wie wir an der Jurtenpforte nachfragen. Weder unter E und R nicht, für Etiénne Richelieu, oder T für Thierry, sein Nachname ist mir nicht bekannt. Und dann dämmert es mir erst, dass ich da ja einen völlig Fremden beherbergt habe. Was wollte der bei uns? Hoffentlich nur Kost und Logis. «Es wurden doch Unmengen Filme und Fotos gemacht, vielleicht hat einer den Thierry auf der Kamera festgehalten?»

«Gute Idee», sagt Sophie. «Ich kümmere mich gleich darum.»

Und ich hoffe im Stillen, dass er nicht doch als verkleideter Bayer von Bord gegangen ist, jedenfalls nicht als Leiche. «Wie ich das Haus verlassen hab, hat der Franzos noch geschlafen, und als ich in Starnberg angekommen bin, war der Buzi schon vom Stapel gelassen, sonst ...» Ich stoppe meinen Redeschwall. Zu spät.

«Sonst?»

«Ach nichts.»

«Was nichts?»

Die Sophie erfährt es sowieso früher oder später, da hab ich keine Chance. «Sonst hätte ich die Emma noch rechtzeitig abholen können, sie war mit auf dem Schiff.»

«Was?» Meine Frau streckt sich zu mir hoch.

«Ihr ist nichts passiert, das hast du doch selbst gesehen, sie war gleich in Sicherheit.» Die Emma und die Sophie haben vorhin miteinander geredet, jetzt spielt unsere Tochter mit ein paar Kindern am Waldrand, wo eine Schaukel in einer Fichte hängt.

Und ich sage ihr, wie ich die Abfahrt verpasst hab und die Emma schon auf dem Schiff war und ich ihr am Ufer gefolgt bin und alles.

«Wann wolltest du es mir eigentlich erzählen?»

Wie ein getretenes Hündchen komme ich mir vor, hoffentlich kriege ich wenigstens einen halbwegs erbarmungswürdigen Hundeblick zusammen. Es klappt, meine Liebste atmet aus und seufzt.

«Da hätte ich ja um ein Haar euch beide verloren. Ihr seid also beide in Lebensgefahr gewesen.»

Wider Erwarten bekomme ich sogar einen Kuss. «Na ja, so schlimm war's jetzt auch wieder nicht. Obwohl ...» Ich hole mir noch einen ab. «Was ich mich frag, jetzt, wo ich es dir erzählt hab, ist, wie soll der Franzos es auf das Schiff geschafft haben? Da müsste er schon mit einem Taxi nach Starnberg zur Werft gefahren sein, um vor mir dort zu sein. Ich hab den Start nämlich verpasst. Als ich weg war, hat ihn dein Vater bei uns zu Hause getroffen, aber bei ihm bin ich mir nicht sicher, ob er genau hingeschaut hat, abgelenkt von seinem Damenbesuch, so verliebt, wie er ist.» Oje, ich hab noch was ausgeplappert.

«Verliebt?» Sophie reißt die Augen auf. «Da bin ich bloß ein paar Stunden weg, und hier dreht sich alles um hundertachtzig Grad.»

«Von wegen ein paar Stunden, für mich war's eine Ewigkeit.»

«Oh, du Armer!» Sophie streicht mir übers Gesicht, ich könnte schnurren, wenn ich's könnte. «Und wer ist Papas neue Auserwählte, etwa diese Kunstliebhaberin, von der du mir erzählt hast?» Ich nicke. «Mag sie meinen Vater auch, was glaubst du?»

«Da bin ich überfragt. Sie spricht jedenfalls von ihm, als wäre er Picasso persönlich.» Und das ist er ja auch irgendwie, der Pöckinger Picasso, was die Anzahl seiner Pinsel, Leinwandstriche und Frauen angeht.

Der restliche Nachmittag wird ein mühsames Geschäft. Sophie fragt bei ihrem Vater nach ihrem «Cousin». Der Fidl kann sich nicht mehr an die Uhrzeit erinnern, wann er ihn getroffen hat, ob das gleich, nachdem ich weggeradelt bin, war oder später.  Also so um neun oder auch erst um elf oder zwölf. Fidl mag keine Uhren, die im Daimler ist kaputt, und die Pöckinger Kirchturmuhr läutet nach ihrer privaten Sommerzeit. «Heute wird das mit jeder weiteren Halbe, die der Papa solidarisch zwitschern muss, sowieso nichts mehr. Und morgen früh, wenn er sein Immunsystem mit Frischmilch reinigt, wird bestimmt auch die Erinnerung mit fortgespült.» Sophie verzieht den Mund, wie sie mich in Zelt Nummer zweiundzwanzig beim Helfen aufspürt. «Deshalb, Muggerl, wäre es sehr nett, wenn du dir die Aufnahmen ansiehst, ob du den ‹Thierry› erkennst. Nur so lässt sich feststellen, ob er überhaupt auf dem Schiff war, und mit einem Foto können wir die Crew befragen, ob er an deiner Stelle an Bord gegangen ist.» Ich wollte gerade zur nächsten Feldbettkante wechseln, um mir eine der vielen Überlebensgeschichten anzuhören.

«Was, ich soll mir alle Schnappschüsse von sämtlichen Leuten ansehen? Das dauert doch Tage, Wochen, Monate, Jahre.»

«Ganz so schlimm wird's hoffentlich nicht. Sobald du einen Treffer hast, ist es vorbei. Sieh dir zuerst die Profifotos vom Kiringer an, den hat der Wunder engagiert. Der Fotograf hat sich noch an Bord seine Speicherkarten in einen wasserdichten Beutel gepackt, bevor er gerettet wurde. Dann gibt's noch Aufnahmen von einem Pressefotografen, der sitzt dahinten.» Sie zeigt auf einen Mann, dem ein Sanitäter gerade eine Fußsohle verpflastert. «Der hat sich schwimmend ans Ufer gerettet, ist dann aber in eine zerbrochene Bierflasche getreten. Dem seine

Kamera liegt im See, aber er hat noch auf dem Schiff die meisten Bilder an seine Online-Redaktion gemailt, das Material müssten wir auch schon haben. Doch das ist noch nicht alles, Muggerl.» Sie holt Luft. «Kannst du außerdem was für mich tun? Du siehst ja, was hier los ist, auch wenn's dir schwerfällt.»

Worauf will sie hinaus? Was denkt sie nur von mir, ich mache doch sowieso, was ich kann. Wie könnte ich jemals nein sagen, wenn sie, meine Allerliebste, mich anfleht? «Selbstverständlich schaue ich mir die Fotos an», sage ich. «Außerdem bin ich doch auch verantwortlich, dass der Thierry, ob Vetter oder nicht, womöglich ...»

«Noch gehen wir nicht vom Schlimmsten aus. Und wenn, dann bist du garantiert nicht schuld, es ist doch eigentlich Diebstahl, dass der eine fremde Eintrittskarte nimmt. Hoffentlich hat er in der Zwischenzeit nicht unser ganzes Haus ausgeräumt. Wer weiß, was der vorhatte? Am besten, ich schicke einen Streifenwagen vorbei.»

«Naa, das braucht es nicht. Der Thierry war in Ordnung, wirklich hilfsbereit, ich hab mich echt gut mit ihm verstanden.» Etwas mulmig ist mir schon wegen dem falschen Franzos. Aber dass der ein Dieb war, kann ich mir einfach nicht vorstellen. Noch dazu, was gäbe es denn bei uns zu holen? Das Wertvollste, was wir gerade an Sachen zu Hause haben? Ich überlege. Meine Schreinerkombifräsundfrisiermaschine, aber die kriegt er allein nicht heraus. Mmh. Dass er die Vorhut für eine ganze Bande war, die, während wir hier am See sind, mit einem Lkw anrollt und alles leer räumt? Naa. «Der Thierry war eigentlich ganz nett», betone ich noch mal. So viel Menschenkenntnis traue ich mir zu.

Sophie seufzt. «Mit solch ‹netter› Kundschaft hab ich tagtäglich in der Arbeit zu tun. Du siehst halt in jedem nur das Gute, Muck.» Sie streichelt mir die Wange. «Aber von mir aus, es wird schon nichts sein, und freie Kollegen kriege ich sowieso gerade nicht, die sind alle im Einsatz. Und weil du so ein Optimist bist, fordere ich dich gleich mal. Vielleicht bereust du deine Hilfsbereitschaft, doch ich würde dich nicht bitten, wenn es nicht dringend wäre. Komm, wir haben unser Soko-Büro im Fischmeister.» Dann lerne ich also gleich ihr Team kennen, aha. Was ist so schlimm daran? So wie sie mich ansieht, glaube ich fast, schlimmer geht's immer, aber dass es dann so arg wird, das hätte ich nicht erwartet.

Eine pappige Sach
20.

Wir verlassen das Zeltdorf und das Dorfzelt auf Höhe der Possenhofener Ortsmitte, gehen am Maibaum vorbei zum Fischmeister, der Wirtschaft, die ihre Blütezeit in den zwanziger und dreißiger Jahren des letzten Jahrhunderts erlebte. Engländer reisten extra mit der Eisenbahn an, um von ihrer salzigen Seeluft in unsere liebliche zu wechseln. Seit vielen Jahren, schon lange bevor die Besitzerin rausgestorben ist, ist der Gasthof außer Betrieb und steht seither leer. Sophie sperrt mit dem Schlüssel auf, den ihr der Zorndl gegeben hat. Kalter Muff empfängt mich. Ja, Mahlzeit. Aber im ehemaligen Schankraum sieht es nun wie in einem Computerladen aus, zwei große Bildschirme, Kästen und Kisten stehen herum. Kabel wie schwarze Spaghetti schlängeln sich vom Stammtisch runter über den Fliesenboden. Auf die Theke sind Dutzende Kameras und Handys auf Handtüchern gebettet, alle nummeriert und beschriftet.

«Mit dem arbeite ich aber nicht zusammen», ertönt es von hinten. Oje, mir graust es, wie ich diese Stimme höre. Das also ist der Sophie ihre Soko, ich hätte es mir denken können. Ein Zweierteam, ausgerechnet mit dem. Der Jäger Wolfi schleppt einen Drucker herein und stellt ihn ab.

«Natürlich arbeitest du mit dem Muck. Er ist ein wichtiger Zeuge», baut sich die Sophie vor ihm auf, Zwergenkönigin weist Bläuling, Prädikat Giftpilz, zurecht. «Ihr geht bitte die Fotos zusammen durch und sucht nach verdächtigen Personen, die wir in Zusammenhang mit einem Anschlag bringen könnten.»

«Wirklich?» Ich staune. «Du glaubst an einen Terroranschlag als Ursache für das Unglück?»

«Solange das Wrack noch nicht genau untersucht wurde, müssen wir alles abwägen. Attentat, Unfall oder Sabotage.»

«Wer käme denn für Sabotage in Frage?»

«Wer wohl», mischt sich der Wolfi ein. «Drei Mal darfst du raten.»

«Die Starnberger Seeschifffahrt», erklärt mir die Sophie. «Für Ratespiele haben wir jetzt keine Zeit, Wolfi. Also fangt an, ich bring euch weiteres Material, wenn wir welches kriegen. Außerdem soll der Muck Ausschau nach diesem Thierry halten, einem jungen Franzosen, der sich als mein Cousin ausgegeben hat, sich mit Mucks Ticket Zutritt auf den Buzi verschafft hat und jetzt abgängig ist. Der Muck kennt ihn und hat einen neutralen Blick auf das Geschehen.»

«Dass ich nicht lach, ha, wenn der neutral ist, ist ein Misthaufen klinisch rein. Wieso gibt der so einem Fremden seine VIP-Karte?»

Ja, bohr nur in meinen Wunden. Ich muss schauen, dass ich hier möglichst bald wegkomme und zu Hause nach dem Rechten sehe.

«Geht's hier um Ermittlungsarbeit oder um Hobbydetektiv spielen?», meckert er weiter. «Mir ist es gleich, wie ihr das zu Hause handhabt, Sophie, aber ich weigere mich, deinen Mann in meine dienstlichen Angelegenheiten einzubinden.» Der Wolfi traut sich was. Nur weil er seit ein paar Wochen zwei Sterne mehr auf den Klappen hat, mandelt er sich auf.

«Wie du willst.» Sophie stemmt die Arme in die Hüften und schlägt ihm mit ihrer kleinen Faust auf den Solarplexus, das heißt auf den dritten Uniformknopf ab der Gurgel, dass ihm die

Luft wegbleibt. «Von mir aus, dann hol ich eben einen von den *Gemeinsam Dabeiseiern* dazu. Der Rossi ist total fit am Computer, der soll das mit dem Muck machen.»

«Ni-hhh-cht.» Wolfi hustet noch. «An mei-hh-ne Geräte lass ich keinen anderen hi-hhn.»

«Na also, geht doch. Wir sollten nur zu zweit in einer Soko um jeden freiwilligen Helfer dankbar sein. Also reiß dich zusammen und mach deinen Job. Ich bin in der Jurte, wenn ihr was findet.»

Meine Frau ist schon eine Wucht.

Allein mit dem Wildhund tu ich wie immer so, als sei nichts, als wären wir noch Freunde fürs Leben. Natürlich bin ich auf der Hut, denn einen falscheren, fieseren, hinterhältigeren, niederträchtigeren, kurz, einen depperteren Deppen gibt's auf diesem Planeten keinen, also Obacht. Vordergründig Hüter für Recht und Ordnung, und hintenherum schlägt er dich zu Pfannkuchen breit. Wie ich meinen inneren Hebel auf neumodisch «Cool down» gelegt hab, mache ich das Beste draus und denke mir, wer weiß, wofür ich das brauchen kann. Vielleicht quetsche ich ihn ein bisschen über die Skelettsache aus? Mich interessiert schon, wie er in den Knochen blaues Blut gefunden hat. Ich rutsche mir einen Stuhl an seinen Bildschirm und sein Spezi hin, also das Cola-Limo-Getränk, denn einen Spezi im Sinn von Freund sehe ich hier weit und breit nicht. Mir bietet er nichts zu trinken an, auch wenn mittlerweile das Seewasser in mir ausgetrocknet ist. Der Wolfi öffnet die Dateien. Stur hocken wir nebeneinander und warten, bis sich die Schiffbrüchigen mit ihren Konterfeis, schön in Szene gesetzt, zeigen. Natürlich entgeht mir nicht, wie es im Wolfi gärt, also mehr als sonst sowieso schon. Er weiß nur noch nicht, wie er damit rausrücken soll. Ein bisschen hab ich den Verdacht, dass die Sophie uns diese Aufgabe absichtlich gemeinsam zugeteilt hat. Sie sehnt sich nach Ruhe zwischen uns, glaube ich, ausgesprochen hat sie das aber noch nie. Doch wie soll ich mit einem Friedenspfeife rauchen, der sich für einen blau gewordenen Gott persönlich hält? Der steigt doch nicht für mich aus seiner Stinkwolke. Bei der drückenden Schwüle, wo sogar ich im T-Shirt ohne Hemd drüber herumlaufe, hat er nicht mal seine Uniform aufgeknöpft. Ich schnaufe ihn, so gut es geht, weg und konzentriere mich auf die Arbeit, bis mir der Schweiß von der Nase tropft. Geschätzte tausend oder mehr Bilder in Briefmarkengröße blinken auf, wie sich die erste Datei öffnet. «Sind das die Fotos von diesem Kiringer?»

Der Wolfi nickt. «Von den Presseagenturen haben wir per Mail auch noch welche geschickt gekriegt.» Wie können wir bei der Masse schnell ein Ende unserer Begegnung erreichen? Die meisten Aufnahmen sind Wunderporträts. Von vorne, von der Seite, mit Familie, dann die Purzel von unten und von oben. Scharf bis in die zugekleisterten Poren und die bestimmt operativ angespitzte Nase. Auf diese Weise bekomme ich noch den Stapellauf vom Buzi in Einzelaufnahmen zu sehen, den ich heute Morgen verpasst hab. Und im Vergleich mit den anderen, die neben Walter Wunder herumposieren, fällt mir zum ersten Mal bewusst auf, dass er eher zu den kleineren Männern gehört. Zum Beispiel, wenn er neben seinem Schiffsarchitekten steht, dem Holzner Grische. Der Wunder ist mindestens einen Kopf kleiner als der Grische mit seinem schweinchenähnlichen Marzipangesicht und schaut mehr wie ein Mops aus. Vielleicht ist die Galionsfigur eher ein Selbstporträt und jetzt ein Denkmal, das er sich jetzt aus Versehen durch das Unglück selbst in den Starnberger See gepflanzt hat? Ja, bei einer Nahaufnahme ist herrlich zu sehen, dass seine faltige Nase fast auf gleicher Höhe der herausquellenden Augen liegt. Für seine neunundsechzig Jahre, die er in der Presse seit langem konstant bleibt, sieht er noch fit aus.

Nicht so rüstig wie unsere *Gemeinsam Dabeiseier*, aber immerhin. Größe ist eben nicht alles, eine fein geschnittene Lederhose samt Loferl an den strammen Waden macht auch was her. Das sieht auch mein Soko-Sitznachbar, der ohne Uniform zusammenfallen würde wie ein Haus aus Schafkopfkarten.

Egal wer die Fotos zur Verfügung gestellt hat, sie gleichen sich, mit wenigen Abweichungen. Auch die Speicherchips der Schaulustigen, die der Polizei sofort freiwillig übergeben wurden, zeigen mehr vom Buzi insgesamt, dafür weniger Einzelheiten. So richtig nah wurde nur herangezoomt, wenn ein Bayernspieler auftauchte. Da suche ich dann die Köpfe im Hintergrund ab. Auf der Balustrade und am Oberdeck finde ich den Thierry nicht, sosehr ich mich auch anstrenge und der Wolfi mir gnädig die Bilder vergrößert. Unser Leihfranzos ist und bleibt verschwunden. Nirgends kriege ich auch nur eine Ahnung von ihm oder von sonst jemandem, der sich auffällig verhält. Abgesehen von einigen Promis, die sowieso von Natur aus verdächtig dreinschauen. Natürlich erkenne ich einige Handwerker und Geschäftsleute aus der Umgebung wieder. Den Gässler Udo, der für die Beleuchtung zuständig war, und den Bäcker Metzger, der das gesamte Catering mit seinen Backwaren übernommen hat. Ich freue mich, wie ich die Emma mit der Beverly über das Deck hüpfen sehe, und registriere die Uhrzeit. Kurz nach zehn, das war nach der Stegkollision im Undosa. Wolfi zieht ein blaues Notizbuch aus der Seitentasche und notiert sich was mit einem in ein Gummiband fixierten Bleistift. Edel!

«Fesch, deine neue Uniform und die Ausstattung dazu, war der Bleistift dabei? Ist das auch ein österreichischer, welche Stärke verwenden die?» Ich will ihm den Stummel wegreißen, er zischt mich an.

Dann halt nicht. «Musstest du extra zur Anprobe nach Wien fahren?» Ich gebe mir wirklich Mühe.

Er zuckt nur leicht mit der Unterlippe, schiebt das Notizbuch zurück in die Tasche und konzentriert sich weiter auf die Fotos.

«Maßgeschneidert, oder?», stichele ich weiter. «Warte, da ist ein Staubkorn auf dem ersten, naa, zweiten und auch dritten Stern, nicht, dass die den Glanz einbüßen.» Ich versuche, sie wegzukratzen, er schlägt mir auf die Hand.

«Nimm deine Pratzen fort und lang mich nicht an. Es reicht, dass ich dich aushalten muss.» Was soll ich da erst sagen? Sein Geruch ist mehr als beißend. Doch zum Raufen haben wir leider keine Zeit. Also weiter. Wir kommen dann doch rascher durch als gedacht, denn die meisten fremden Leute um die Promis herum sind unscharf und ohnehin nicht zu identifizieren. Nach einer Weile hab ich das Gefühl, mir hat jemand Säure in die Augen gekippt, ich bin das Computern einfach nicht gewohnt.

«Und wie ist es so als Polizeimeister?», frage ich, wie wir eine Schaupause einlegen und ich meinen Blick woandershin richte. «Ist es weniger stressig oder eher mehr?»

«Auf Wiesen herumlungern so wie du kann ich mir dabei jedenfalls nicht erlauben. Däumchen drehen und den Holzwürmern lauschen. Das Gesindel hält mich weiterhin auf Trab. Aber dafür entscheid ich allein, wann ich wen einsperre, wenn du es genau wissen willst.»

«Ach echt?», erwidere ich lahm, als ob er vorher um Erlaubnis gefragt hätte. Von draußen schallt eine neue Durchsage herein, in der der Bürgermeister die Bevölkerung aufruft, alle Handyaufnahmen, Fotos und Videos für die Polizei bereitzustellen. Außerdem fügt er an, dass die Feuerwehr nicht wegfahren kann, weil jemand mit dem Kennzeichen STA-RK 66 die Zufahrt verstellt hat. Wir, im Fischmeister, bewundern unterdessen der Purzel ihre Laufstegnummer, die beim Schneller-Draufklicken wie bei einem Zeichentrickfilm mit zackigen Bewegungen herumstelzt. Diese Nachthemdenkollektion ist meiner Meinung nach eher für den Hochsommer geeignet, im Winter friert es dich doch, so mit nur etwas Stoff um den Bauchnabel herum.

«Und wann fällt bei dir die Entscheidung?», wende ich mich wieder an meinen Mitglotzer.

Er runzelt die Wolfsbrauen, ohne mich anzusehen.

«Na, das Finale?», helfe ich ihm auf die Sprünge.

«Welches Finale?»

«Von deinem Modelwettbewerb. Wenn du gewinnst, richtet sich die gesamte bayerische Polizei nach dir und trägt ebenfalls Blau, wow.» Ich setze ein Bellen hintendran.

Er bläst die Lefzen auf, lässt einen Rülpser ab, was mich halb vom Stuhl kippen lässt, und lehnt sich zurück. «Tu nicht so scheinheilig, was willst du wirklich wissen?»

«Wie du so schnell draufgekommen bist, dass das Skelett die Zwillingsschwester von der Sisi ist.»

«Routinearbeit, nichts weiter.» Er schiebt eine neue Speicherkarte in den Computer. «Ich werde dir doch nicht meine Ermittlungsschritte auf die Nase binden. Der Karo hat mir schon gesagt, dass du in den Turm eingedrungen bist.»

«Der Karo, ist das dein zahlenfanatischer Kollege in der Halbuniform?» Ich kenne den nur als Sudoku.

«Polizeioberwachtmeister Norbert Karo.» Er nickt. «Du hast ein Massl, dass ich dich nicht wegen Sachbeschädigung belang, und wenn du mich nett bittest, leg ich bei den Wittelsbachern auch ein gutes Wort für dich ein, dass sie dich nicht anzeigen.» Dachte ich es mir doch, dass er auf dem alten Gerücht aus dem Schloss herumreitet wie der Graf Koks von der Gasanstalt.

«Der Turm war ordentlich versperrt, und ich frag mich, was du da drin zu suchen hattest», stichelt er weiter.

«Und ich frag mich, ob die Knochen überhaupt schon von der Rechtsmedizin untersucht wurden», kontere ich.

«Die sind Familienbesitz.»

«Wie bitte?» Ich reiße die Augen auf. Ein Mensch gehört doch immer sich selber, auch wenn er für eine Prinzessin gehalten wird.

Die Tür knarrt. Die Emma kommt rein und hopst auf mich drauf. «Papa, ich mag heim.» Sie riecht nach Wald- und Seeluft, schmiegt sich an mich und wirkt sehr müde.

«Ein bisschen noch, ja? Dann fahren wir nach Hause.» Mich drängt es auch weg, und ich mag mir gar nicht ausmalen, was uns auf unserem Hof erwartet. Aber fahren ist leicht gesagt, fällt mir ein. Mein Radl und meine Schuhe, geschweige denn das Handy, das hab ich wohl endgültig los, liegen noch vor der Roseninsel beziehungsweise in Steffens Boot. Entweder wir spazieren noch mal dorthin, oder wir machen uns zu Fuß auf den Heimweg, und ich hole meine Sachen morgen mit dem Tiger, falls sie dann überhaupt noch da sind. Mit Emma auf dem Schoß wird mir doppelt warm. Ich halt Ausschau nach einem Getränk. «Hast du bitte auch was zu trinken für uns? Oder, Emma, du magst doch auch was?»

Wider Erwarten zieht er einen Träger Flaschen unterm Tisch heraus. «Wasser, Limo, Spezi, Apfelschorle?» Auch noch eine Auswahl, wie großzügig. Die Emma will eine Limo, und ich nehme eine Apfelschorle.

«Und du gibst uns auch noch Kirschtaschen aus der Bäckertüte dahinten. Ich weiß es», ergänzt die Emma. Wenn meine Tochter dabei ist, geht wenigstens was vorwärts. Wir werden bewirtet und schmatzen ihm die Ohren voll. Bald klebt dem Wolfi seine Maus, und auf der Tastatur pappen das R und das Z zusammen, als ich einen Krümel rüberspucke, aber das braucht der Wolfi bei seinem Ein-Finger-Suchsystem sowieso nicht so oft. Emma hilft mit, zeigt uns die besten Verstecke auf dem Schiff und wo sie mit der Beverly überall gewesen ist. «War der Thierry auch auf dem Schiff, hast du den gesehen?» Warum hab ich nicht gleich die

Emma gefragt, sie kennt ihn doch! «Der war als blinder Passagier an Bord, weißt du was, das ist?»

Sie überlegt. «Ja, der ist im Zelt Nummer elf. Ich zeig ihn dir, ich hab ihm vorhin Kuchen gebracht, mit ohne Weinbeerl wollte er welchen.» Ich springe auf und laufe mit Emma zu den Zelten zurück. Die Schlange in der Aufnahmejurte ist geschrumpft. Die meisten Leute durften nach Hause gehen, sobald sie sich auf der Passagierliste abgehakt hatten und ihre Personalien überprüft wurden. «Wir haben ihn», rufe ich der Sophie zu, sie scheint mich nicht zu hören, denn sie ist mit dem Wunder in ein Gespräch vertieft. Wir rennen weiter. Emma zieht mich an der Hand von Zelt zu Zelt und an den Murnau-Werdenfelser-Mädels vorbei, wo der Kraulfuß gerade einen Melkkurs gibt. Gegen eine Unkostenpauschale, versteht sich. Zelt Nummer elf ist bis auf den Freilinger Juri noch leer. Er lungert auf einem Feldbett, mit Kopfhörern über seiner noch tropfenden Gehirnverlängerungsmütze, die er das ganze Jahr trägt. Er war der Discjockey auf dem Buzi, hat für eine Mischung aus Pop- und Blasmusik gesorgt, denn eine ganze Kapelle hätte nicht auch noch auf dem Schiff Platz gehabt. Er bemerkt uns nicht gleich, wie wir reinstürmen. Seit einer verpfuschten Augenoperation trägt er eine Armbinde mit drei Punkten drauf.

Das Schafkarussell
21.

Nachdem ich der Emma erklärt hab, dass der Juri zwar blind ist, aber kein blinder Passagier in dem Sinn, wie wir ihn suchen, traben wir zum Fischwirt zurück. Ein Radler überholt uns, kurz nachdem ich der Sophie unseren Fehlalarm erklärt hab. Ich erkenne ihn und das Mountainbike wieder. Heu hängt in der Kette, der Rahmen ist ziemlich verrostet, und am Lenker steckt rechts und links jeweils ein Haferlschuh. Meine und meins. Er bremst vor uns. «Der Maler vom See hat mir gesagt, wo ich dich find.»

«Danke sehr.» Ich reiche dem Steffen, der anstelle des Taucheranzugs Hemd und Hose trägt, die Hand. «Du und die Frau Holle, ihr habt mich und uns gerettet. Wenn ihr Lust auf kuhwarme Ziegenmilch habt oder einen Sack Erd- oder Baumäpfel, kommt vorbei.» Ich umarme ihn dann auch noch beim Umsteigen, er von meinem Radl runter, ich zum Radl hin.

«Mach ich. Und hier, dein Handy.» Steffen zieht es aus der Hosentasche und joggt zurück.

Danach wühlen wir uns weiter durch das Bildmaterial. Den Thierry entdeckt auch die Emma nicht. Merkwürdig, bei der Menge an Aufnahmen muss er doch irgendeinem Fotografen, ob Hobby- oder Profiknipser, vor die Kamera gelaufen sein. Oder hat sich wer anders als Muck Halbritter ausgegeben, falls der Franzos auf die Idee gekommen ist, das Ticket zu verkaufen? Gegen Abend muss ich die Bilderschau abbrechen, um mich um meine Tiere zu kümmern. Außerdem ist die Emma auf meinem Schoß eingeschlafen. Kein Wunder, bei dem Wundertag.

«Wenn du das nächste Mal eine Leiche siehst, dann behalte es gefälligst für dich. Spiel dich nicht immer überall auf und mach dich wichtig», säuselt mir der Jäger Wolfi zum Abschied hinterher. War ja klar, dass er mir das mit dem Buzitoten nicht glaubt.

Wie wir die Wirtschaft verlassen, hält uns ein Mann auf. «Wo finde ich Polizeimeister Jäger?» Ich schicke ihn in die Gaststube und verharre noch einen Moment mit der schlafenden Emma auf dem Arm, bis ich höre, was der Mann vom Wolfi will.

«Herr Jäger, nachdem Sie den Skelettfall in Rekordzeit gelöst haben, bitten wir Sie um ein kurzes Statement für unsere User. Wie ist es denn zu diesem schrecklichen Schiffsunglück gekommen?» Bevor ich einen Ohrenkrampf kriege, schleiche ich mich davon.

Die Emma jammert, als ich sie aufwecken muss. Sie weigert sich, den Schlossberg hochzulaufen, darum darf sie sich auf den Sattel von meinem Mountainbike setzen. Ich schiebe über die Bahnhofsüberführung am Aufzug vorbei, der natürlich außer Betrieb ist, und weiter über die Obacht-Hindenburgstraße, bis es zur ebenerdigen Starnberger Straße geht, an deren Ende unser Zuhause ist. Oben angekommen, ist Emma wieder hellwach, dafür bin ich erschöpft. Alles wirkt ruhig, und sämtliche Gegenstände, auch meine Schreinermaschinen, sind an ihrem Platz. Ich bin erleichtert, dass ich mich in meinem Hilfsfranzos nicht getäuscht hab. Sogar das Milchgeld, das ich in der Küchenschublade horte, ist noch da. Auf dem Esstisch liegt ein Zettel: «Je réprends ma route pour l'Autriche. Merci pour tout. Salut,

Thierry.» Außer merci, das wir Bayern auch für danke, nur ein wenig salopper, sagen, verstehe ich nicht, was da steht. Ich rufe die Sophie an und lese ihr den Zettel, so gut es geht, vor. Dabei setze ich mich auf die Eckbank und kraule den Chiller, der in meiner Bürokiste eingerollt liegt.

«Er reist weiter nach Österreich und bedankt sich für alles», übersetzt sie. «Na, immerhin wissen wir jetzt, dass er gar nicht vorhatte, auf das Schiff zu steigen. Aber wo ist deine VIP-Karte dann? Um die müsste sich doch jeder gerissen haben. Vorerst lassen wir das mit dem Phantombild, ich hab hier noch genug zu tun.» Wenn alle Stricke reißen, wollte die Sophie mir solch einen Spezialzeichner vorbeischicken, dem ich dann dem Thierry seine Fassad beschreiben sollte. So bin ich froh, bald Feierabend zu haben, und freue mich, wenn meine Frau dann doch irgendwann mal nach Hause kommt. «Sophielein, nur noch eine kurze Frage, geht ganz schnell.»

«Ja? Und lass das mit dem -lein, ich hör dir trotzdem zu.» Sie hasst es, wenn ich auf ihre Größe anspiele.

Im Hintergrund schluchzt jemand. «Was ist bei dir los?»

«Ach, das ist die Frau Krüger. Sie sucht ihren Mann unter den Schiffbrüchigen. Sie geht schon die ganze Zeit mit einem Porträtfoto herum. Dabei steht er direkt neben ihr, hat uns sogar seinen Ausweis gezeigt, aber sie behauptet felsenfest, das wäre er nicht, sie will einen anderen haben. Der Notarzt kümmert sich jetzt um sie. Also, was wolltest du wissen?»

«Der Wolfi hat gesagt, dass die Sisi-Knochen, du weißt schon, die aus dem Turm, die die Emma und ich gefunden haben, der Familie übergeben wurden. Ich nehme an, er meint die Wittelsbacher. Heißt das, sie werden gar nicht untersucht?»

«Der hat dich nur auf den Arm genommen, die liegen schon in der Rechtsmedizin in München. Ich rufe morgen gleich mal bei der Doktor Kyreleis an, ob schon was dabei herausgekommen ist.» Wenigstens das, und das mit dem Arm kriegt der Wolfi arschlings zurück. Ich gehe raus, um die Schafe und Ziegen zu holen. Der Chiller springt auf, er fordert seine Brotzeit, ohne Brot, versteht sich. Mit den Hinterläufen stößt er sich von der Bürokiste mit meinen gesamten Unterlagen drin ab und schubst sie fast von der Eckbank. Ich fange sie gerade noch auf und finde, mit einigen schmutzigen Katertappern drauf, meine Eintrittskarte zur Bucentaur-Jungfernfahrt. Was hat der Fidl da nur in der Hand vom Thierry gesehen? Weiße Mäuse vermutlich.

Nach getaner Stall- und Hausarbeit verlangt die Emma eine Gutenachtgeschichte. «Einmal...», beginne ich und schiebe mir, an ihrer Bettkante sitzend, ein Kissen hinter den Rücken. Ich muss verdammt aufpassen, dass ich nicht selber einschlafe. «Hat der Elias sich ein Schiff gebaut.» Den Elias lasse ich immer als Held in den Abenteuern auftreten, die Emmas Tageserlebniss wie zufällig ähneln. «Er wollte es aber genauso gemütlich haben wie zu Hause, eine Küche, ein Schlafzimmer, ein Spielzimmer, ein Turnzimmer, ein Bastelzimmer.»

«Ein Voltigierzimmer», ergänzt die Emma weiter. «Ein Höhlenzimmer.»

«Genauso war es. Darum hat er ganz, ganz viele Zimmer übereinandergebaut», erzähle ich weiter. «So entstanden mehrere Hochhäuser mit Türmen und Balkonen. Von außen sah das Schiff wie eine kleine schwimmende Stadt aus. Als er endlich alles draufgebaut hatte, was ihm gefiel, spannte er die Segel und fuhr den Starnberger See rauf und runter.» Ich gähne, bis mein Kiefer knackt. Recht viel mehr fällt mir, glaube ich, nicht ein. Ich schiele zur Emma.

Sie schaut mich aus großen Augen an. «Und weiter?»

«Ja, also, immer hin und her, her und hin ist er gesegelt und auch ein paar Mal um die Roseninsel herum, den Sankt-Andreas-Graben entlang. Dann ... Ja ...» O mei, ich kratze mich am Haaransatz und am Nacken und an den Armen.

«Und dann, Papa?» Emma treibt mich an.

«Äh, also wie ...» Ich nehm das Erstbeste, was mir in den Sinn kommt. «Wie er so ewig lang kreuz und quer auf dem See gefahren ist, wurde es ihm eines Tages zu langweilig, und er schipperte raus, die Würm entlang, weiter in die Amper, dann in die Isar und dann in die Donau, bis zum Meer. Das war manchmal eine ganz schön wackelige Sach. Die Elli, wie er sein Schiff nannte, schwankte, wenn es um die Kurve ging. Mal blieb sie an einem Ast hängen, dann stürzte sie einen Wasserfall runter. Aber jedes Mal tauchte sie wieder auf, und nichts war passiert. Elias glaubte, im großen, weiten Meer würde er ruhig dahinsegeln können. Doch gleich in der ersten Nacht kam ein Sturm auf, und die Elli kenterte.»

«Papa, was ist kentern?»

«Wenn das Schiff umkippt.»

«Also nicht wie der Buzi?»

«Der ist hochgestiegen und dann mit dem Heck, dem Schiffshintern, im Seegrund stecken geblieben.»

Emma kichert. «Der hat jetzt Sand im Popo, das juckt bestimmt. Und dann, was war dann mit dem Elias seiner Elli?» Sie gähnt auch, kuschelt sich und den Kohl tiefer in die Kissen.

«Der Elias hat zu laufen angefangen, Treppe für Treppe ist er durch alle Zimmer nach oben gerannt, die sieben Stockwerke hinauf, äh, also vielmehr nach unten. Denn alles, was vorher oben war, war jetzt unten drunten. Die Lampen hingen am Boden, die Sofas klebten am Plafond. Der Elias ist weitergerannt, höher und höher in den Keller seines Schiffs bis zum alleroberten Stockwerk. So wurde er nicht mal nass. Dort unten war das Schlafzimmer, im Schiffsbauch, mit einer Wiese drauf. Seine

Schafe grasten friedlich, na ja, einen leichten Drehwurm hatten sie schon.» Ich warte kurz, ob die Emma «echt jetzt, Papa» sagt, aber sie nickt nur kurz, die Augen halb geschlossen. «Also sind sie einfach mit einem ‹UUUAAAMÄÄÄÄÄHH› umgekugelt und haben weitergefressen. Ringsum war nichts als Wasser, aber das Gras reichte noch für vie…» Endlich schläft Emma. Ich dagegen gebe mir alle Mühe, wach zu bleiben, bis die Sophie heimkommt. Ich mache mir einen Kaba und ein halbes Dutzend Honigbrote, zapp mich mich durchs Fernsehprogramm, dann durch den Teletext, dann putze ich mir die Zähne, das hält auch eine Weile wach. Danach lege ich mich nur mal probeweise ins Bett, versuche, abwechselnd mal mit dem rechten, mal mit dem linken Auge zu schlafen, aber irgendwann haut es mir anscheinend beide Jalousiedeckel runter. Ich falle in ein grüblerisches Dämmerdilemma. Einerseits will ich, was ich niemals zugeben würde, nicht mal der Sophie gegenüber, dass sie die Leiche bald finden, damit mir geglaubt wird. Oder, Kompromiss, von mir aus dürfte der Tote auch noch leben, aber dann müsste er schon bezeugen können, dass ich derjenige war, der ihn in dem Schiffsklo zuletzt gesehen hat oder so was in der Art. Langsam traue ich mich keine Tür mehr aufmachen, weil wirklich jedes Mal ein Toter dahinter liegen könnte, da hat der Wolfi schon recht. Das war beim Hendlmann im Mai so und jetzt auch wieder. Dann muss ich eben dafür sorgen, damit mir geglaubt wird, doch wie? Wie beweise ich, was nur in meinem Hirn wie ein Polaroid drinsteckt, von dem ich aber keine Abzüge machen kann?

«Was war noch?», frage ich die Sophie, als sie endlich zu mir in die Federn kriecht. Ob ich eine Antwort gekriegt hab, weiß ich nicht mehr. Dunkel erinnere ich mich, dass sie irgendwas von einer Bombe gesagt hat.

Handtaucher

22.

Der Montagmorgen beginnt mit einem Stolperer. Ich wanke in die Küche, will eigentlich so leise wie möglich sein, damit die Sophie noch etwas ausschlafen kann, doch ich kriege kaum meine Füße auf den Boden. Mich haut's über ein Paket drüber, das vor dem Schrank liegt, wo ich immer den Melkkübel abstelle. Es bewegt sich, raschelt. Ich ziehe die Vorhänge auf. Ein Schlafsack, aus dem ein Haarschopf lugt. Der Schläfer dreht sich um und pennt weiter. Auch das Wohnzimmer ist mit Isomatten und Rucksäcken belagert. Kaum hat uns der Franzos verlassen, ist der Emil samt seiner Pfadfindergruppe zurück. Ich dachte, sie treffen erst am Mittwoch ein und wollten die letzte Nacht am Seeufer verbringen? Ich sehe nach draußen. Deshalb also. Und dann hat sich die Mähfrage auch erledigt. Es regnet. Wie ich mit frischer Milch vom Stall zurück bin, rühren sich die Heimkehrer langsam. Unter den ganzen, noch im Kokon steckenden Jugendlichen entdecke ich den Emil und setze mich zu ihm. Seine Freundin Amrei, dem Wolfi seine Tochter, schläft in ihrem eigenen Schlafsack, wenigstens das. Nicht, dass ich noch plötzlicher als plötzlich mit dem Wolfi verwandt werde, falls die beiden, die Amrei und der Emil, so früh schon Eltern werden. Mein Sohn wirkt ziemlich erschöpft und braucht eine Weile, bis er überhaupt sitzen kann. «Ist es recht, Papa, dass wir hier kampieren?»

«Klar», sag ich und umarme ihn. «Ich bin froh, dass ihr wieder da seid.»

«Wir waren schon am See, im Schlosspark, aber als es zu schütten angefangen hat, hat der Amrei ihr Opa nicht erlaubt, dass wir bei ihm im Schloss oder in der Tiefgarage übernachten.»

«Der Opa schon», murmelt die Amrei aus dem Schlafsack. Der Früchtl Walter, bei dem sie seit dem Tod ihrer Mutter, dem Wolfi seiner Exfreundin, lebt. Er haust seit seiner Pensionierung als evangelischer Pfarrer von Pöcking im Schloss. «Die anderen Eigentümer erlauben das nicht, hat er gesagt.» Nach und nach wachen von unserem Reden die anderen auf. Das Bad und die Dusche werden im Fünfminutentakt frequentiert, nasse Socken, T-Shirts, Handtücher und Trekkinghosen – oder nur die Hosenbeine davon – hängen auf den Stuhllehnen und über den Türen. Ein Dampf breitet sich im Haus aus wie in einer Waschküche. Das Frühstück für so viele Leute ist schnell hergerichtet, die Jugendlichen helfen alle mit, packen ihre restlichen Müslivorräte aus, decken den Tisch und schneiden Brot runter. Ich koche Kaffee, Kakao und Tee, und wir speisen an der langen Tafel, denn ich hab den Tisch zwei Mal in beide Richtungen ausgezogen. Die Sophie setzt sich dazu, auch wenn sie wenig Zeit hat, die spannenden Abenteuer anzuhören, weil sie gleich losfahren und weiterermitteln muss. Der Emma gefällt der Trubel, sie hockt sich mit auf die Bank, kuschelt sich an ihren Bruder und lauscht den Geschichten. Wie sie in der Fußgängerzone singend ihr Abendbrot verdient haben oder wie sie im Wald übernachteten und ein Dachs sie besuchte. Vielen Leuten, denen sie begegneten, kam die eigene Jugend wieder in den Sinn, als sie hörten, dass sie eine Pfadfindergruppe seien, nur ohne die zwingende Einheitskleidung von früher. Ihre schönste Zeit sei das gewesen, und schwupp, packten sie eine Großzügigkeit aus, die Jungs und Mädels kriegten die Scheune oder Garage zum Übernachten, manchmal sogar ein Frühstück am Morgen serviert und Proviant für den weiteren Weg.

«Aber wie wir das von hier in der Zeitung gelesen haben, wollten wir auf alle Fälle früher her», sagt der Emil.

«Was meinst du? Das Buziunglück oder das mit dem Sisi-Skelett?»

«Pfff, Sisi-Skelett, glaubst du etwa den Schmarrn, Papa, den der Wolfi mit der Presse da verzapft hat?» Ach, ich könnte meinen Sohn knuddeln, nur leider mag er das nicht mehr.

«Das mit dem Wunder seinem Schiff hat mir die Mama gestern noch erzählt. Natürlich mein ich die Knochen im Turm.»

«Die unteren Zähne hab ich beim Ausreiten mit meinem Seepferdchen entdeckt», sagt die Emma und klopft sich selbst auf die Brust. «Und dann hab ich noch weitergebuddelt, so wie es mir der Papa gesagt hat, bis die Polizei gekommen ist.» Sie erzählt Emil und Amrei und den anderen alles. Aus ihrer Sicht hört es sich wirklich immer noch zum Haareraufen an, dass der Wolfi sich unseren Fund so mir nichts, dir nichts gekrallt hat, aber es ist, wie es ist. Ich will der Sache sowieso nachgehen, und die Worte meiner Tochter bestärken mich darin.

«Ich bin megastolz auf dich, Emma.» Sophie steht auf, beißt noch mal von ihrem Brot ab und trinkt den Rest Tee. «Tut mir leid, Kinder, aber die Arbeit ruft.»

«Halt, warte.» Ich laufe ihr nach. Mir brennt mindestens eine Frage unter der Hirnschale, aber vor den Kindern will ich keine Angst verbreiten, gruselig genug, das mit den Knochen, obwohl sie es alle ziemlich cool fanden. Im Flur fange ich meine Wieselfrau ab und erzähle ihr, dass der Chiller auf der VIP-Eintrittskarte für den Buzi gelegen ist. «Also Entwarnung für deinen Möchtegern-Vetter.»

«Na, wenigstens das, eine Sorge weniger.» Vor der Kindergarderobe, deren Spiegel genau in Sophies Augenhöhe hängt, steckt sie sich ihre Haare hoch.

«Stimmt das, dass eine Bombe am Buziunglück schuld war, oder hab ich das geträumt?»

Sie nickt mit einer Klammer im Mund. «Es gab tatsächlich ...» Als Nächstes ist der Lippenstift dran und verzögert die Antwort. «... eine Bombendrohung, und einige Passagiere wollen bezeugen, einen Knall gehört haben. So eindeutig ist es jedoch nicht, manche behaupten, es waren nur ein paar Sektkorken, andere reden von einer Riesendetonation, wie das bei Zeugen halt so ist. Aber ich hab nachgeforscht. Jemand hat telefonisch verlangt, den Bucentaur zu stoppen, sonst fliegt er in die Luft. Dazu haben wir gestern noch zwei von diesen Nazitauchern vernommen.»

«Nazitaucher, gibt's so was auch? Schwimmen die immer rechtsherum oder wie?»

«Der Wunder hat weit verzweigt jüdische Wurzeln, das hat eine Klatschzeitschrift mal aufgebracht. Seine Großtante starb in KZ-Dachau. Wunder bekam einige Drohbriefe im Vorfeld, nicht unbedingt aus der rechten Szene, die lesen wohl keine ‹Frau im Gegenlicht›, oder wie diese Illustrierten heißen. Auch vom Tierschutzverein wurde ein Veto eingelegt.»

«Aber auf dem Schiff sind doch gar keine Tiere, oder hat der Wunder in dem Gedränge seine Möpse dabeigehabt?»

«Es ging wohl eher um die Hirschtreibjagd, die die noch veranstalten wollten. Ich muss den Wolfi noch dazu befragen, ob der als Jäger was davon weiß.»

«Sag bloß, der Wunder wollte wie der Herzog im Mittelalter solch ein Gemetzel auf dem See veranstalten, wie es auf den Gemälden von damals dargestellt ist?»

«Nehme ich an, aber Genaueres weiß ich noch nicht.»

«Pfuideifigreislich.» Ich kann meine Abscheu nicht anders ausdrücken. Im Vorfeld des Auftrags hab ich natürlich auch den historischen Bucentaur studiert und mir alle Einzelheiten im Starnberger-See-Museum genau angeschaut. Zur Hochzeit des Kurprinzen, Anfang des achtzehnten Jahrhunderts, fand ein grausames Schauspiel auf dem See statt. Dabei wurde der Hirsch am Ostufer durch ein Spalier gehetzt, bis er ins Wasser flüchtete. Die wenig treffsicheren Adligen lehnten ihren Büchsen auf der Reling vom Bucentaur und schossen auf das erschöpfte, schwimmende Tier. Die Kurprinzessin bekam dann ein abgehacktes Hirschbein als Hochzeitsgeschenk überreicht. «Glaubst du wirklich, dass militante Tierschützer so viele Menschen in Gefahr bringen, nur um einen Hirschen zu retten?»

«Eigentlich nicht, man hat es als die üblichen Neid- und Hassbriefe abgetan. Jetzt, nach dem Unglück, sieht man das natürlich anders. Hätten wir, könnten wir und so weiter. Omeiomei, es gibt sehr viel zu tun.» Ich täte ihr gern etwas Arbeit abnehmen, wenn ich könnte. Na ja, ich mache ja schon was, wenn ich ehrlich bin. Diese Skelettsache gerät jetzt bestimmt ins Hintertreffen bei ihrer Kripoermittlung. Knochen können warten, auf einen Tag mehr oder weniger kommt es bei denen nicht mehr an. Und wenn die Sophie dann wieder Zeit hat, hab ich vielleicht schon was Brauchbares herausgefunden, denke ich mir. Neue Kraft durchflutet mich, denn meine Hilfe wird gebraucht!

«Eine erste Spur gibt es dennoch», berichtet die Sophie weiter. «Das Bucentaurschiff hat zwei Schotten, die erste, im Heck, ist vollgelaufen, die zweite nicht, darum wippt das Schiff jetzt auf dem See. Der Anschlag oder was auch immer muss also im hinteren Teil erfolgt sein. Aber momentan kommt man an den Buzi-Hintern nicht dran, der steckt fest, und das Ruderschwert funktioniert dabei wie ein Anker. Die Wasserwacht hat am Ufer einige Granaten und Munition sichergestellt, die eine Gruppe Fanatiker aus dem Sankt-Andreas-Graben angeblich hochgetaucht hat. Ich wusste gar nicht, dass es bei der Roseninsel so tief runtergeht.»

«Und wie habt ihr die jetzt so schnell aufgespürt?»

«Wir waren sowieso alarmiert wegen einem Leni-Riefenstahl-Gedächtnistauchen, das die da abgehalten haben.»

Mir geht ein Licht auf. «Der Steffen und seine Mama?»

«Ja, Steffen und Judith Holle aus Inning, wieso, kennst du die etwa? Die will ich noch vorladen.»

«Freilich. Ob ich meine Hand für sie ins Feuer legen würde, weiß ich noch nicht, aber ins Wasser halte ich sie ganz gewiss. Dem Steffen seine Mutter ist keine Hitleranhängerin, ich hab die beiden gestern kennengelernt, als sie wegen dieser Riefenstahl-Sache gestritten haben. Und der Steffen verehrt die Regisseurin wegen ihrer Filmkunst, das machen doch sogar die Amis, die sonst alles Deutsche nur mit spitzen Fingern anlangen. Und dann ...» Ich hole Luft, jetzt kommt's raus. «... haben die zwei mir auch noch das Leben gerettet, als sie mich aus dem untergehenden Schiff zogen.»

«Dachte ich es mir doch, Muggerl, dass du ...» Sie schluckt und umschlingt mich. Und ich hebe sie hoch, und es fühlt sich wunderbar an, zum Niemehrloslassen und Niemehraufhören, allein zum Weitermachen.

«Äh, Papa oder Mama?» Der Emil unterbricht uns, kaum dass wir angefangen haben. «Könnt ihr mal kurz aufhören mit der Knutscherei?» Schweren Herzens lösen wir uns voneinander. «In dem Turm war noch was», sagt er. «Die anderen wollten genau wissen, wo das Skelett lag, und so haben wir noch mal ein bisschen rumgewühlt, mehr zum Spaß, bis ich das hier gefunden hab.» Er hält eine Patrone gegen das Licht.

Der Dreifachsalto

23.

Sophie bittet mich um meine Schublehre, mit der sie die Patrone ausmessen kann, und stellt sich näher unter das Flurlicht. «Zweiundzwanzig Komma acht Millimeter lang. Der Patronenboden hat einen Durchmesser von neun Komma zehn Millimeter, und seht hier.» Sie zeigt es uns, dem Emil und mir. «Dieser abgesetzte Rand mit der Ausziehrille. Das ist ein Kaliber sieben Komma fünfundsechzig.»

«Und was heißt das jetzt?», frage ich.

«Dieses Projektil stammt garantiert nicht aus Sisis Zeiten. Die ersten Kleinkaliber wurden erst Anfang des zwanzigsten Jahrhunderts hergestellt, aber auch so alt ist es nicht, dafür ist es zu gut erhalten. Doch wer weiß. Ich frage gleich den Abdul, unseren Ballistiker im Präsidium. Danke, mein Schatz.» Sie stellt sich auf die Zehenspitzen und küsst Emil. Sie darf ihn noch busseln, gemein ist das. Sophie wischt mir dafür ihren Lippenstift von meinem Mund und fängt noch mal an, sich neu zu bemalen. «Der Jäger Wolfi wird sich ärgern, Muggerl, dass er die Patrone nicht gefunden hat.» Und ich weiß, warum mein Herz einen Dreifachsalto schlägt.

Frohlockend, weil wir dem Wolfi endlich einen Katzensprung voraus sind, will ich die Schafe und Ziegen auf die Weide bringen und den Stall für den Abend herrichten. Es hat zu regnen aufgehört, und die Sommersonne lacht, wenn auch etwas verwaschen, auf uns herab. Leicht gesagt, aber schwer getan. Die Denglerin parkt zwar nicht mehr in der Einfahrt zu unserem Hof, doch jetzt stehen ihres und noch zwei weitere Autos, vermutlich die von ihren Feriengästen, gleich direkt auf der Wiese. Abgesehen davon, dass ich nun nicht bis zum Weidezaun durchkomme, haben sie mir in der Nacht auch noch grobe Matschleisten ins Gras reingefahren, wo ich doch mindestens noch ein Mal mähen muss, damit mir die Tiere über den ganzen Winter satt werden. Bei so viel Schaden muss schon eine Absicht dahinterstecken. Ich klingele an ihrer Tür, lasse ihr keine Zeit, auch nur ein Wort zu sagen, sondern fordere sie entschieden auf, sofort, ganz bestimmt nachher, aber auf jeden Fall heute Vormittag noch auf die Gemeinde zu kommen, damit wir die Sache endgültig klären können. Ich posaune das so schnell raus, damit sie nur nicht dazwischenfunkt oder vor dem Ende meiner Rede die Tür zuhaut. Sie nickt. Puh, geschafft.

Danach füttere ich meine Tiere im Stall und mache mich mit dem Tiger auf den Weg ins Dorf, wo die Denglerin schon vor dem Rathaus parkt. Wer bei der Zuständigkeit für unseren Zwist an «Bauamt» denkt, liegt falsch. Das erfahre ich nämlich, wie ich bei der Domani Kathi vom Bürgerbüro nachfrage, also latsche ich wieder die Treppe runter. «Ordnung und Sicherheit» ist die richtige Stelle. Die Kathi beugt sich über ihren Schreibtisch und zeigt aus ihrem Büro hinaus, auf die Tür schräg neben dem Haupteingang.

«Dort im Raum Null-Acht-Fünfzehn war doch letztes Mal noch das Fundbüro», stelle ich verblüfft fest.

«Ja, Null-Null-Sieben und Null-Acht-Fünfzehn sind zusammengelegt worden. Sieben minus Fünfzehn, halt umgekehrt, also jedenfalls ist das jetzt Raum Null-Acht.» Klingt einleuchtend, nicht nur rein rechnerisch. Wenn ich was verliere, gehe ich dahin, wo *Ordnung* herrscht, und kriege es *sicher* zurück. Ich klopfe an der nigelnagelneuen Tür, warte kurz, drücke einfach die Klinke, die mehr so ein Hebel ist wie an einem Kühlraum, und trete einfach ein. Durch diese Panzertür kann ich dem Pflaum Willi sein Herein-Stimmchen garantiert nicht hören. Er steht hinter seinem Schreibtisch auf und schüttelt mir über der Denglerin ihren hochrasierten Pagenschnitt hinweg die Hand. Sie sitzt schon bei ihm und wühlt in ihrem Handtascherl, ohne sich umzudrehen. Die Tür ist tatsächlich an die fünfzehn Zentimeter dick, merke ich, als ich sie wieder zudrücke. «Wirkt fast so, als ob hier die Kronjuwelen beherbergt werden, falls die mal wer findet.»

«Man weiß nie, was die Leute alles daherbringen. Aber dir als Schreiner kann ich's sagen.» Er tritt zu mir und flüstert mir ins Ohr: «Die Tür war eine Fundsache, vermutlich haben die irgendwelche Bankräuber im Wertstoffhof abgeliefert, und der Steger Karl hat sie dann zu uns gebracht. Im Rahmen der Amtsvereinigung und meiner Beförderung haben wir die dann nach der Jahresfrist, nachdem sich weder die Kreissparkasse noch die Volksbank gemeldet haben und sie zurückhaben wollten, hier eingebaut. Macht doch was her, oder findest du nicht?»

«Ich bin schwer beeindruckt, Willi, und ich gratuliere dir herzlich zur Beförderung. Leiter vom Amt für Ordnung und Sicherheit, Respekt.»

Er strahlt mich an. «Um das gefundene Glump und Geraffel von den Leuten kümmert sich bald ein Praktikant, die Ausschreibung läuft. Mein neuer Aufgabenbereich ist Verkehrswesen, also Sammeltaxis bestellen, Streitigkeiten zwischen Eltern und Schulbusfahrern schlichten, die Briefwahl organisieren und natürlich der Katastrophenschutz. Mit deiner Frau hab ich vorhin auch schon telefoniert wegen der Kostenübernahme von dieser ganzen Rettungsaktion. Schlimme Sache, das mit dem Bonzenschiff, aber es ist ja noch mal glimpflich ausgegangen, so ohne Tote.» Wirkt, als hätten sie immer noch keine Spur von der Leiche. Der Willi stützt sich auf dem freien Stuhl neben der Denglerin. «Und wenn ich mein erstes Gehalt auf dem Konto hab, such ich mir vielleicht auch eine eigene Wohnung, falls die Mama es mir erlaubt.» Mit neununddreißig lebt er noch bei seinen Eltern, den eifrigen Pflaums von *Gemeinsam Dabeisein*.

«Und einen Kochkurs machst du dann auch?», frage ich ihn, denn der Willi schwört auf das Essen von seiner Mama. Über seine Schultern sehe ich, dass die Frau Nachbarin nervös auf die Uhr schaut, darum bin ich umso interessierter an dem Willi seinen Befindlichkeiten.

«Mal sehen, oder ich such mir doch ...» Er bricht ab, räuspert sich und setzt sich wieder auf seinen Chefsessel. «Also, was kann ich für dich tun? Frau Dengler besteht auf ihr Parkrecht auf einer öffentlichen Straße.»

«Es handelt sich aber um meine Einfahrt und meine gepachtete Wiese, die sie mit ihren Autos belagert.» Ich setze mich ebenfalls und erkläre dem Willi meine Sicht, wende mich dabei auch an die Nachbarin und fordere sie freundlich auf, nicht mehr auf meinem Grund zu parken.

«Ich verstehe gar nicht, warum das jetzt hier auf einmal sein muss.» Die Denglerin schnäuzt sich. «So ein Drama wegen nichts. Ich kann mich hinstellen, wo ich will. Noch ist das ein freies Land.»

«So hören Sie dem Herrn Halbritter doch mal zu», fordert sie der Willi auf.

«Ach, dem brauch ich gar nicht zuhören, ich weiß sowieso, was der will, stänkern, nichts weiter.»

Trotzdem erkläre ich es ihr noch mal und dann ein drittes Mal. «Bitte, bitte parken Sie nicht auf meiner Wiese oder in meiner Einfahrt. Und Ihre Feriengäste auch nicht.» Da rastet sie schließlich aus und kreischt herum. Habe ich noch versucht, auch bei der vierten und fünften Wiederholung meiner Bitte freundlich zu bleiben, werde ich nun ebenfalls lauter, damit sie mich überhaupt hört.

Der Willi springt auf, rennt zur Panzertür und öffnet sie, damit alle in der Gemeinde mithören können. «Bei mir im Büro plärrt keiner umeinand.»

«Das ist wieder mal typisch, diese Anfeindung», sagt die Denglerin in Richtung Tür. «Zwei Männer gegen eine Frau. Diskriminierung pur. Aber das lass ich mir nicht bieten, da tut man was für den Ort, dass der überhaupt für Fremde interessant wird, und dann so was.»

«Genau», füge ich leise an. «Wenn Sie schon Ferienwohnungen anbieten, dann müssen Sie auch einen Parkplatz einrichten, aber bitte nicht bei mir.»

«Ferienwohnungen?», mischt sich der Willi wieder ein. «Haben Sie die angemeldet?» Er greift zum Telefonhörer, und Frau Dengler verstummt. Wie das hier ausgeht, liegt nicht mehr in meiner Hand, also verdrücke ich mich. Wo ich schon hier bin, kann ich gleich mal im Einwohnermeldeamt nachfragen, wie das mit der Metzger Luise damals war, ob die immer noch als vermisst gilt oder schon für tot erklärt wurde oder ob der Fall ganz anders liegt, als die Irmi behauptet. Ich hoffe, wenigstens dort was zu erreichen. Doch Fehlanzeige. Egal, wie lange ich die Kappauf Lizzi becirce und sie nach ihren Kindern frage. «Wie geht's deiner Tochter beim Geigelernen? Kannst du die Ohrstöpsel schon rausnehmen?»

«Was du alles weißt, Muck.» Die Lizzi staunt. Dann frage ich noch nach ihrer Mutter, die Vorsitzende im Gartenbauverein ist. Einmal von ihr angehaucht, lässt jedes Gänseblümchen den Kopf hängen. Doch alles umsonst.

«Ich kann dir trotzdem keine Auskunft geben, Muck, so leid es mir tut.»

«Ist ja nicht für mich selber», erkläre ich. «Ich bin von jemandem beauftragt worden, es geht um das Skelett in dem Sisi-Turm, das könnte womöglich die Luise Metzger sein. Es ist wirklich wichtig, Lizzi, dass du mir weiterhilfst, bitte.»

Ich kann sie nicht erweichen. Wie ich rausgehe aus der Tür, ruft sie mir nach. «Sprich doch mit ihrem Bruder, dem Metzger Jakl, und bring mir von ihm eine Vollmacht, dann sehen wir weiter.»

Nebenan höre ich, wie die Denglerin eine Quittung für irgendein Bußgeld verlangt. Immerhin schmerzt es sie hoffentlich im Geldbeutel, was sie mit meiner Wiese anstellt. Und als ich gerade auf den Tiger aufsteigen will, kommt sie mir hinterhergerannt.

«Herr Halbritter, so warten Sie doch.» Hört das nie auf? Soll ich einfach aufspringen, den Tiger anwerfen und an ihr vorbeimanövrieren? Doch so brettlbreit, wie die sich vor der Motorhaube aufbaut, ruckele ich nicht an der vorbei. Außerdem muss ich den Tiger vorglühen, das dauert.

«Was ist?», frage ich gähnend. Warum bin ich denn so furchtbar müde auf einmal? Der Tag ist eigentlich noch jung und der Mittagschlaf in weiter Ferne.

«Was wollen Sie denn über die Metzger Luise wissen?», fragt sie.

«Das Bürgerbüro ist drinnen, Frau Dengler. Gehen Sie halt noch mal zurück und fragen Sie dort.» Ich kann schon auch ekelhaft sein, wenn ich will.

Meine Nachbarin beeindruckt das nicht, wäre ja zu leicht. «Ich hab gehört, was Sie im Einwohnermeldeamt wollten, ich kannte die Luise, sie war eine gute Freundin von mir.»

«So?» Etwas taue ich wieder auf, aber wirklich nur ein ganz kleines bisserl. «Und woher weiß ich, dass das stimmt?»

«Es geht um dieses Skelett, ich hab auch schon dran gedacht, dass das die Luise sein könnte. Sie hat sich dort unten doch mit dem Gigolo getroffen.»

«Welchem Gigolo?» Ich verschlucke mich fast, so jemanden hat die Irmi nicht erwähnt.

«Tja, das war eine heikle Geschichte damals und ist es noch immer, wenn die rauskommt, Herr Halbritter. Ich weiß nicht, ob ich ...» Sie wendet sich ab und geht zu ihrem Auto.

Ich hechte ihr nach. «Also gut, was wollen Sie dafür?»

«Sie wissen, was ich will.» Ihr Grinsen erinnert mich an das Zähnefletschen vom Jägermeister.

Der Bombencineast
24.

Zurück auf unserem Hof fahre ich meinen Anhänger und die Heupresse raus auf die Straße, damit die Denglerin einparken kann. Der Daimlerbus nimmt auch einiges an Fläche ein, noch immer sind die Vorhänge zugezogen. Irmis Schuhe stehen heute nicht vor der Fahrertür. Entweder hat sie sie mit reingenommen, oder mein Schwiegervater schläft alleine seinen Rausch aus. Jetzt wird es eng auf dem Pflaster. Dann müssen eben meine landwirtschaftlichen Maschinen weichen. Im Vorhäusl stehen ein Dutzend Wanderstiefel in allen Formen und Größen. Das Tarb, eine meterlange Plane, die die Jugendlichen bei ihrer Deutschlandreise anstatt Zelt benutzt haben, hängt auf der Terrasse zwischen Schafstall und Haus zum Trocknen ausgebreitet. Wenn das so weitergeht, ziehen wir als Familie noch unter dieses Tarb und überlassen unser Grundstück der Allgemeinheit. Doch zunächst soll die Denglerin ihren Willen kriegen und ich die Informationen. Ich glaube ja, dass sie eher eine Sprücheklopferin ist, aber wer weiß? Wie ich unsere neue Parkuntermieterin der Sophie erkläre, muss ich mir noch überlegen. Meine Frau braucht auch einen Stellplatz für ihre Isetta. Gerade geht sowieso alles drunter und drüber, da kommt es auf ein Auto mehr oder weniger auch nicht an. «Wenn das Tor in der Nacht zu ist, klopfen Sie bitte bei meinem Schwiegervater an der Bustür, der hat die Fernbedienung. Ist er nicht da, steht das Tor meistens auf. Für Ihre Feriengäste müssen Sie eine andere Lösung finden, Frau

Dengler. Das geht beim besten Willen nicht. Sie sehen selbst, wie ich mich schon zwischen den ganzen Fahrzeugen durchzwängen muss.» Ich frage mich, wie ich zukünftig überhaupt mit dem Schubkarren zum Stall kommen soll.

«In Ordnung, ich rede mit denen, die brechen sowieso gleich auf.» Ein bisschen hab ich ja den Verdacht, dass ihre «Mitbewohner» nicht freiwillig abreisen, sondern die Denglerin auf Gemeindebefehl ihre illegalen Unterkünfte räumen muss. Doch ich werde mich hüten und nachfragen. Sie steigt dicht vor unserem Küchenfenster aus, zwängt sich an Sophies Rosen vorbei, die ihre letzten Blüten für heuer an der Hauswand entlang entfalten, und verfängt sich prompt mit ihrem Strickjackerl. Rache ist dornig. Wenigstens halten die Blumen zu mir. Nachdem sie sich befreit hat, zurrt sie ihre Schäsn per Schlüsseldruckknopf zu und stapft zu ihrem Haus vor.

«Hiergeblieben», rufe ich ihr nach und klettere vom Tiger runter. «Was ist mit dem, was Sie über die Luise Metzger wissen?»

«Ich hol nur was, bin gleich zurück.»

Na gut, dann kann ich wenigstens inzwischen meine Tiere doch noch auf die Weide führen. Die freuen sich bestimmt über ein bisschen Bewegung nach dem Frühstück. Ich ziehe mein Stallgewand an und sehe nach den Kindern. Die haben die höchste Gaudi im Haus, sie sind überall in den Zimmern verteilt. Ein paar hören Musik, das klingt nach Mamas altem Radio. Andere turnen an der Trapezstange im Gang vor der Treppe, und die Emma ist mitten dabei.

«Wir kochen mittags was, ja?», schlägt Emil vor.

«Gern», sage ich. Das ist ein Angebot. «Ich versuch, bis eins zurück zu sein, ich muss zu einer Kundschaft nach Feldafing. Darf die Emma bei euch dabei sein?»

«Klar. Die meisten werden sowieso gleich abgeholt, und bevor du was sagst, wir räumen vorher noch auf.» Ist so viel Vernunft und Verantwortungsgefühl normal für einen Fünfzehnjährigen, soll ich mir Sorgen machen? Ich freue mich einfach und fange an, den Stall für den Abend herzurichten. Das übrig gebliebene Heu auf dem Boden ausstreuen, dann frisches Futter in die Raufen verteilen und die Wasserkübel neu füllen.

Emil ruft mich, als er mich am Wasserhahn entdeckt. «Die Mama, hier.» Er gibt mir das Telefon. «Warum hast du denn dein Handy nicht dabei, Papa?»

Ich taste meine Hosentaschen ab, das Taschenmesser hab ich zwar wieder, aber …

Mein Sohn verdreht die Augen. «Du brauchst nicht suchen, dein Handy liegt in der Küche, neben dem Melkkübel, und der Akku ist leer. Sonst hätte die Mama dich doch erreicht.»

«Kannst du …?», frage ich.

«Ich hab es schon angesteckt», sagt er.

Ich hoffe, dass der Funk auch bis hierher langt, doch, es geht. Ich verstehe die Sophie klar und deutlich. Im Hintergrund surrt ihre Isetta. Sie ist also unterwegs.

«Der Abdul meldet sich, wenn er was über das Geschoss weiß. Er ist zur Rechtsmedizin gefahren und spricht mit Frau Doktor Kyreleis», sagt meine Frau. «Aber ich ruf wegen was anderem an, Muggerl. Stell dir vor, Walter Wunder ist weg. Weißt du vielleicht, wo er sein könnte?»

«Mmh, ich hab mich mit ihm immer nur im Bucentaurstadl getroffen. Habt ihr in seiner Schiffshütte nachgeschaut, in Berg drüben?»

«Ja, alle eingetragenen Grundstücke haben wir abgesucht.

Ich wollte ihn zur Vernehmung holen und bin zu seiner Villa gefahren. Dort standen schon einige Handwerker vor seiner Tür. Der Gässler und die Vergolder aus Steinebach. Er hat versprochen, noch vor der Jungfernfahrt sämtliche Rechnungen zu begleichen. Aber heute Morgen war immer noch nichts auf ihre Konten überwiesen. Seit Monaten hält er sie hin. Sag mal, hat er dir deine Arbeit schon bezahlt?»

«Erwischt», gebe ich zu. «Ich muss diese Woche erst noch die Rechnung schreiben. Ich hab mit ihm sowieso noch was zu besprechen, da hätte ich sie ihm dann vorbeigebracht.»

«Wieso, was war denn noch?»

«Er hat mir einen Hausmeisterjob angeboten, na ja, alles reparieren und wieder instand setzen, was so anfällt bei seinen Häusern und Grundstücken.»

«Und?»

«Ich wollte absagen, aber dann kam das Schiffsunglück, und ich bin noch nicht dazu gekommen.»

«Das ist gut, dann sag vorläufig mal noch nichts, falls du ihn erreichst oder er sich bei dir meldet. Wer weiß, für was wir das noch brauchen können.» Wir? Das sind ganz neue Töne von meiner Frau, ich hab eher mit einem Anschiss gerechnet, weil ich mir immer noch mehr Arbeit aufhalse. Aber so?

«Telefonisch erreich ich ihn nicht. Sein Handy und auch das von seiner Frau und sogar das von seiner Tochter sind abgeschaltet. Vielleicht haben sie ihre Mobilgeräte bei dem Untergang verloren. Die Zentrale versucht, sie zu orten, aber bisher ohne Ergebnis. Die Wundervögel sind offenbar ausgeflogen, also untergetaucht.»

«Die Eltern hatten ihr Handy aber noch nach dem Unglück, ich hab sie damit rumspielen sehen, wie wir am Steg ankamen.» Und ich erzähl ihr auch, dass der Beverly ihr rosa Telefon vermutlich von einem Schiffbrüchigen geklaut wurde.

«Du hast immer was auf Lager. Was verbirgst du sonst noch?»

«Ich?» Ich fühle mich ertappt, bin mir aber keiner Schuld bewusst. «Nichts mehr, ehrlich. Schau, Sophie, ich muss doch auch erst in das Detektivische hineinwachsen. Ich hab das handwerklich nicht so drauf wie du. Dass das für dich wichtig sein könnte, daran hab ich einfach nicht gedacht.» Aber was anderes fällt mir ein. «Was ist eigentlich mit dieser Bombendrohung, habt ihr da schon mehr herausgefunden?»

«Ja, das ist geklärt. Der Karo Norbert hat den Anruf entgegengenommen und versucht, den Wolfi zu erreichen, aber der war in Leutstetten, wo er die Treibjagd organisiert hat.»

«Was?» Ich kippe fast aus den Gummistiefeln. «Sag bloß, der wollte sich an dem Gemetzel beteiligen?» Und dann dämmert's mir, darum war der Wolfi auch beim Wunder seiner Villa, wie ich die Emma abholen wollte.

«Ja, er ist der Hausjäger vom Wunder, hat seit Monaten einen Hirschen gepäppelt, ähnlich wie sie das mit den Stieren in Spanien machen. Allein für diese Hetzjagd in den See. Nicht mal mir hat er es gesagt, obwohl wir in einer Soko zusammenarbeiten. Ich war nahe dran, meinen Chef zu informieren, aber dann hat er mich angefleht, ja fast gewinselt.»

Winseln kann er, der Wolfi, das hab ich auch schon erlebt. «Na, wenigstens ist der Hirsch dieser Folter entkommen», sage ich. «Und fragst du, ob er von dem Fall abgezogen wird?» Hoffnung keimt in mir auf.

«Seine Argumente waren überzeugend. Der Wolfi hat recht, es ist wichtig, dass er sich als Vertrauter beim Wunder auskennt, quasi undercover und so, und die Zusammenarbeit mit ihm läuft ja auch super, da kann ich nicht klagen.» Zu früh gefreut. Vertrauter, dass ich nicht lache. Aber warum will sie dann, dass ich den Draht zum Wunder aufrechterhalte, wenn sie den Jägermeister hat? Eifersucht durchflutet mich. Aber andererseits hat sie recht. Auch wenn ich kein Polizist bin, ein Handwerker hat doch oft noch viel raffiniertere Mittel zur Verfügung, etwas herauszufinden, eher wie nebenbei, wenn ich mit einer Kundschaft rede und nicht so offiziell per Vernehmung.

«Der Wolfi sollte das mit der Hirschjagd für sich behalten, das war mit dem Wunder so vereinbart», erklärt die Sophie weiter. «Die Treibjagd hätte am Nachmittag ein weiteres Highlight werden sollen. Jedenfalls hat ihn der Karo nicht erreicht und die Notiz dann in dem allgemeinen Trubel vergessen. Aber wenigstens hat er die Bombendrohung aufgezeichnet.»

«Ach, die war telefonisch? Darf ich sie auch hören? Dem Steffen seine Stimme würde ich sofort erkennen, glaub ich.» Ich würde mich freuen, wenn ich der Sophie ein bisschen Arbeit abnehmen kann, auch wenn mein Angebot voreilig war. Falls es nämlich nicht der Steffen ist, wird's schwierig. Ich bin mir nicht mal sicher, ob ich die Pöckinger alle auseinanderhören könnte. Und so ein Drohbomber, das kann doch auch ein ganz Fremder sein, von irgendwo, womöglich hat er noch seine Stimme verstellt.

«Ich dachte, der Steffen ist nur Cineast.» Die Sophie kennt Wörter, zum Staunen.

«Wie sagst du immer, Ausschlussverfahren. Probieren wir's doch.» Inzwischen hab ich mich in die Raufe gesetzt und lausche gespannt.

«Dann warte, ich hab es selbst noch nicht gehört, der Karo wollte es mir mailen.»

«Wohin fährst du überhaupt?», frage ich.

«Nach Possenhofen in die Soko. So, hier ist die Aufnahme, bist du bereit?»

Ich höre ein Rauschen und dann eine Stimme, die sagt: «Stoppt den Bucentaur, sofort, sonst fliegt er in die Luft. Wir brauchen kein solches Schiff auf dem Starnberger See, wir haben selber genug.»

Da brauch ich nicht lang überlegen, wer das ist.

«Das klingt wie dein ehemaliger Schreinerkollege, der jetzt bei der Schifffahrt arbeitet», sagt die Sophie.

«Fips pur», bestätige ich.

Mundwinkelschatten
25.

Wie ich noch über meinen ehemaligen Arbeitskollegen nachdenke und wozu ihn seine Dampferleidenschaft gebracht hat, sehe ich durch das Stallfenster die Denglerin. Vollbepackt steuert sie unser Gartenhäuschen an, das vorm Haus neben dem Apfelbaum steht. Wie ich hinkomme, sitzt sie schon drin und hat eine meterlange Häkeldecke über ihren Schoß und ihr anderes Glump um sich herum ausgebreitet. Na, das kann heiter werden, hoffentlich zieht die nicht gleich ganz hier ein, wenn sie ihre Drohung wahr macht und doch alles an die Mafia verkauft.

«Bei Ihnen geht's ja zu, Herr Halbritter. Haben Sie hier eine Filiale von der Possenhofener Jugendherberge?» Sie war also zuerst im Haus.

«Das sind Freunde von meinem Sohn, wieso?»

«Eine Party? Nichts ist doch schöner, als jungen Leuten ein Dach über dem Kopf zu bieten, das ist wie bei mir, wir haben viel gemeinsam, Herr Halbritter. Ich hab doch auch bloß ...»

«Ich muss gleich zu einer Kundschaft, Frau Dengler, was wollten Sie mir zur Luise Metzger sagen?», unterbreche ich sie.

Sie wühlt eine Weile in ihrem Wollkorb, bis sie die passende Häkelnadel findet und eine Masche aufnimmt. «Also die Luise, die war nicht gerade der gesprächige Typ. So setzen Sie sich doch einen Augenblick zu mir, ich beiß Sie schon nicht.» Sie schiebt einige Strickhefte zusammen, und ich hock mich zu ihr, in meinen selbstgebauten Pavillon. «Es war schwer, aus ihr überhaupt was rauszukriegen. Sie trug immer den Kopf zwischen den Schultern, machte ein bisschen einen Buckel, so als wäre sie lieber gar nicht da. Dabei war sie nicht zu übersehen, auch wenn sie keine Schönheit war. Eine schlechte Haut, zusätzlich zu den vielen Sommersprossen am ganzen Körper, die war geplagt. Im Trachtenverein wollte keiner mit ihr tanzen, sie blieb immer übrig, wenn es eine ungerade Zahl zwischen Buben und Mädeln gab. Die Burschen hatten Angst, dass sie ihnen die Hände zerquetscht wie der Seewolf, kennen Sie den Film? Ach, Sie sind zu jung.» Sie winkt ab. «Für diesen Schauspieler Raimund Harmstorf haben wir damals alle geschwärmt. Ein Fernsehmehrteiler war das, hochspannend. Der hat eine rohe Kartoffel mit der bloßen Hand zerdrückt.» Sie macht es mit einem rosa Wollknäuel vor. «Die Buben in unserer Gruppe haben das natürlich auch versucht, geschafft hat es nur der Holzner, aber der hat eine gekochte Kartoffel genommen, der Schwindler.»

«Der Grische von der Possenhofener Werft?»

Sie nickt. «Der hat immer den Kasperl gemacht, hatte einiges zu überspielen, schon damals.» Die Denglerin hält nichts vom Lustigsein, das hab ich auch schon gemerkt. Sie senkt die Stimme, sieht sich kurz um und beugt sich zu mir vor, als ob wer mithört. Hier ist aber niemand außer uns zwei und die üblichen Zaungäste: Nachbarskatzen, Bienen, Hummeln und Wespen. Ich sitze tatenlos auf der Holzbank mit verschränkten Armen und wippenden Knien über den Gummistiefeln. Sie steckt in der Massenmaschenproduktion, die Finger so flink wie das Mundwerk. «In der Familie da drunten stimmt und stimmte es doch hinten und vorne nicht. Die Mutter, die Holzner Renate, hatte ständig andere Männer, da ging's zu wie im Taubenschlag.»

«Ja, die haben dort im Giebel eine Einflugschleuse von Turteltauben, ähnlich wie bei uns.» Ich deute nach oben zu unserem

Schlafzimmerfenster, wo es heruntergurrt. «Das hab ich auch schon gesehen.»

«Herr Halbritter, jetzt tun Sie doch nicht so naiv, Sie wissen, was ich mein. Es ging sogar das Gerücht um, dass ihre zwei Kinder gar nicht vom Holzner persönlich sind. Der Vater von denen ist doch im Krieg angeschossen worden, der konnte gar nicht mehr.»

Das Geseich will ich gar nicht hören. Dem Holzner seine Kriegsverletzung war schlimm genug. Ein Schiffbauer mit nur einem Hax, der hat's schwer, auf dem Wasser das Gleichgewicht zu halten. In meiner Kindheit gab es einige einbeinige und einarmige Männer im Ort, meine Mama hat für die immer die Hosen und die Hemden umgenäht. «Und die Luise?», führe ich sie wieder zum Eigentlichen. Die Denglerin beugt sich vor und zieht aus dem Zeitschriftenstapel ein Fotoalbum heraus. Ein ähnlich mit Lederbändern umwickeltes Deckblatt, wie ich es beim Wunder in der Schreibtischschublade gesehen hab, das stammt vielleicht aus demselben Schreibwarenladen. Dem Doppel-Weh seine Liebchens, oder was die waren, können jetzt die Fische betrachten. Die Denglerin blättert es auf. Lauter Schwarzweißaufnahmen hat sie eingeklebt: Heimatabende, Schuhplattlerauftritte, Maibaumtanz. Wehende Röcke, krachende Lederhosen. Es folgen Geburtstagstänzchen vor betagten Pöckinger Bürgern und Ausflüge zu den Vereinen der Nachbarorte und natürlich der jährliche Trachten- und Schützenzug auf dem Münchner Oktoberfest. Ich erkenne einige Gesichter wieder, auch ein paar von den *Gemeinsam Dabeiseiern* sind als Jungspunde dabei.

«In die Tracht hat die Luise nicht so recht gepasst, sehen Sie?» Sie zeigt mir ein Gruppenfoto. Vorne knien die Burschen in der Kurzen mit Loferl um die Wade. Die Mädchen dahinter tragen alle einheitlich die Pöckinger Tracht. Schwarz-rot, wobei ich mir das Rot in dem Hellgrau nur denke. Alle grinsen in die Kamera, nur zwei schauen ernst. Der Mundpartie nach, die etwas unscharf ist, da sie bestimmt geredet hat, als die Aufnahme gemacht wurde, ist die eine der beiden die Denglerin in jung. Die Augenbrauen zieht sie zu einem Strich zusammen, Spaß sieht anders aus. Außerdem hat sie kein Gramm zugelegt seither, genauso dürr ist sie heute noch. Neben ihr nimmt eine mollige junge Frau, was ja kein Kunststück ist, die doppelte Breite von der Denglerin ein. Auch wenn das Bild ein wenig vergilbt wirkt, erkenne ich die vielen Sommersprossen, die ihr Gesicht, ihren Hals und die Arme bedecken.

«Es heißt zwar, ein Dirndl steht jeder Frau, ob sie wenig Holz vor der Hütten hat oder eine Duttnbombe ist, aber für die Luise brauchte es schon eine Sonderanfertigung von den Textilstubenzwillingen, aus zwei Dirndln eines. Taille und Hüfte gingen bei der gerade über, als müsste man einen Baumstamm in ein Gewand zwängen und eine Schürze drum herumbinden. Zum Anschauen im Bäckerladen war die nichts, auch wegen den vielen Sommersprossen, sie war übersät davon. Ob das ein Ausschlag ist, haben die Leute gefragt und Angst gehabt, dass sie das Gebäck infiziert. Außerdem hat sie mit ihrer Fülle in dem kleinen Laden alles umgerissen, wenn sie sich gedreht hat. Ihre Eltern haben sie dann besser hinten den Teig kneten lassen und damit eine Maschine gespart. Ihr hat das freilich nicht so recht gepasst, sie wollte höher hinaus. Olympiade, dass ich nicht lach, die hätte niemals eine Chance gehabt, da hat sie noch so lange trainieren können. Man soll ja über Tote nicht schlecht sprechen, aber der Trampel auf einem Siegertreppchen? Können Sie sich das vorstellen? Ich dagegen war wirklich gut in Weitsprung und im Hundertmeterlauf, doch mich hat kein Lehrer gefördert und in Nachmittagskurse vermittelt. So, jetzt ist es raus.» Sie atmet auf. «Ich hab später auf Rhythmische Sportgymnastik und Geräteturnen umgesattelt und lange Jahre Rhönrad-Kurse im Pöckinger Sportverein gegeben, und wo ist der Dank? Auf einmal hieß es, meine Gymnastikübungen seien veraltet, nicht mehr zeitgemäß, sie wollten jetzt Pilates und Aerobic, neumodische Worte für denselben Speckweg-Effekt. Wissen Sie, was, ich versuch einfach, privat eine Gymnastikgruppe anzuleiern, Sie haben mich auf die Idee gebracht mit der Fragerei. Jetzt, wo das mit den Wohnungen ...»

«Und was war mit dem Gigolo?», lenke ich sie erneut zum Kern der Sache.

«Wieso, was soll mit dem sein?» Die Denglerin wählt eine giftgrüne Wolle aus und vertieft sich in die Maschen.

«Die Luise und ein Gigolo, darüber wollten Sie doch erzählen?»

«Ach, das war nur so ein Gerücht, ob es stimmt, weiß ich nicht. Mir ist es vorhin eingefallen, wie Sie so hartnäckig nachgefragt haben. Wahrscheinlich tut es gar nichts zur Sache, ich sag lieber nichts dazu, nicht, dass es heißt, die Denglerin, die alte Ratschkatl, die kann ihr Schandmaul nicht halten und behauptet irgendwelche Märchen, noch dazu über so eine unglückliche Person wie die Luise Metzger.»

Ein wenig Gedankenlesen kann die Denglerin, das muss ich ihr lassen. So was in der Art hab ich mir gerade gedacht, bevor sie einen Rückzieher machen will. Sie zählt mit flüsternden Zischlauten die Felder der Häkeldecke ab, kommt auf sechsundzwanzig, naa, siebenundzwanzig. Ich müsste längst in Feldafing sein, bei der Wimmer Irmi. Es ist bestimmt schon halb elf.

«Also die Luise war in einen Hallodri verliebt?», bohre ich weiter.

«Verliebt nicht, darum ging es nicht.» Sie streckt sich und greift sich eine neue Wolle, erst eine leuchtend gelbe, dann doch lieber eine blaue.

Mir wird's zu bunt. Ich stehe auf. «Also für so einen Pfundsparkplatz müssen Sie mir schon ein bisschen mehr bieten, Frau Dengler, oder war das etwa alles?»

«Warten Sie, Herr Halbritter, ich hab mir was gedacht. So eine Geschichte mit einem Selbstmord, noch dazu, wo ich die Luise gut gekannt hab, ich möchte fast sagen, sehr gut.» Auf einmal bricht sie ab. Was ist mit der Häkeldecke los, hockt da der Chiller drunter und zupft herum? Alles zuckt plötzlich, die ganze Denglerin bebt. Sie fängt zu heulen an. Dicke Tropfen fallen durch die Luftmaschen. Omeiomei, das auch noch. Ist jetzt ein aufmunterndes Tätscheln angesagt? Noch kann ich mich nicht überwinden.

«Ich hab sie wirklich gern gehabt, die Luise, trotz allem», schnieft sie. «Die Hausaufgaben hab ich ihr gebracht, wenn sie krank oder verletzt war, vom harten Training. Meine Wiener hab ich ihr geschenkt, wenn sie wieder nur übrig gebliebenen, halbzermatschten Kuchen in der Pause dabeigehabt hat. Ich war zwar damals schon Vegetarierin, aber meine Mutter hat das ignoriert und mir immer Würstl in die Schultasche gesteckt. ‹Da ist sowieso kein Fleisch drin›, hat sie gesagt. Ja, so war das.» Sie atmet zitternd ein und sieht mich an. «Ich, ob Sie es glauben oder nicht.» Sie tippt sich mit der Häkelnadel auf die Brust. «Ich war vielleicht ihre einzig ehrliche Freundin, die, die es wirklich gut gemeint hat, ohne Falschheit und Hintergedanken. Die anderen drei haben sie doch nur ausgenutzt und sich hinter ihrem Rücken über sie lustig gemacht.» Sie wischt sich mit der Decke übers Gesicht, als das Klagelied endlich verebbt.

«Welche anderen drei?», frage ich.

«Die Ferschbach Conny, die Hinterstoißer Beate und die Holzner Irmi, die besonders.» Sie schlägt erneut das Album auf und zeigt mir die Irmi vor vierzig Jahren oder länger. Die breiten Holznernasenlöcher hat sie heute immer noch, nur der Damenbart bestand in jungen Jahren aus einem Schatten um die Mundwinkel herum, mehr noch nicht.

«Die ist ganz nach ihrer Mutter geraten, eine Schnalle durch und durch.»

«Und was hat das alles mit einem Gigolo zu tun?», treibe ich sie an.

«Die vier waren solche Wichtigtuer, die immer zusammensteckten und ihre Nachmittage und Abende miteinander …»

Der Emil rennt aus dem Haus: «Komm schnell rein, Papa. Der Polizeifunk. Sie haben deine Leiche.»

Der Dackeldeifi

26.

Als ich ins Wohnzimmer hechte, haben die Pfadfinder das alte Radio runtergetragen und auf dem Tisch aufgestellt und hocken darum herum wie zu Großmutters Zeiten, als es noch Volksempfänger hieß. Es knistert, knackt, der Funk schnappt an.

«Gamma eins. Bitte um weitere Anweisungen. Stopp.» Der Jäger Wolfi.

«Gamma eins an Gamma zwei, verstanden, bin unterwegs. Objekt nicht auspacken. Treffpunkt Wiese vorm Dampfersteg Possenhofen in zehn Minuten. Stopp.»

«Das ist die Mama, die Mama!» Emma klatscht in die Hände.

«Und wer ist der Gammler?», fragt sie dann.

«Psst», ist die vielstimmige Antwort.

«Roger and over.» Der Wolfi wieder. Das war's, nur mehr Rauschen ist zu hören, doch ich glotze immer noch in den geblümten Stoffbezug, als würde er sich wie beim Kasperltheater noch mal öffnen.

«Cool, eine Wasserleiche», sagt ein Bub, dessen Ohren Lautsprechern gleichen. «Los, lasst uns noch mal zum See runterlaufen.» Sie rumpeln alle auf und wollen zur Tür.

«Nichts da.» Der Emil greift durch. «Ihr bleibt hier, gleich werdet ihr doch abgeholt.»

«Was war denn da grad zu hören?», frage ich.

Und dann plappern sie alle durcheinander los. «Ein Angler – im See – tot.»

«Was, ein Angler ist im See ertrunken?»

«Nee, in einem Nest war der», erklärt mir ein Mädchen, etwas älter und größer als Emma.

«Im Netz, du Doofi», sagt der Cooljunge. «Ein Fischer hat die Wasserleiche rausgezogen.»

«Iiih, die ist bestimmt voller Würmer.» Na Mahlzeit, hoffentlich kriegt der Emil keine Schwierigkeiten mit den Eltern, von wegen Polizeifunk abhören und solch grauslige Einzelheiten miterleben. Aber ich mache mich auf den Weg, ich muss sowieso an der Uferstraße vorbei nach Feldafing, dann kann ich doch rein zufällig und nur einfach so am Dampfersteg vorbeifahren und nachsehen, ob der Fidl sein Atelier schon aufgesperrt hat.

«Hier, vergiss dein Handy nicht.» Der Emil gibt es mir, wie ich mich umziehe. «Der Akku hat erst fünfzehn Prozent, aber bis heute Abend müsste es langen.»

«Danke, wenn ich dich nicht hätte.»

«Tja, Papa, so viel Massl hat nicht jeder.» Er weicht aus, als ich ihn umarmen will, und geht zurück zu seiner Gruppe.

«Esst ruhig ohne mich, bei mir wird's sicher spät und bei der Mama auch.» Wie praktisch, dass unsere Kinder schon so selbständig sind. Nachdem ich mich wieder umgezogen hab – aus Bauer wird Schreiner – und mein Werkzeug zum Tiger trage, sehe ich, wie sich die Denglerin mitsamt ihren Wollknäueln durchs Gartentürl davonmacht. «Hiergeblieben», ruf ich ihr nach. «Wir sind noch nicht fertig mit unserem Gespräch.»

Frau Nachbarin tut so, als höre sie mich nicht. Ich renne zu ihr. «Was war mit der Irmi, hhh, von der, hhh, wollten Sie noch was sagen?» Ich keuche mir was zusammen bei meinem Viermeterspurt. Sag bloß, ich werde alt?

«Dieses Dreckstück.» Die Denglerin spuckt in den Kies. «Eine Bekanntschaft mit einem älteren Mann hat sie für ihre Freundinnen angezettelt, wenn Sie verstehen, was ich meine.» Ich schaue zurück, ob der Fidl nicht vielleicht zufällig daherkommt. Der schläft verdammt lange. Dass die Irmi nicht nur meine Kundschaft, sondern auch dem Fidl seine neue Freundin ist, hat die Denglerin trotz ihres Giraffenhalses über unseren Zaun hinweg anscheinend noch nicht mitgekriegt. Mir pressiert's jetzt wirklich ein wenig, die Wasserleiche wird nicht auf mich warten, wenn ich die überhaupt noch zu sehen krieg. «Also, ich muss jetzt weg und dann zu einer Kundschaft, Frau Dengler.»

«Jaja, gehen Sie ruhig, lassen Sie sich von mir nicht aufhalten. Sie wollten doch was wissen, nicht ich.» Sie stapft weiter. Ich bremse sie an ein paar losen Fäden von ihrer Häkeldecke, die sie sich über die Schultern gehängt hat, indem ich drauftrete. «Wer war dieser Gigolo, nun sagen Sie es schon.»

Hoppla. Es reißt sie zurück, und sie bleibt tatsächlich stehen. Hastig nehme ich den Haferlschuh weg und tu so, als wäre nichts gewesen.

«Woher soll ich das wissen?», zischt sie und lupft sich gurgelnd den mächtigen Halswickel von der Gurgel. «Ich hab nur gehört, dass der maskiert gewesen sein soll. Angeblich hat er die Mädchen mit einem Ruderboot in Possenhofen abgeholt, und dann haben sie es gleich ... Sie wissen schon.» Sie ringt mit sich, sucht nach der passenden Formulierung. «Also, direkt im Boot hat der sie entjungfert. Abartig. Ich bin ja nicht prüde, aber so was. Pfuideifi. So ein alter Dackel und dann die feschen Mädchen.»

«Er war also alt, wie alt genau?»

«Bestimmt doppelt so alt wie die, was weiß ich. Vielleicht ist die Luise schwanger geworden von ihm und hat sich deshalb umgebracht.»

Vatergrantlerei
27.

Wie ich mich zum Steg in Possenhofen vorpirsche, an der Isetta vorbei, die vor dem verrammelten Fidl-Atelier mit blinkendem Blaulicht parkt, sind der Wolfi, der Kraulfuß und die Sophie schon am Leichenauspacken. Ich spähe über den Bretterzaun, der die Bootsliegeplätze vom Weg zum Steg abgrenzt. Links, hinter einem Gartentürl, sitzt der Kraulfuß senior. Mit seiner Pfeife auf der Bank vom Wasserskisteg pafft er in den Morgen. Er erwidert meinen Gruß nicht, obwohl er in meine Richtung schaut. Ich weiß nicht, warum, aber er kann mich nicht leiden, schon von Bub an. Dabei hab ich ihm nie was getan. Ich schwöre, auch mit dem Wolfi zusammen nicht. Ehrlich. Mein Vater und ich, da war ich etwa in Emmas Alter, sind mit ihm sogar öfter mal zum Fischen auf den See hinausgerudert. Einmal sogar im dichten Nebel, das vergesse ich nie. Morgens um fünf, wo du keine zwei Meter weit gesehen hast, aber der alte Kraulfuß hat an den Riemen gezogen, als würde das Boot von einem unterirdischen Magnet zu seinen Fangplätzen geführt. Und dabei hat er Geschichten erzählt, vom tapferen Fischerbub, der einen plündernden Trupp Schweden oder Panduren, so genau wisse das niemand mehr, im Winter übers Eis gelotst hat, bis sie einbrachen und versanken. «Und was ist mit dem Bierkutscher, der da unten noch vor sich hindümpelt?», hat mein Vater gefragt.

«Der See behält seine Toten», antwortete der Kraulfuß senior ein paar Ruderschläge weiter. «Das ist eben der Preis, wenn recht

Schindluder mit ihm getrieben wird.»

Mal sehen, ob der See seither wenigstens die Leiche, die ich gesehen hab, herausgibt und ob das der Buzitote ist. Ich gehe durchs rechte Türl hinein zu den anderen. Zu dritt plagen sie sich ab. Gar nicht leicht, den sperrigen Inhalt aus einem Netz zu bekommen, in dem sich auch sonst noch so einiges verfangen hat.

«Ja, servus, Muggerl. Ich wollte dich gerade anrufen und herbitten.» Die Sophie begrüßt mich. Sie weiß halt, was sich gehört.

«Sag bloß, du kannst die Toten jetzt schon von überall her riechen», belfert der Wolfi. Der Kraulfuß Fritzl fängt zu würgen an, dreht sich weg und reihert in sein eigenes Blumenbeet, das er gleich neben dem Dampfersteg angelegt hat, damit keine Surfer und Gummibootfahrer unerlaubt an seinem Ufer anlegen.

«Geht's?» Ich stütze ihn, als er schwankt. «Komm, setz dich nieder.»

Doch er schüttelt den Kopf. «Tausend oder Millionen Fischen hab ich schon das Gedärm rausgezerrt, aber so ein Mensch … Sprich, wenn der dich so anglotzt wie ein Saibling …» Selbst im Kotzen ist er noch ein Sprich-Sprüchmacher. Ein neuer Schwall ergießt sich aus ihm über seine Geranien. «Der Leberkäs ist schuld, den hätte ich nicht essen sollen, heut früh.»

«Wie geht's eigentlich der Barbara?», frage ich, um ihn abzulenken. Seine neue Freundin hab ich schon länger nicht mehr gesehen. Fritzl zuckt mit den Schultern, würgt noch mal. «Irland. Verreist ist sie, mit ihrem besten Freund.»

Ich halte ihm die Haarfransen aus dem Gesicht, bis der nächste Schwall draußen ist, und suche nach was Tröstendem. «So eine Scheiße», sage ich schließlich, mehr fällt mir nicht ein. Diese Art Eifersucht kommt mir bekannt vor, wenn ich an die Sophie und ihre Verehrer überall denke.

«Die Reise hat die Babsi gebucht, bevor wir uns kennengelernt haben.» Keuchend lehnt sich der Fritzl mit etwas Abstand zum Leichenfund an den Zaun.

Dem Wolfi seinen stechenden Blick ignoriere ich, und weil mich sonst keiner wegschickt, bleibe ich einfach da. Abgesehen von ein paar Fischen, einigem Silberbesteck und zerbrochenem Geschirr, einem Fernglas, Stoffresten und einer Schwimmweste krallt sich tatsächlich ein Mensch zwischen die Maschen. Dem zerdrückten Gras nach, das sich vom Ufer wie ein Trampelpfad durch die Wiese zieht, haben sie ihn nicht aufs Boot gehievt, sondern im Wasser an Land geschleppt. Jetzt liegt er auf einer Plastikunterlage, einer geblümten Wachstuchdecke. Sophie reicht mir ein paar Einweghandschuhe.

«Der Fritzl hat gestern Abend noch seine Netze im See ausgelegt, und heute früh war der Wolfi mit ihm draußen, um sie wieder reinzuholen», erklärt sie mir.

«Ach, sind die Wälder schon leer geschossen, sodass du jetzt auch noch im Wasser jagen musst?», frage ich den Herrn Polizeimeister.

Er knurrt mich an.

«Passt mir auf das Netz auf, das hab ich am Freitag erst geflickt», wettert der Juniorfischer von hinten.

Anfangs probieren wir es noch. Doch um den Toten auszuwickeln, müssten wir ihn wenden wie eine Bockwurst auf dem Grill.

«Lieber nicht drehen, das könnte Spuren verwischen», sagt die Sophie. «Muck, gib mir mal dein Taschenmesser.»

Sie kennt kein Erbarmen, überhört dem Kraulfuß sein Gezeter und durchtrennt ein paar Maschen, um das Gesicht des Toten bis zur Brust endlich freizulegen. Dann starren wir eine Weile in die aufgeschwemmte Bleichheit hinein. Kein Rot auf den Lippen, kein Blut mehr am Schädel, wie ich es noch auf dem Schiff gesehen hab. Die Augen weit aufgerissen, die Pupillen verblasst. Kaum Konturen hat das Gesicht, dafür ist die Wunde am Kopf deutlich zu erkennen. Links, vom Toten aus, hat er ein kleines Loch in der Schläfe, und rechts weiter oben fehlt gleich ein ganzes Stück von seiner Stirn, sodass eine ausgewaschene weiße Masse zu sehen ist. Ich tippe auf Knochensplitter und Hirnreste. Dem Adamsapfel und Hemdkragen nach ist es tatsächlich ein Mann. Er trägt eine Lederhose, die Träger sind kaum verrutscht.

«Und?» Sophie mustert mich. «Ist das der, den du im Buziklo gesehen hast?» Ich zögere, versuche, mein inneres Bild mit dem hier abzugleichen. Diese markant kreisrunden Nasenlöcher, so als hätte er zum letzten Mal tief eingeschnauft.

«Kennt ihn einer von euch?» Sie fragt auch den Wolfi und den Fritzl, der sich auf allen vieren herangeschlichen hat. Wolfi nähert sich den verzerrten Gesichtszügen, ähnlich käseweiß wie der Leichnam. «Da spitzt was raus», sagt er und deutet auf den Mund.

Richtig, ich hab es für vom Wasser aufgequollene Lippen gehalten, dabei hält er was im Mund fest, etwas Fransiges. Der Kraulfuß krabbelt dichter dran. «Das ist der Schwanz einer Forelle, die hat bestimmt dem seine Zunge für eine Delikatesse gehalten und sich zu Tode darin verbissen.»

«Was ist jetzt, kommt er euch bekannt vor oder nicht?», wiederholt die Sophie.

Wir schweigen. Ich schiele zum Wolfi. Der trägt doch glatt unter der Anglergummilatzhose immer noch die blaue Uniformjacke, wahrscheinlich wurde die ihm auf den Leib geschneidert. Tauglichkeitstest in allen Lebenslagen. Aber jetzt, Konzentration! «Kannst du das Netz noch ein Stückchen weiter aufschneiden?», bitte ich meine Frau. Der Verdacht hängt in der Luft, nur wagt ihn noch keiner auszusprechen. Vorsichtig durchtrennt Sophie weitere Maschen. Der breite Lederhosensteg zwischen den Trägern wird sichtbar. Wasserpflanzen haben sich darumgewickelt. Sie zupft sie fort, und zwei gestickte Anfangsbuchstaben kommen zum Vorschein. Ein C und ein H. Dabei fängt sein Spitzname doch mit G an. Seine offiziellen Anfangsbuchstaben hab ich vor kurzem schon einmal gesehen, nur wo?

«Der Grische mag doch gar keinen Fisch.» Der Kraulfuß spricht es als Erster aus und setzt sich auf.

«Stimmt, ja, ich glaub auch, dass das der Holzner Christian, also der Grische ist oder vielmehr war.» Es kostet mich einige Überwindung, das zu sagen, aber dann ist es raus.

«Und du, Wolfi?» Die Sophie sieht zu ihm hoch.

Er nickt und lässt die Mundwinkel fallen.

«Der Holzner Christian also von der Werft nebenan. Er hat doch dem Wunder das Schiff gebaut», sagt die Sophie. «Du, Fritzl, als sein Nachbar, und du Wolfi, als sein Mieter, ihr kennt ihn doch. Dann seid ihr sicher?»

Wieder bejahen sie.

«Wohnst du jetzt beim Grische?», rutscht es mir raus, ich dachte, der Wolfi haust in einer Zweizimmerwohnung oberhalb vom Pöckinger Bioladen.

«Naa, er hat dort nur einen Stellplatz für sein Boot, das er herrichtet», erklärt die Sophie stellvertretend für ihn.

«Ein Jollenkreuzer», korrigiert sie der Wolfi. «Also ein Segler mit Kajüte.» Ich höre den Stolz in seiner Stimme.

«Na gut, dann kennst du auch dem Grische seine Frau und kannst es ihr gleich sagen. Wie heißt sie?»

«Uschi.»

«Bitte sie herzukommen, um ihren Mann zu identifizieren.»

«Ich?» Der Wolfi reißt die Augen auf, fast wie die vom Holzner am Boden, nur sind seine nicht so ausgebleicht. «Kann das nicht der Fritzl machen, der kennt die Uschi länger als ich und als Nachbar, wie du so schön gesagt hast ...»

«Wer ist hier der Polizist?», fährt sie ihm übers Mundwerk. «Und dann kannst du sie auch gleich fragen, warum sie ihren Mann nicht als vermisst gemeldet hat. Und was ist mit anderen Angehörigen, wen müssen wir noch von seinem Tod verständigen?»

«Er hat noch eine Schwester, die Wimmer Irmi», sagt der Kraulfuß. «Die hockt doch neuerdings immer bei deinem Vater herum, Sophie.»

Sie schaut mich an. «Ach, diese Irmi ist das?»

Ich nicke. «Das kann ich übernehmen. Sie ist eine Schreinerkundschaft, und ich bin sowieso gerade auf dem Weg zu ihr.»

«Was für ein Zufall», schimpft der Wolfi, als hätte ich ihm ein Kaninchen aus der Falle geklaut.

«Einverstanden, Muck. Rührt besser nichts weiter an, ich telefoniere kurz.» Sophie wendet sich ab, geht ein paar Schritte die Wiese hinauf, lehnt sich an einen Zwetschgenbaum und greift zum Handy. Der Fritzl, der Wolfi, ich und Herr Tod zu unseren Füßen schweigen uns an. Als die ersten Fliegen eintreffen und sich auf Fisch und Fleisch stürzen, fällt mir endlich was ein, was ich fragen könnte. «Wie geht's deinem Vater, Fritzl? Ich hab gehört, dass er Probleme mit dem Zucker hat?»

«Na ja, es geht einigermaßen, danke. Sprich, wenn er richtig eingestellt ist und seine Tabletten auch wirklich nimmt. Er müsste halt die drei, vier Löffel Extrazucker weglassen, die er sich in sein Bier schüttet, sonst ist es ihm zu bitter. Aber das gewöhn mal einem ab, der das seit seiner Geburt so getrunken hat.»

«Schwierig», pflichte ich ihm bei.

Er seufzt. «Meine Oma hat ihn als Baby nur damit ruhig gekriegt, behauptet sie.»

Und dann frage ich auch noch nach seiner Oma, wie es ihr geht.

«Ganz gut, sie mag halt kaum noch vor die Tür, von der Welt hat sie genug gesehen mit hundertundzwei, behauptet sie.» Unterm Reden kehrt langsam wieder etwas Farbe in seine Fassad. «Was ich dich schon länger fragen wollte, Muck. Stimmt das, dass dein Sohn Emil das verrostete Radl von deinem Vater in einem von den Sisi-Türmen gefunden hat?» Ein Geheimnis ist das längst nicht mehr. Und der Wolfi weiß es bestimmt auch von seiner Tochter, der Amrei. Gelegentlich kümmert er sich ja jetzt um sie, seit er kapiert hat, dass er ihr Vater ist.

Mehr als ein «Ja» fällt mir aber auf dem Fritzl seine Frage nicht ein. Trotz aller Probleme mit seinem Vater beneide ich ihn. Was gäbe ich für so einen wie den alten Kraulfuß, der grantelnd auf der Hausbank sitzt, aber den du wenigstens nicht suchen musst. «Sag mal, was hat dein Vater eigentlich gegen mich?»

Der Wolfi feixt. «Der Senior ist eben ein Menschenkenner.»

«Sei du besser still», zischt der Fritzl ihn an. «Wann gibst du dem Muck endlich das, was ihm zusteht?»

«Halt's Maul», mault der zurück. «Und misch dich nicht in Zeug ein, von dem du nichts verstehst.»

«Ich sag, was mir passt.» Der Fritzl ballt die Faust.

«Komm, schlag doch zu, und ich sperr dich ein. Oder besser, sag du dem Muck, dass der Halbritter Simon ein Dieb war und ein Ruderboot von deinem Alten geklaut hat.»

Ich falle aus sämtlichen Schäfchenwolken. Auf einmal, nach über dreißig Jahren, kommen sie mit so was daher? Wieso sollte mein Vater ein Boot vom Kraulfuß gestohlen haben?

Die Sophie kehrt zurück. «So. Dem Holzner seinen Mund soll die Rechtsmedizinerin aufmachen, und die befreit dann auch den Rest von seinem Körper aus dem Netz. Ich hab dort angerufen und Bescheid gesagt, dass wir einen Leichenfund haben. Der Bierbach kommt gleich, wegen der Überführung nach München.»

«Was, der wird jetzt mitsamt meinem Netz in den Sarg gelegt?» Der Kraulfuß fuchtelt herum.

«Tut mir leid, Fritzl, das Netz kannst du abschreiben.»

«Ja, krieg ich dann dafür eine Quittung, wie soll ich das sonst beim Finanzamt einreichen?»

Mit einem Augenverdreher dreht sich die Sophie zu mir. «Fahr du los und red mit der Irmi.» Ich bin noch ganz verwirrt von dem eben Gehörten, dass ich nicht gleich reagiere. Sie stupst mich an. «Muggerl? Was ist mit dir, ist dir auch schlecht?»

«Naa, nichts. Ich fahr schon.» Was soll das sein, was mir zusteht? Der Fritzl und der Wolfi tratzen mich bloß. Besser, ich hake diese Anspielung auf meinen Vater ab, wie so viele Gerüchte, die seit seinem Verschwinden im Umlauf sind. «Ist denn der Bierbach schon wieder im Einsatz?», komme ich wieder in die Gegenwart zurück und zu dem, was die Sophie gesagt hat. Unser Landkreistotengräber ist vor kurzem fast ums Leben gekommen. Seine Frau hat ihn wegen einem anderen, ausgerechnet einem Kerl von der Trauerhilfe Denz, verlassen, sodass er sich erhängt hat. Und es hätte auch geklappt, wenn ihn nicht sein Azubi in letzter Minute noch vom Rohr unter der Kühlraumdecke abgeschnitten hätte.

«Ja, er fährt wieder, und ich finde sogar, dass ihm diese Nahtod-Erfahrung was gebracht hat. Vorher war er manchmal ein richtiger Stiefel mit den Angehörigen. Aber jetzt zeigt er direkt Mitgefühl, wo er es am eigenen Leib erlebt hat, wie das ist, mit einem Fuß im Grab.» Sie entlässt mich mit einem Bussi, was diesmal heißen soll, geh und zwar zack, zack. Auch den Kraulfuß junior schickt sie weiter, zumindest bis zum Steg hinüber, wo sein Vater immer noch vor sich hinpfeift. Denn als Grundstückseigentümer kann sie ihn nicht ganz verscheuchen. Es juckt mich, bei dem gestohlenen Boot nachzuhaken, aber werde ich eine Antwort erhalten?

«Und du, Wolfi», weist Sophie den Letzten an. «Sieh dir noch mal die Passagierliste durch, ob der Holzner darauf gefehlt hat oder nicht.»

«Wenn mir so ein Unglück mit einem Schiff, das ich gebaut habe, passieren tät ...» Der Kraulfuß stolpert aus der Zauntür. «Würde ich mich auch umbringen.»

Arschgeweihideen

28.

Laut will ich gar nicht sagen, wie sich das anfühlt, dass mir endlich geglaubt wird, bei einer solch tragischen Angelegenheit. Selbstmord? Auf dem Weg nach Feldafing grübele ich. Einerseits bin ich erleichtert, dass ich recht gehabt hab, dass ich nicht mehr wie ein Todeserfinder-Schwindler oder Leichenhochstapler dastehe, andererseits ist der Holzner Grische gestorben, was wirklich kein Grund zur Freude ist. Was, wenn er noch gelebt hat, als ich ihn gefunden hab? Bloß nicht, wie soll ich sonst mit dieser Schuld zurechtkommen? Versagt zu haben, als jemand meine Hilfe gebraucht hat? Die Sophie hat mir noch die Anweisung gegeben, der Irmi nichts von den laufenden Ermittlungen zu verraten. Sie fährt in die Rechtsmedizin nach München und meldet sich, sobald sie etwas Genaueres weiß. Wie bringe ich es der Irmi nur bei, dass ihr Bruder tot ist? Am besten baue ich erst die Küchenplatte ein, bitte sie, sich niederzusetzen, und dann? Oder umgekehrt, ich falle gleich mit der Tür ins Haus, nicht, dass sie mir noch vorwirft, warum ich ihr so was Wichtiges vorenthalten hab. In der Krimskramskiste, die ich auf dem großen Traktorrad montiert hab, suche ich nach Schnupftüchern. Eine angefangene Packung finde ich noch und schiebe sie in die Hosentasche. So, jetzt bin ich einigermaßen gewappnet.

«Ja, Muck, komm rein.» Im zweiten Stock vom Kurhaus, wo einst die Nazibuben zum Lernen angetrieben wurden, begrüßt mich die Irmi. «Freut mich, dass es so schnell geklappt hat. Hast du kein Werkzeug dabei?»

Mit leeren Händen bin ich die Stufen raufgestapft. «Ich hab eine schlechte Nachricht für dich.»

«Na, komm erst mal rein und setz dich.» Sie bietet mir einen Stuhl in der Küche an. Es riecht nach frischem Kaffee, und der Tisch ist üppig gedeckt, mit Kerze und Servietten. Eingelegter Hering mit viel Zwiebeln, Rollmöpse, Thunfisch in der Dose, Gurken im Glas. Aber auch einen puderzuckerbestäubten Guglhupf hat sie aufgefahren. Das kann doch nicht für mich sein? Sieht eher nach einem Katerfrühstück aus.

«Gibt's was zu feiern? Geburtstag?»

«Naa, ach geh, meinen Neununddreißigsten feiere ich nicht jedes Jahr.» Sie grinst. «Hast du Appetit? Ich nehme an, dass du früher aufstehst als ich und schon was gegessen hast?»

Ich nicke und setze mich, ich könnte in der Tat einen Happen vertragen, zugleich ist mir aber auch ein bisschen mulmig im Magen, wie ich schon wieder Fisch seh, und an eine Forelle darf ich dabei gleich gar nicht denken. Besser, ich verzichte. Außerdem hab ich wieder Schwammerl in den Knien, das muss vom Treppensteigen sein.

Die Irmi zündet die Kerze an. «Tee, Kaffee?»

«Nur Wasser, bitte.»

«Ach komm, Muck, so viel Wasser kann doch nicht gesund sein.» Da könnte sie recht haben, wenn ich an ihren Bruder denke.

«Lieber ein Gläschen Wein?»

Bei Wein fange ich zu weinen an. Ich weiß auch nicht, wieso, mir tropft das Augenwasser nur so heraus.

«Ja, Muck, was ist denn?» Sie setzt sich endlich. «Los, erzähl.»

«Ich, also, wir, die Sophie und ich, also heute, im See.» Viel ist das nicht, was ich da zusammenstammele.

Sie sieht mich mitleidig an, was mich erst recht zum Aufschluchzen bringt. Ich ziehe meine Schnupftuchpackung heraus. «Dein Bruder ist tot, sie haben ihn heute aus dem Wasser gezogen.» Geschafft. Ich schnäuze mich geräuschvoll.

«Was? Der Grische?» Sie runzelt den Schnurrbart.

Ich nicke und schnäuze erneut.

«Wer ist tot?» Hinter mir redet einer. Ich wende mich um und traue meinen Augen nicht. Der Fidl, nur mit seiner rosa verfärbten Schlabberunterhose bestückt, tappt aus dem Schlafzimmer. Ich wende mich ab, sehe über ein paar Topfpflanzen zum Fenster hinaus. Im Winter hat die Irmi hier auch Seeblick, und der Gedanke, dass sie dann immer an ihren Bruder und die Umstände seines Todes denken muss, treibt mir erneut Tränen in die Augen.

«Doch, ja. Der Grische.» Ich wende mich schniefend an den Fidl. «Heute Morgen, wie der Kraulfuß seine Netze reingezogen hat. Der Grische war noch im Schiff, als es schon unterging. Ich hab ihn ...» Ich stoppe, weiß gar nicht, ob ich das alles erzählen darf. Was, wenn die Sophie die Irmi verdächtigt? Dann hätte ich mich sauber verplappert. Ich halte besser meinen Mund. Zu spät.

«Was hast du ihn?» Die Irmi scheint das alles kaum zu berühren, sie gießt sich Kaffee ein und schüttet Milch und Zucker dazu.

Ich wundere mich in meine Traurigkeit hinein. «Äh, ich hab ihn, also, ich hab ihn gesehen, vorhin, gerade eben, wie sie ihn rausgezogen haben aus dem Wasser. Seine Frau soll ihn identifizieren.»

«Die Uschi, ja, das ist gut, dann hat er wen, der sich kümmert.» Sie rührt und rührt in ihrer Tasse, und der Fidl kratzt sich den Bauch. Außer diesem Schaben im Porzellan und auf der Haut ist eine Weile nichts zu hören. Die Irmi starrt vor sich hin. «Das hat ja so kommen müssen mit ihm, eines Tages», sagt sie dann und wischt mit der Hand durch die Luft, als wollte sie einen Mückenschwarm vertreiben. «Hock dich doch zu uns», fordert sie meinen Schwiegervater auf, als würde sie ihn erst jetzt bemerken. «Es gibt deinen Lieblingskuchen.» Sie rumpelt auf und holt Geschirr aus dem Schrank.

«Tut mir leid, das mit deinem Bruder.» Er schlurft auf sie zu und drückt sie an sich. «Ich ess später was, ja? Mein Schädel brummt. Ich hau mich lieber noch ein Stünderl hin. Kommst du mit, Irmilein?» Er spitzt die Lippen zu einem Kuss, und ich schaue schnell auf die Heringe, bevor ich grinsen muss.

«Jetzt nicht, Duddelchen, ruh dich ruhig aus.» Sie schiebt den Fidl von sich. «Der Muck ist doch zum Arbeiten da, es kann also gleich ein bisschen laut werden.» Dann rennt sie in ein anderes Zimmer, ich nehme an, ins Bad.

«Nur zu, stört mich nicht, wenn ich schlaf, dann schlaf ich.» Er verzieht sich, am Hintern kratzend, wieder ins Schlafzimmer. «Mei, der Grische, das gibt's doch nicht, den kenn ich doch schon ewig. Jaja, langsam werden wir ausgesiebt, ist wohl so, damit die Jugend nachdackeln kann ...», murmelt er.

«Äh, Fidl, warte doch mal», rufe ich ihm hinterher. «Was genau hast du in dem Franzosen seiner Hand für einen Zettel gesehen?»

Er dreht sich schwerfällig um. «Welcher Franzos?»

«Na, der Thierry, den du gestern früh auf dem Hof getroffen hast.»

«Ach, der junge Kerl, der es so eilig hatte?» Er verlegt das Kratzen vom Hintern jetzt weiter nach oben und erreicht schließlich die Schläfen. «Das hast du mich doch gestern schon mal gefragt. Sag mal, säufst du heimlich, weil du dir nichts merken kannst?» Ich staune, dass er sich überhaupt noch an was erinnert, so blau, wie er war. Er legt den Kopf schief, wetzt ein Ohr auf der nackten Schulter und schließt die Augen. Fast wirkt es, als ob er im Stehen einschläft.

«Das Papier, was der Franzos in der Hand gehabt hat, interessiert mich.» Ich muss ihn wach halten. «Du hast gesagt, er hätte ein Billett und wollte aufs Schiff. Auf welches denn?»

«Das weiß doch ich nicht. Vielleicht wollte er eine Isarfloßfahrt machen oder eine Rundfahrt auf dem Bodensee.» Also nichts Buzi.

Er wankt zurück ins Schlafzimmer und wirft die Tür hinter sich zu. Im selben Moment tritt die Irmi aus der anderen Tür, wie bei einem Wetterhäuschen. Die Klospülung rauscht, von Tränen sehe ich nichts, geht mich aber auch nichts an.

«Soll ich besser wann anders wiederkommen?»

«Naa, bitte, Muck, bleib.»

«Also dann leg ich besser mal los.» Als sie zustimmt, stehe ich auf und untersuche die Küchenarbeitsplatte. Das Resopal ist stark abgenutzt, an den Kanten abgebrochen und wellt sich im Nassbereich. «Die Platte soll weg und eine neue drauf?»

Irmi nickt. «Die neue ist massiver, komm, ich zeig sie dir.» Sie begleitet mich, wie ich zum Tiger runtergeh, um mein Werkzeug zu holen, und ich weiß nicht, was ich von ihrem Bruder noch sagen oder fragen könnte, also rede ich erst mal nichts, und sie hat ihn scheinbar auch abgehakt.

«Hast du in der anderen Sache, du weißt schon, was herausgefunden?», fragt sie im Aufzug.

«Ja, ein bisschen. Darüber wollte ich auch mit dir reden.» Und ich erzähle ihr, was ich von der Denglerin weiß, ohne allerdings ihren Namen zu erwähnen. Quellenschutz, wie es die Journalisten machen. Ich sage ihr, dass es einen Gigolo gegeben haben soll, der sie und ihre Freundinnen entjungfert hat, dass die Irmi das angeblich angezettelt hat und dass die Luise vielleicht schwanger war.

«Was?» Sie lacht. «So ein Schmarrn. Hätte man dann nicht ein winzig kleines Babyskelett gefunden?»

Stimmt, daran hab ich noch gar nicht gedacht. Schreckliche Vorstellung! Vielleicht liegt das noch im Turm? Ich will lieber nicht darüber nachdenken.

Die Irmi hält den Zugang zur Tiefgarage auf. «Ich weiß ja nicht, wie das heutzutage ist, Muck, und wie es bei dir war, aber Anfang der Siebziger stand bei uns das Entjungfern auf einer Liste zum Abhaken, wie das Radlfahrenlernen oder den Führerschein zu machen.» Dazu äußere ich mich nicht, das geht nur die Sophie und mich was an, niemand sonst.

Die Irmi legt offenbar keinen Wert auf meine Erfahrung und fährt fort. «Wir jedenfalls wollten das damals schnellstmöglich hinter uns bringen, noch bevor wir volljährig wurden. Das war man ja vor 1975 erst mit einundzwanzig. Es ist doch eher eine unangenehme Sache, und wir wollten danach unseren Spaß haben, mit unseren Liebhabern oder auch unseren späteren Ehemännern. Ohne die Angst vor Schmerzen. Das war unsere Art Clubzeichen oder Verbundenheit wie unter Blutsbrüdern.» Sie unterdrückt ein Grinsen. «Im wahrsten Sinne haben wir unsere Freundschaft mit Blut besiegelt. Und die Marianne, die alte Ratschkathl, soll besser ihr dreckiges Schandmaul halten.»

«Welche Marianne?», frage ich und rattere im Innern die Namen durch, die die Denglerin erwähnt hat, eine mit M war nicht dabei.

«Na, eure Nachbarin, die Dengler Marianne, die neben euch eingezogen ist.»

Neben uns ist gut gesagt. Auf ihrem Klingelschild steht kein Vorname, darum heißt sie bei uns in der Familie nur die Denglerin.

«Die zieht ständig um, legt sich mit jedem Vermieter oder Nachbarn an, also mach dich auf was gefasst und glaub ihr bloß nicht alles, was die verzapft.»

«Sie hat was von der Ferschbach Conny und der Hinterstoißer Beate gesagt. Ferschbach, das ist die vom Autohaus und Hinterstoißer, nehme ich an, die aus der Waldstraße, aber sind die nicht ausgewandert? Nach Australien?»

«Neuseeland. Du kennst deine Pöckinger, was? Die Beate lebt nicht mehr, sie hat nach Gauting geheiratet und ist vor zehn Jahren an Krebs gestorben. Die Marianne gehörte nicht zu uns, die haben wir außen vor gelassen, von der war jede nur genervt. Die zerreißt es doch vor Neid auf andere, die vertrocknete Zwetschgen. Hat die überhaupt jemals einen abgekriegt? Ich glaube nicht. Mit der hält es keiner lange aus, ist auch kein Wunder, bei der musst du das Mundwerk extra erschlagen, wenn die mal ins Gras beißt.»

«Und warum hast du mir das mit dem Gigolo nicht gleich erzählt, ich denk, ich soll in Sachen Luise was rausfinden. Wie soll das gehen, wenn ich nur die Hälfte weiß?»

«Ich hab einfach nicht mehr dran gedacht. Und außerdem glaub ich, dass das nichts mit ihrer Ermordung zu tun hat. So, hier ist die Platte, meinst du, wir kriegen sie zu zweit in den Aufzug?» Sie rollt ihr Fahrrad auf die Seite und zeigt mir eine noch in Pappe verpackte Ahornplatte. Die wiegt einiges. Aber die Irmi hat eine Sackkarre parat.

«Wieso jetzt Mord, ich dachte Selbstmord aus Kummer über ihre verpatzte Sportkarriere?» Ich wuchte die Platte auf die zweirädrige Schaufel, während die Irmi vorgeht und auf den Aufzug drückt.

«Niemals hätte sich die Luise selber umgebracht. Wie denn auch? Eine Waffe oder ein Tatwerkzeug habt ihr doch nicht gefunden, oder? In der Zeitung stand nichts davon, auch nicht unter dem Schmarrn, den die da reingedruckt haben.» Das mit der Patrone, die der Emil gefunden hat, verschweige ich lieber, ich will nicht alles vermasseln.

«Schau her. Sich selbst erwürgen, schafft man das?» Sie legt sich ihre Hände um den Hals, hechelt und streckt die Zunge raus. «Ich glaub nicht. Auch wenn du solche Kraftbolzenpratzen wie die Luise hast. Sie war besessen vom Kugelstoßen, hätte garantiert weitergemacht, so oder so, und ich hab sie darin bestärkt. Hast du bei so was schon mal zugeschaut?»

«Äh, bei was?» Ich wanke gerade die Platte durch ihre Wohnungstür, versuche, dabei nicht an die glänzende Strukturtapete zu kommen und etwa noch einen Fransen rauszureißen.

«Bei einem Wettkampf. So eine Kugel wiegt für Frauen vier Kilo. Mir brechen ja schon bei zwei Wasserflaschen die Arme ab. Geht's?»

Mir treibt es den Schweiß aus den Poren, wie ich mit dem langen Plattenende an die Flurlampe stoße. Es scheppert. Metall, kein Glas, zum Glück. «Die Luise konnte aus dem Schwungkreis fünfzehn Meter weit schleudern. 1950 war das der Weltrekord. Inzwischen liegt er ja bei zweiundzwanzig Metern, aber das hätte sie bestimmt auch noch geschafft, bei ihrer Disziplin, da bin ich mir sicher. Sie hat äußerst hart trainiert, nicht nur die Arme und Schultern, auch die Bauchmuskeln und die Oberschenkel sind wichtig, die müssen die Bewegungen abfedern. Die Luise hat mir mal ihren Weitwurftrick verraten. Magst du ihn auch hören?»

«Khhh, jahha», ächze ich, die Vorderseite ist durch die Tür, jetzt noch der drei Meter lange Rest.

«Man denkt, das Ziel anpeilen, das ist die richtige Technik, die Stelle anstarren, weit vorne, die man treffen will. Ist aber falsch. Auf die Flugbahn kommt es an, die hat sie sich vorher vorgestellt. Genial, oder? Diesen Tipp hat sie von ihrem Bruder, dem Bäcker Metzger, der kennt sich aus mit der Fliegerei.»

Erledigt. Keuchend kippe ich die Platte längs in den Flur, lehne sie an die Wand und fang zum Ausmessen an. «Der Fidl hat vor kurzem für ihn in seinem Bäckerladen über die bereits vorhandene Starnberger-See-Landschaft, an der die Brotregale hängen, einige Flugobjekte an die Wand gepinselt.»

«Ach, wirklich? Das hat mir der Fidelius noch gar nichts erzählt, aber wir haben überhaupt erst angefangen, uns alles aus unserem Leben zu berichten. Das dauert, denn wir sind beide viel rumgekommen.»

«Mmh.» Dem Fidl seine Eskapaden kenne ich zur Genüge. «Und warum ist die Luise dann nicht zu den Spielen zugelassen worden?», lenke ich wieder um auf das, was mich mehr interessiert.

«Sie ist nicht hingegangen, zum Olympiakomitee, obwohl ihr der Sportlehrer eine Einladung verschafft hat. Ich weiß auch nicht, wieso nicht. Vielleicht war es Prüfungsangst, Panik, keine Ahnung.»

Irmi setzt sich an den Küchentisch, nippt an dem bestimmt kalt gewordenen Kaffee und schaut mir bei der Arbeit zu. Keine weitere Silbe zum Tod ihres Bruders fällt, anscheinend hat sie alles im Bad gelassen oder will einfach nicht darüber reden. Jedenfalls nicht mit mir.

«Magst du nicht auch eine kurze Pause machen?», fragt sie nach einer Weile.

Jetzt kommt's, denke ich und tu ihr den Gefallen und setze mich an den Tisch. Außerdem hat die Übelkeit dank der Schlepperei nachgelassen, und der Kuchen schaut gut aus. Ich beiße in ein Stück und kriege einen Hustenanfall. So trocken hat er gar nicht gewirkt. Ich klopfe mir auf die Brust, damit mir der Brösel wieder aus der Luftröhre rutscht. Die Irmi bringt mir ein Wasser. Ich räuspere mich. «Und, ehäm, dieser Gigolo, wer war das?»

«Geh, das interessiert euch Männer?» Sie lädt mir ein neues Stück Guglhupf auf, nachdem ich das andere hustend und prustend über den ganzen Tisch verteilt hab. «Er war maskiert, das

gehörte zu der Abmachung dazu. Wir nicht, wir haben uns besonders schön gemacht, Ausschnitt, Minirock und so. Das war aufregend, wie der mit seinem Ruderboot über den See wie aus dem Nichts angeschippert kam. Erst hab ich nur den kleinen Lichtpunkt gesehen von der Laterne, die am Bug angeschraubt war, dann die leisen Schläge der Ruder gehört, wie sie das Wasser zerteilten. Und dann sah ich ihn in dem Boot sitzen. Ich lief auf den Steg, und er reichte mir seine behandschuhte Hand. Er trug so eine schwarze Maske vorm Gesicht, wo nur die Augen frei sind, und insgesamt dunkle Kleidung. Irgendwie war es sehr romantisch, fast wie in Venedig.» Sie faltet die Hände vor ihrem Gesicht und gerät ins Schwärmen. «Viele Kissen lagen im Boot. Wir fuhren erst mitten auf den See, und er war zärtlich, kein Grobian, wirklich. Natürlich haben wir Mädels uns hinterher darüber unterhalten und spekuliert, wer das gewesen sein könnte, aber keine, auch nicht die Conny oder die Beate, kannte ihn. Ich war als Letzte dran und beschloss, besonders aufzupassen, dann sah ich diesen merkwürdigen Leberfleck. Es kann auch eine Tätowierung gewesen sein, das war das Einzige, was ich von ihm zu sehen kriegte, als er aufstand und sich die Hose hochzog.»

«Eine Tätowierung oder ein Muttermal?» Ich weiß zwar nicht, was ich mit der Information anfangen soll, denn ich kriege nackte Männerhaut selten zu Gesicht und besuche auch keine öffentlichen Männerduschen in Hallenbädern oder Sportvereinen. Neulich am See, beim Sonnenbaden, hab ich eher die Augen zugemacht.

«Ich kann es zwar nicht vergessen, aber aufzeichnen könnte ich es auch nicht richtig. Vielleicht aber doch, warte.» Sie holt einen Zettel vom Telefontischchen und kritzelt etwas, streicht es mehrfach durch und probiert es wieder.

«So in etwa.» Sie dreht das Blatt zu mir.

Ich betrachte es. Das Zeichen schaut von allen Seiten gleich aus. «Sieht aus wie ein Zahn oder ein misslungener Stern.»

«Ich sag ja, ich krieg es nicht besser hin.»

«Naa, ich mein nicht, dass du keinen Stern zeichnen kannst, die Skizze ist gut, ich red von der Form. War die ausgefüllt, eher rosa oder rot wie eine Hautverfärbung?»

«Eben nicht, nur diese dunklen, gezackten Striche auf seiner käsig weißen Haut, direkt hier hinten.» Sie klopft sich auf die Rückseite. «Wo andere heute viel aufwendigere Muster haben, sogar teilweise richtige Kirchengemälde zur Schau tragen.» Und dann überfällt mich die Erkenntnis. Na klar, die Narbe! Ich leihe mir der Irmi ihren Stift und ziehe einen waagrechten Strich durch den vierzackigen Stern. «Und jetzt, erkennst du jetzt, was das sein soll?»

Der Nachtkästchenstreit
29.

«Das sieht wie die Zugspitze und die Alpspitze aus. Eine Bergspiegelung im See vielleicht?», rätselt die Irmi.

«Warm, wärmer, du bist nahe dran.» Ich denke an die Gipfel der Intarsientür. «Es könnten doch auch Buchstaben sein.»

«Ein M und ein W?»

«Fast. Vergiss nicht die Spiegelung. Das Zeichen sieht von oben und unten gleich aus.»

«Zwei Mal M oder zwei Mal W?»

«Zwei übereinandergestellte Ws», helfe ich ihr auf die Sprünge. «Walter Wunder, WW.»

«Ich weiß nicht. Ist das nicht ein bisschen zu verzwickt? Der Bucentaurkapitän soll der Gigolo sein, mit dem ich ... mit dem wir ...?» Sie zweifelt noch, läuft ins Wohnzimmer, holt eine der vielfarbigen Frauenzeitschriften von einem Stapel und schlägt eine Doppelseite auf. Wunder mit Gattin auf einer Benefizgala. Er einen Kopf kleiner als seine Frau, obwohl sie hohe Schuhe trägt. «Schön ist der Wunder nicht, eher ein Charakterkopf, aber er muss wohl Charme haben, sonst würde ihn doch nicht so eine wie die da heiraten.» Sie tippt auf die Purzel, die einen Mops mit einem rosa Strickkleidchen auf dem Arm trägt. «Es gibt doch auch weniger Hässliche mit Geld.»

«Kann doch sein, dass seine Maskierung nicht nur ein Spiel war, sondern ihm auch zu Selbstbewusstsein verholfen hat, so wie das heute seine Millionen für ihn tun», mutmaße ich.

«Du könntest recht haben.» Sie zwirbelt an ihrem Bärtchen. «Je länger ich darüber nachdenk. Wenn das mit der Tätowierung kein Geheimbundzeichen ist und ganze Burschenschaften ihre Kehrseite damit einheitlich geschmückt haben, dann glaub ich, ja, er es ist.»

«Ich hab es am Samstag auch an ihm gesehen, als er sich gebückt hat.» Mir fällt noch etwas ein. «Wie ist er überhaupt, wie habt ihr euch ihm denn ... Wie soll ich sagen ...» Das Album, das im Wunder seiner Schreibtischschublade lag, könnte das eine Trophäensammlung seiner Jungfern sein, die er entjungfert hat?

«Also, du willst wissen, wie die Kontaktaufnahme stattgefunden hat?»

«Ja, lief das immer gleich ab, also bei der Luise und bei dir, oder wie muss ich mir das vorstellen?» Ich komme mir vor wie im Kraulfuß senior seinen Pandurengeschichten. Das Eis wird dünner und knirscht schon ein wenig, hab ich das Gefühl.

Sie zögert mit der Antwort, versinkt eine Weile wieder in Gedanken. «Mein Bruder, der Grische, er ist ja drei Jahre älter als ich. Ich meine, er war älter.» Auf einmal fängt ihr Kinn zu zittern an. «Da gab es so eine Serie in der *Blick*, die haben wir Mädels gelesen. Von einer Frau, die sich von so einem Typen auf Gran Canaria entjungfern hat lassen. Die Zeitung hat das natürlich ausgewalzt, das Pärchen wollte es im Hotel machen, aber gleich auf der Fahrt vom Flughafen sind sie schon übereinander hergefallen und so Schmarrn. Der Grische hat das mitgekriegt, dass wir uns dafür interessieren, und hat gesagt, dass er auch einen Kerl kennt, der sich bereit erklären würde. Der sei sogar noch besser als der da in der *Blick*, der sei der weltbeste Liebhaber und mache alle Frauen rund um den See glücklich. Wir haben ihn natürlich zuerst ausgelacht und aus meinem Zimmer geschmissen. Neugierig waren wir aber trotzdem, ob das stimmt oder nur eine seiner Angebereien ist, also haben wir ihn wieder reingeholt. Und so hat er es schließlich arrangiert. Wir mussten dem Grische ein Foto von uns geben. Der Gigolo sei angeblich total ausgebucht, es gebe eine Warteliste und er werde nicht mehr jede nehmen, das sei vorbei, wegen zu großer Nachfrage. So Zeug hat mein Bruder immer dahergeredet. Wenn wir dem Gigolo gefielen, würde er sich melden. Im Nachhinein denk ich, dass der gar nicht so wählerisch war, das gehörte nur zum Spiel. Die Luise wollte das alles nicht, sie glaubte, der würde sie niemals auswählen. Doch wir haben sie überredet. Besonders der Grische, der hat sie zugeschwallt, als wollte er sie selbst entjungfern, dabei wäre das das Letzte, was er gemacht hätte, glaub ich. Ehrlich gesagt, verstand ich nicht, warum die Luise meinen Bruder so toll fand. Die hätte den mit einer Hand zerquetschen können, so spiddelig, wie der damals war, aber sie schwärmte für ihn, und in seiner Gegenwart wurde sie lammfromm und still, hätte sich am liebsten in einer Ecke verkrochen.» Sie wischt eine Träne fort. «Vielleicht weil sich Gegensätze anziehen, doch bei den beiden war das eher einseitig. Der Grische hat sich über der Luise ihren kuhäugigen Blick lustig gemacht. Von der müsste er sich was bezahlen lassen. Für jeden Kuss eine Mark oder mehr. Die lässt bestimmt auch noch zehn Mark oder einen Fünfziger springen, nur damit er eine Weile neben ihr steht und es mit ihr aushält. Hinterhältig und gemein war er, ein Hundsbeutel von einem Bruder, und es ist mir egal, dass er tot ist.» Weitere Tränen tropfen. «Nicht nur zur Luise war er fies, auch zu mir. Als wir Kinder waren, hab ich mich mit ihm schon wegen den Nachtkästchen überworfen.» Mit zitternden Fingern gießt sie sich Kaffee nach, rührt in ihrer Tasse, obwohl sie gar keine Milch hineingetan hat. «Wir besaßen damals noch nicht viel, solche Extrakinderzimmereinrichtungen gab es nicht. Eines Tages hat mein Vater zwei Nachtkästchen dahergebracht. Die sahen auf den ersten Blick ganz gleich aus, und ich durfte mir das erste für mein Zimmer nehmen. Zufällig erwischte ich das bessere, das, bei dem die Klapptür funktionierte und waagrecht offen blieb, wenn man aufmachte, dank eines seitlichen Scharniers. Beim Grische war das Scharnier kaputt, und die Klappe fiel immer zu Boden, das ärgerte ihn. Und als ich am nächsten Tag aus der Schule kam, hatte er die zwei Nachtkästchen getauscht und fortan seine Zimmertür immer zugesperrt, damit ich nicht zurücktauschen kann. Meine Eltern haben mir nicht geglaubt, und mein Vater hat gesagt, er hätte die beiden Kästchen doch besser zu Brennholz zerhacken sollen, dann gebe es jetzt keine Zankerei.»

«Verlangte dieser Gigolo nur ein Foto oder noch etwas anderes von euch?», lenke ich von der Holznerfamilie wieder auf das Eigentliche.

Sie sieht auf. «Sag mal, arbeitest du für mich oder für jemand anderen? Du weißt doch mehr, als du zugibst.»

«Nun ja, als Schreiner arbeite ich für dich, aber das andere interessiert mich mittlerweile selber», erkläre ich ihr. Eigentlich hab ich gedacht, dass ich zwischen der Sophie ihrer polizeilichen Ermittlung und dem Fidl seiner Freundin hin- und herjongliere, aber wie ich es nun ausspreche, merke ich, dass das gerade Gesagte die Wahrheit ist. «Also habt ihr noch was anderes hergegeben, abgesehen von eurer Jungfräulichkeit?»

«Du weißt es doch schon.» Plötzlich zieht sich ihr Mund zu einem schmalen Strich zusammen, und ihr Schnurrbart bebt. «Er hat sich Haare von uns abgeschnitten, hinterher. Aber keine vom Kopf.»

Puh, das hab ich nicht erwartet. Ich hielt die Härchen in dem Album tatsächlich für Kopfhaar. In meiner Hosentasche vibriert es, ich zucke zusammen. Hoppla, mein Handy. Ich bin das Ding einfach noch nicht gewöhnt.

«Muggerl, ich bi-hi-hin's. Hatschi.» Sophie niest in den Hörer. «Entschuldige», sagt sie, wie sie sich wieder einigermaßen gefangen hat. «Hier in der Rechtsmedizin ist es aber auch besonders kalt. Wie läuft es mit der Frau Wimmer?»

«Gut.» Ich bedeute der Irmi, dass ich im Flur weitertelefoniere, und gehe hinaus. «Ich hab was Interessantes über den Wunder rausgefunden», flüstere ich. «Das erzähl ich dir später, ja?» Ich stelle mich zwischen zwei gerahmte Kunstdrucke. Ein Mädchen, das auf einem gestreiften Diwan rumlümmelt, und ein Porträt einer schwarz gekleideten Dame mit Dutt und einer ungesund wirkenden, grünlichen Gesichtsfarbe. Sie ähnelt der Irmi, bis auf den Damenbart, und ist mit E. L. Kirchner signiert. War das nicht einer von diesen Brücke-Malern, die sich der U-Boot-Buchheim für seine Sammlung unter den Nagel gerissen hat? Der Künstler und Filmemacher von «Das Boot» trug zu Lebzeiten eine markante Augenklappe und war wegen seiner cholerischen Art bekannt. Darum nannten ihn die Einheimischen auch den «Poltergeist von Feldafing». Er wohnte schräg gegenüber vom Kurhaus in einem weißen Haus mit stets fest verschlossenen türkis gestrichenen Fensterläden. Zeitlebens haben ihm die Feldafinger ein Museum verwehrt, sodass er mit seiner Vision in das zwölf Kilometer entfernte Bernried ausweichen musste. Sind das hier etwa Originale? Ich kratze ein bisschen auf der Leinwand herum, ein Blättchen dunkle Farbe löst sich und gibt das helle Gewebe frei. Zefix! Geschwind lasse ich das Eckerl in der Hosentasche verschwinden und verreibe mit Spucke die Stelle, damit es der Irmi hoffentlich nicht auffällt. «Und wie geht's bei dir?», frage ich die Sophie.

«Der Holzner wird gerade obduziert, ich bin kurz raus, zum Naseputzen und um dir was zu sagen.» Dass ich jetzt schon richtig bei der Ermittlung dabei sein darf, freut mich riesig. Ich liebe, liebe, liebe meine Frau, sagte ich das bereits? Im Hintergrund höre ich ein durchdringend sirrendes Geräusch, das kenne ich. Solch ein Werkzeug verwende ich auch, nur dass ich mit meiner Oszilliersäge keinen Schädelknochen durchtrenne, sondern verzwickte Kanten, die ich mit einem normalen Fuchsschwanz nicht erreiche. Meinem Bruder Florian hab ich mal mit so einer Schwingsäge seinen Gips am Fuß aufgeschnitten, weil er den Juckreiz nicht mehr ausgehalten hat.

«Ich hab was Neues zum Knochenfund», fährt die Sophie fort. «Es handelt sich tatsächlich um die Luise Metzger, ihre DNA war in der Vermisstendatei, so konnte das relativ schnell abgeglichen werden, auch anhand vom Zahnschema mit der auffälligen Krone in ihrem Gebiss. Die Frau Doktor Kyreleis hat sehr gelacht über die Zeitungsente mit der Sisi-Schwester. Sie hatte noch keine Zeit, die Knochenscherben zusammenzusetzen, aber sie meldet sich bald. Dann wissen wir vermutlich auch mehr über die Todesursache.»

«Also handelt es sich um das Skelett von nur einer Person?» Der Denglerin ihre Behauptung, dass die Luise schwanger gewesen sein soll, geht mir nicht aus dem Sinn.

«Ja, es ist zwar nicht mehr ganz vollständig, ein paar Rippen fehlen und auch die ‹Patella›.»

«Ein paar Teller waren auch dabei?»

«Naa, die Kniescheiben mein ich. Lateinisch Patella.»

«Ach so, also ein Teller rechts und einer links, zum Draufkniegeln für die Katholischen unter uns, klingt einleuchtend.» Ich atme auf, offenbar gab es kein Babyskelett.

«Du, stell dir vor. Die in der Rechtsmedizin haben mit sehr viel mehr Toten aus unserem Schiffsunglück gerechnet und dafür sogar extra ihre Kühlfächer leer geräumt. Bis auf den Holzner Grische ist es noch mal relativ glimpflich ausgegangen. Bei der äußeren Leichenschau – Brust und Bauch aufgemacht hat die Doktorin noch nicht – ist die Todesursache mit ziemlicher Sicherheit oder warte ... So müssen die das immer in der Rechtsmedizin ausdrücken, das sind juristische Spitzfindigkeiten, mit großer Wahrscheinlichkeit, also ...» Sophie schnäuzt sich und holt Luft, ich halte die meine immer noch gespannt an.

«Bist du noch dran, Muck?»

«Hah, jahha.» Ich atme ein. «Sprich weiter.»

«Ich sag es besser mit meinen Worten, dann ist es einfacher. Kopfdurchschuss. Ob er sich selbst erschossen hat, ob es andere innere Verletzungen oder einen zweiten Einschuss gibt, das wird sich bei der weiteren Untersuchung zeigen. Du, ich muss wieder rein, sie heben das Gehirn raus, das will ich nicht verpassen, bis heute Abend, servus.»

Mausern

30.

«Siehst du, ich hab's dir gleich gesagt mit der Luise.» Irmi sinkt auf ihrem Stuhl zusammen, wie ich ihr die Bestätigung von der Rechtsmedizinerin überbringe. «Trotzdem, eine Vermutung zu haben, aber es dann sicher zu wissen, das fühlt sich komisch an. Armes Ding, ein Lebensende im Turm.»

Das klingt, als ob sie dort eingesperrt und dann verhungert wäre. «Wie sie starb, wissen wir doch noch nicht», versuche ich, sie zu trösten. «Dafür steht bei deinem Bruder die Todesursache fest. Ein Kopfschuss.» Das der auf der einen Seite rein und auf der anderen wieder raus ist, erspare ich ihr. Hart genug für sie, das zu verkraften, erst die Freundin und dann der Bruder.

«Das passt zum Grische, das wundert mich nicht, dass sich der erschossen hat.» Sie schiebt die Kaffeetasse weg und gießt sich Wein ein, nimmt einen kräftigen Schluck und dann noch einen.

Von Selbstmord hab ich gar nichts gesagt, aber für die Irmi ist alles klar. Sie erzählt mir, dass ihr Bruder schon immer von Waffen fasziniert war, genau wie ihr Vater.

Der alte Holzner war bei der Wehrmacht in der Normandie stationiert und hat von dort tatsächlich eine Pistole heimgeschmuggelt, als Paket kam die eines Tages in Possenhofen an. Den Waffennamen hat sich die Irmi sogar gemerkt, weil ihr Vater immer gesagt hat: «Ärgert uns die Katz, dann holen wir die Mauser.»

«Natürlich haben wir gefragt, ob er damit jemanden im Krieg erschossen hat, aber darauf hat er nicht geantwortet, nicht mal genickt oder den Kopf geschüttelt. Nur auf seinen Beinstumpf geklatscht hat er, das reichte als Antwort. Wenn wir nicht aufaßen oder keinen Hunger hatten, sagte er, dass er sich damals, als er bei Kriegsende in Gefangenschaft kam, für ein Stück Brot was abgeschnitten hätte, wir seien viel zu verwöhnt. Ich dachte, er hätte seinen Hax tatsächlich für was zu essen hergegeben. Du kannst dir vorstellen, wie ich das Schmalzbrot reingewürgt hab. Er sprach immer nur in Andeutungen, Halbsätzen, versank dann in Schweigen. Ich musste mir aus Bruchstücken alles zusammenreimen. Als ich erwachsen war, hab ich zu forschen angefangen und herausgefunden, dass unser Vater nach dem Krieg von den Franzosen als Minenräumer an der Mittelmeerküste eingesetzt worden ist. Ohne zu wissen, wie es richtig geht, mit einfachem Werkzeug, schritten die deutschen Kriegsgefangenen den Strand ab. An der Côte d'Azur, wo heute die High Society Urlaub macht, lauerte damals alle paar Meter der Tod. Vater musste mit ansehen, wie sein Kamerad neben ihm starb, als eine Mine losging. Lauter Blutblasen bildeten sich an seinem Körper, und als mein Vater zu ihm hinlaufen wollte, ist er selber umgefallen, denn erst da hat er gemerkt, dass ihm ein Bein fehlt. Einmal an Weihnachten, ich war vierzehn und der Grische sechzehn – ja, kaum älter als dein Sohn, Muck –, da hat der Vater uns die Mauser gezeigt, so als ob er uns noch ein Extra-Geschenk nach der eigentlichen Bescherung machen möchte. Die Pistole war in einen Seidenschal von meiner Mutter gewickelt, der so ein Stoffmuster mit kleinen Ankern drauf hatte. Den Schal hat sie getragen, als sich meine Eltern kennengelernt haben. Er erklärte uns die Besonderheit der Mauser, dass, wenn man das Magazin entfernt, sofort der Abzug blockiert. Dadurch können sich normalerweise keine Schüsse beim Entladen lösen, und auch Doppelschüsse sind unmöglich, obwohl sich noch Patronen in der Kammer befinden. Doch diese Mauser war defekt. Irgendwas stimmte mit dem Abzug nicht oder mit dem Hahn oder Bolzen. Wir spürten, dass mein Vater ganz nahe dran war, uns zu erzählen, wie er zu der Waffe gekommen ist. Doch dann verstummte er plötzlich und redete nie mehr von seinen Kriegserlebnissen. Dafür legte er die Pistole dem Grische in die Hand, zeigte ihm, wie er das Magazin anstecken und die Waffe sichern und entsichern konnte. Meine Mutter kriegte Zustände und rannte in die Küche, wo sie ganz laut mit dem Abwasch klapperte und das Radio anstellte, nur damit sie den Schuss nicht hörte, der sich womöglich gleich löste. Ich durfte die Mauser übrigens nicht halten. Finger weg, das ist nichts für Weiber, hat mein Vater gesagt. Wo er sie danach aufbewahrte, weiß ich nicht. Vielleicht weiß die Uschi, die Exfrau von meinem Bruder, mehr. Ich frag mich, wie sie es überhaupt mit dem Grische, diesem Arsch, ausgehalten hat. Aber sie ist ja jetzt die Alleinerbin, das ist genug Schmerzensgeld. Die Werft und die Lagerhalle gehörten seit dem Tod meiner Eltern nämlich dem Grische. Mir hat er bis heute nicht meinen Anteil ausbezahlt. Wenn mein Mann nicht so gut verdient hätte, wüsste ich nicht, wie ich hier die Miete aufbringen sollte.» Sie reibt sich die Stirn als wollte sie einen Kopfschmerz vertreiben. «Ja, der Grische. Der wollte immer hoch hinaus und ist jetzt so tief gesunken. Vom Schiffsbau verstand er was, auch wenn er menschlich eine Sau war.» Sie füllt ein weiteres Glas mit Wein. «Er hat immer nur Spaß haben wollen, auf Kosten anderer, und hielt sich selbst für unfehlbar. Das hat ihn einfach mitgenommen, dass der Bucentaur, den er konzipiert hat, sinkt.» Sie wirkt wieder gefestigter, und ich traue mich, mit der Arbeit weiterzumachen. Nachdem ich die Ausschnitte für die Spüle und den Herd millimetergenau herausgeschnitten hab, tausche ich die alte Küchenplatte gegen die neue aus. Zuletzt dichte ich noch den Rand zwischen Wand und Spüle mit Silikon ab. Fertig.

«Magst du nicht auch ein Schlückerl, Muck? Auf dich und meine neue Küche.» Sie erhebt sich und stakst mit der Rotweinflasche auf mich zu. Ich wende mich um. Die Silikonpumpe rollt von der neuen Platte, direkt der Irmi auf die Zehen. Sie schreit auf und fängt zu weinen an und ist nicht mehr zu beruhigen. Bald weiß ich nicht mehr, was ich tun soll, also wecke ich den Fidl. Auch wenn der immer noch einiges an Schlaf nachzuholen hat, jetzt ist er als Tröster gefragt.

# Knochenbastlerei

31.

Wieder zu Hause, kümmere ich mich um die Tiere und sehe im Haus nach dem Rechten. Die Pfadfinder haben alle zurück zu ihren Eltern gefunden. Beim Emil ist seine Amrei noch zu Besuch, und die Emma hat die gesamte Legokiste auf dem Wohnzimmerboden ausgeleert. Sie wühlt darin herum, baut das Gestüt nach, wo sie am Samstag mit der Beverly gewesen ist. Das bedeutet, die Steckerl verteilen sich bald im ganzen Haus, kleben an den Socken und klemmen in den Ritzen der Dielen. Mir knurrt der Magen. Ich decke den Küchentisch und mache in der großen Pfanne das Essen vom Mittag warm. Was noch in den Rucksäcken war und bei uns im Gewächshaus vor sich hindümpelte, hat der Emil verkocht. Der Reis ist zwar noch nicht ganz durch, dafür sind die Tomaten umso weicher. Kurz darauf schnurrt tatsächlich die Isetta auf den Hof.

«Wo ist denn unser Gast?» Sophie sieht sich um, als sie reinkommt. «Oder wem gehört die Schäsn draußen, die brettlbreit im Hof parkt?»

«Der Denglerin, sie blockiert sonst weiterhin unsere Einfahrt», erkläre ich kurz, müde und hungrig, wie ich bin. Außer Irmis Guglhupfklotz und meinem Müsli in der Früh hab ich heute noch nichts gegessen.

«Ist das deine Methode, die nervige Amsel loszuwerden?» Sophie gibt mir einen Kuss und geht nach oben. «Ich zieh mich schnell um, mir tut alles weh.» Sie windet sich im Kreuz.

Wie ich kurz darauf alle zum Essen rufe, tappelt die Sophie in ihrem Samt-Schlabberschlafanzug aus dem Bad herunter, dicke Wollsocken an den Füßen und die Wimperntusche um die Augen herum vom Abschminken verschmiert. Dienstschluss. Ein Pony hat die Wundertochter übrigens doch nicht gekriegt, das verrät die Emma der Sophie, als sie sie nach dem Übernachtungsabenteuer vor dem Buziunglück fragt. «Das roch ihr zu greislich, aber ich finde, dass Pferde himmlisch gut riechen», erklärt sie uns, wie wir sie endlich auch an den Esstisch bewegen können. «Fast so gut wie Schafe, nur nicht so wollig, mehr pferdiger.» Die Amrei und der Emil schlingen hastig und haben ihre Teller geleert, bevor wir noch richtig angefangen haben. Also versuchen wir, sie mit ein paar Fragen festzunageln. Sie erzählen noch ein bisschen was von ihrer Deutschlandreise, wie sie im Erzgebirge bei einem Spielzeugmacher in der Scheune übernachten durften und er ihnen am nächsten Tag seine Kunst vorführte. Per Knopfdruck fräste er computergesteuert einen filigranen Nussknacker aus einem Stück Holz. Also «handmade per PC» müsste auf den Teilen eigentlich draufpappen, die um die Weihnachtszeit die Christkindlmärkte füllen. Zu viel mehr Bericht sind die beiden nicht zu bewegen, sie zischen lieber ab, in Emils Zimmer. Auch Emma ist schnell satt und geht ins Wohnzimmer zurück. So bleibe ich allein mit der Sophie in der Küche hocken, lausche Emmas Rascheln nebenan, die wieder in den Steckerln wühlt, und setze mich zu meiner Frau auf die Bank. Sie sitzt im Schneidersitz in der Ecke wie ein klitzekleiner, kuscheliger Buddha. Ihre Wangen glühen, ihre Nase läuft, und sie friert. In den Arm nehmen soll ich sie nicht, also hebe ich das Fliegengitter aus dem Küchenfenster, das uns etwas kühle Abendluft beschert hat, bringe Sophie eine Decke und mache ihr eine Wärmflasche. Aus dem Restwasser brühe ich uns einen Karamelltee auf, mit aufgeschäumter Ziegenmilch, Agavensirup und Zimt, das liebt die Sophie normalerweise. Doch heute wirkt sie arg mitgenommen, schlottert und bittet mich, die Heizung aufzudrehen. Ich tu ihr den Gefallen. Unterm Tee- und Wärmflaschendampf schläft sie fast mit der Tasse in der Hand ein. «Geh doch lieber ins Bett und ruh dich aus.» Ich ertrage nur schwer, wie sie so dakauert. Mir hingegen ist heiß, ich zerlaufe fast wie ein Steckerleis in einer warmen Kinderhand.

«Ich kann doch jetzt nicht schlafen, Muggerl. Es gibt viel zu viel zu tun. Wenn ich die Augen zumach, muss ich bloß grübeln, und darum bleib ich lieber gleich auf und denk im Hellen nach.» Der Chiller spaziert über meinen Schoß, knetet meine müden Beine mit ausgefahrenen Krallen. Au! Ich schubse ihn weg. Er springt zur Sophie, legt sich zu ihr, eine Wärmflasche mehr, und fängt zu schnurren an. Er darf mit ihr kuscheln, ich nicht.

«Und über was sinnierst du?», frage ich meine Frau.

«Über diesen Selbstmord. Ob es jetzt wirklich einer war. Die Rechtsmedizinerin konnte es nicht ausschließen, dass der Holzner sich selbst erschossen hat. Vielleicht erfahren wir nie, was genau vorgefallen ist, das Wasser hat alle Spuren fortgespült, mögliche Schmauchspuren, Faserspuren, Täteranhaftungen. Ha-hatschi.» Ein neuer Nieserer. «Ich weiß noch nicht, ob ich die Akte zumachen soll und mich weiter auf das Buziunglück, also die Ursache, konzentrieren soll. Oder ob ich mich lieber auf die Suche nach einem Mörder mache.»

Ich spüre, dass sie schon eine Antwort weiß, sie nur noch nicht zu fassen kriegt, also verhalte ich mich ganz still.

«Der Wunder hat im Vorfeld in den Medien und überall immer so großkotzig von einem unsinkbaren Schiff gesprochen, vergleichbar mit der Titanic. Und dann ist sein Buzi doch gesunken, eben auch wie der berühmte Schiffsgigant. Ich hab mir

Videos angeschaut, es gibt einen verwackelten Film, wie der Holzner dem Wunder was zuflüstert und sie dann zu streiten anfangen. Hast du das auch gesehen?»

«Naa, wir haben nicht mal alle Fotos geschafft. Aber da war kein Streit dokumentiert.»

«Der Kiringer sollte auch nur die schönen Momente festhalten. Das Video hat ein Passagier gemacht. Ich frage mich, wer den Holzner Grische auf der Liste der Geretteten ausgestrichen hat. Und wieso ist niemandem aufgefallen, dass er als der Erbauer von dem ganzen Prunkschiff kurz nach dem Unglück gar nicht mehr unter den Passagieren war? Nicht mal sein Chef, der Wunder, hat das bemerkt. Und das, obwohl ich ihn nach seiner Crew gefragt hab, ob alle gesund an Land seien. Er hat sogar noch gescherzt, dass er selber eigentlich mit dem Schiff hätte untergehen müssen. Der Kapitän verlässt als Letzter sein Schiff, hat er betont. Und war das nicht auch bei der Titanic so? Dabei ist doch auch der Schiffsbauer oder -ingenieur oder wie der heißt mit untergegangen?»

«Architekt. Schiffsarchitekt heißt er. Hat mir der Fidl erklärt. Aber mit der Titanic kenn ich mich nicht aus. Nur dass die eine echte Kapelle gehabt haben, und der Wunder wollt auch eine und hat sich dafür den Freilinger Juri engagiert.» Ich erzähle ihr von Emmas blindem Passagier und bringe sie damit ein bisschen zum Schmunzeln. Wenigstens das.

«Nebenbei, hast du schon was vom Étienne gehört?»

Sie nickt, und ein Tropfen löst sich aus ihrer Rotzglocke. «Tante Lou hat mir eine SMS geschickt: Thierry und Étienne haben sich an einem Bahnhof kennengelernt und sich über ihre Reisepläne unterhalten. Étienne hat ihm von uns erzählt, wo wir wohnen und alles. Dass der Thierry dann gleich herfährt und sich hier einnistet, damit hat mein Cousin nicht gerechnet. Lou schreibt, dass Étienne morgen oder übermorgen bei uns eintrudeln wird. Diesen Thierry werden wir vermutlich nie wiedersehen.» Sie wischt sich die Nase. «Es gibt übrigens immer noch keine Spur zum Walter Wunder. Der ist schon ein besonderer Typ, findest du nicht?» Sie sieht mich an. Sakra, muss ich auf den jetzt auch noch eifersüchtig sein?

«Er ist zwar kein besonders attraktiver Mann ...»

Puh, ich atme auf.

«Jedenfalls auf den ersten Blick», ergänzt sie. «Das wird in jungen Jahren nicht anders gewesen sein. Aber sein Blick hat irgendwas Magisches. Wenn ich mit einem erwachsenen Gegenüber rede, bin ich selten mit jemandem fast auf Augenhöhe. Da nützen auch seine gerillten Spezialschuhe mit dem hohen Keilabsatz, die er unter der Anzughose zu verbergen versucht, nichts. Humphrey Bogart, Dustin Hoffman, Neşet Ertaş, all die kleingewachsenen Männer, die schon die Frauenherzen erobert haben.»

«Wer ist Neschet Ärtasch?»

«Der Müller Ayşe ihr Lieblingssänger, der ist aber schon tot. ‹Die Nachtigall aus Anatolien› hat sie mir mit Tränen in den Augen erklärt. Sie und die anderen haben mir doch mit den Passagierlisten geholfen. Au, mein Belli sticht vielleicht.» Sie hält sich die Stirn, redet weiter. «Der Doppel-Weh hat also nicht nur mich becirct, auch die Pflaum Burgl und die Melcher Manuela und überhaupt die Seniorinnen von *Gemeinsam Dabeisein* waren auch ganz entzückt vom ihm. Und die Erna oder Berta von den Textilstubenzwillingen – ich kann die beiden wuseligen Damen so schlecht auseinanderhalten – wirkte ganz verträumt, denn sie hat sich vorgestellt, was sie mit dem Walter Wunder anstellen würde, falls er sie mal besuchen käme.»

Das hätte ich der Erna oder Berta, die mindestens fünfzehn Jahre älter als der Wunder sind, gar nicht zugetraut. «Und?» Jetzt bin ich besonders gespannt.

«Na, was glaubst du denn?» Sophie entfaltet ein neues

Schnäuztücherl. «Sie würde ihm seinen Lieblingskuchen backen und ihn dann fragen: Mögen Sie noch ein Stück, Herr Bogart, äh, Herr Wunder? Er kann mit Frauen umgehen, er weiß anscheinend was, was wir selbst nicht wissen. Vielleicht sind es auch nicht die Worte, die er benutzt, vielmehr die Art, wie er uns behandelt. Charmant, respektvoll. Ganz Kavalier eben. Kurzum, nicht nur ich bin voll auf seine Masche reingefallen, was mich aber nicht entschuldigt. Schließlich bin ich die Kommissarin und sollte einen neutralen Blick bewahren, doch ich hab mich von ihm einwickeln lassen wie ein Schulmädchen. Somit war es für ihn bestimmt leicht, mich mit der Liste zu täuschen und das Häkchen beim Holzner Christian zu setzen. Und seltsam ist doch auch, dass bei dir, also bei ‹Halbritter›, abgehakt wurde. Dafür hatte der Wunder doch keinen Grund, oder? Wir wissen zwar inzwischen, dass es nicht der Thierry war, aber wer war es dann?» Sie krault den Chiller, den Hüter der VIP-Karte. Er dreht sich behaglich auf den Bauch und lässt die Pfoten von der Eckbank hängen.

«Ich», ruft die Emma. Sophie und ich schauen uns an. Schon eine ganze Weile hat das rauschende Herumwühlgeräusch aufgehört, was mir jetzt erst auffällt. Was wir geredet haben, war eigentlich nichts für Kinderohren. Ich stehe auf und gehe zu ihr ins Wohnzimmer, meine Frau kommt nach. Emma liegt auf dem Sofa mit Kohl im Arm und ist kurz vorm Einschlafen.

«Was meinst du mit ‹ich›?» Ich setze mich zu ihr.

«Na, ich war das, ich hab mich auf der Liste bei Halbritter abgehakt.» Sie gähnt. «Ich war doch dabei. Und du wolltest doch nicht mit auf das Schiff, Papa. Bringst du mich ins Bett und erzählst mir vom Elias weiter?»

«Das mach ich, komm, huckepack», schlägt Sophie vor.

«Aber der Papa soll erzählen, du erfindest immer so komische Sachen, Mama, von so Elfen und Hexen und Gespenstern.»

Ich unterdrücke ein Grinsen. Die Emma hat recht, bei meiner Frau geht nach Feierabend die Phantasie durch. Also sauge ich mir eine neue Geschichte aus den Fingern, und Sophie legt sich mit dazu. Fast wären wir alle drei in dem engen Kinderbett eingeschlafen, wenn nicht Sophies Handy geklingelt hätte.

Sie steht auf, geht zurück in die Küche, und ich höre: «Ja, ich verstehe, interessant, ach so, wirklich, mach ich, ist gut.» Als sie auflegt, raffe ich mich auf, decke die Emma zu und schleiche mich aus dem Kinderzimmer. Ich reibe mir halbwegs den Schlaf aus den Augen, suche eine Schokolade auf dem Küchenschrank, wo die Süßigkeiten zwecks Kindersicherung mit der Zeit raufgewandert sind – dabei reicht der Emil dort inzwischen besser dran als ich, und die Emma benutzt einfach einen Stuhl –, und setze mich zur Sophie ins Wohnzimmer. «Kannst du bitte Taschentücher mitbringen?» Sie hat wieder einen Niesanfall. Ich tu's, und sie schnäuzt, und ich knabbere an labberigen Salzstangen aus einer angefangenen Packung.

«Das war die Rechtsmedizinerin. Sie hat den Schädel zusammengesetzt.» Sophie schiebt die Rotztücher, die sich zu einem Haufen türmen, hinter sich und spricht mit trotzdem verstopfter Nase. «Luise Metzger ist nicht erschlagen worden oder gestürzt und auf einen harten Untergrund geprallt, was man aufgrund der vielen Bruchstücke denken könnte. Wie wenn man eine zerbrochene Schüssel zusammensetzt, konnte man ein kreisrundes Loch am Ende sehen. Ein Kopfschuss wie beim Holzner. Nur dass die Kugel nicht wieder austrat, sondern im Gehirn blieb und erst mit den Jahren nach der Verwesung herausfiel. Ich hab dann noch den Abdul angerufen, und der hat es bestätigt, dass beide, das Geschoss aus dem Holzner seinem Kopf und das aus der Luise ihrem Schädel, also das, was der Emil gefunden hat, aus derselben Waffe stammen. Das sieht man an den Verfeuerungsmerkmalen, hat er mir erklärt. An beiden Projektilen sind solche markante Spuren wie Fingerabdrücke einer Wa-, Waffe.» Sie reibt sich die Nase. «Bluatsakrament, mich juckt's, zum Narrischwwerden.» Erneutes Schnäuzen. «Ich glaub, ich krieg einen Pfunds-Katarrh. Hast du irgendwelche Kügelchen, Muggerl? Ich darf doch jetzt nicht krank werden, ich muss zwei Morde aufklären. Einen alten und einen neuen, die beide auch noch zusammenhängen.»

Ich suche in meinem Homöopathiebuch nach dem passenden Mittel. Dauerniesen, Nasenjucken, Frieren, obwohl sie bis zum Hals zugedeckt ist? Trotzdem lese ich unter «Nux Vomica» noch mal nach. «Das Mittel für den stressgeplagten Erfolgsmenschen» steht in dem Buch. Normalerweise ist meine Sophie eine «Pulsatilla», aber heute ist sie wenig anschmiegsam, eher gereizt. Ich hole das Fläschchen von draußen aus dem Schafstall, wo ich unsere Leitziege Herzchen vor kurzem kuriert hab. Die Gehörnte verhält sich manchmal ähnlich wechselhaft wie meine Frau.

«Danke.» Sophie lutscht die Globuli wie Guttis. «Was ich sagen wollte, die Merkmale stammen von einer Mauser, so eine Selbstspannerpistole, die im Zweiten Weltkrieg besonders beliebt war.»

«Das passt», sage ich, setze mich wieder zu ihr, aber nicht zu nah wegen der Ansteckung, und erzähle ihr, was ich von der Irmi weiß. Von dem Nachtkästchenstreit und dem Holzner senior seinen Kriegserlebnissen, samt Mitbringsel, der Mauser.

«Aber was der genaue Grund ist, warum sie sich mit ihrem Bruder überworfen hat, hat dir die Irmi nicht verraten, oder?»

«Vielleicht haben sie sich wegen der Erbschaft zerstritten. Der Grische hätte sie ausbezahlen sollen, doch das Geld hat sie angeblich nie gesehen. Wie hat eigentlich die Holzner Uschi auf die Nachricht vom Tod ihres Mannes reagiert?»

«Sie hat es hingenommen, als ginge sie das alles gar nichts

an. Die beiden leben schon eine Weile getrennt, darum hat sie ihn auch nicht als vermisst gemeldet. Es kostete mich einiges an Kraft, sie überhaupt zu überreden, ihren Exmann zu i-i-identifizieren.» Die arme Sophie hustet und niest gleichzeitig.

Ich hole ihr noch mal Tee aus der Küche. «Ich dachte, der Wolfi sollte mit der Uschi sprechen?»

«Er hat's versucht, aber sie wollte nicht mit ihm reden», näselt die Sophie weiter.

«Tja, seine neue Uniform becirct eben nicht jeden.» Diese Bemerkung kann ich mir einfach nicht verkneifen.

Sophie lächelt müde und rutscht samt Chiller dichter zu mir, lehnt ihren glühenden Kopf auf meine Brust. Hoppla, die Globuli wirken durchschlagend.

«Du und dein Blutsbruder, Muggerl, gibt's da nie Frieden?» Mit so was wird es mir fast wieder zu nah. Muss ich ihr etwa erklären, warum ich nie und niemals nicht mit dem Wolfi ein Freund sein kann? Winnetou und Old Shatterhand, das Kapitel ist abgehakt. Doch ich reiße mich zusammen, ihre Berührung will ich jetzt nicht missen. Vorsichtig lege ich meine Arme um sie herum. Wir schweigen beide eine Weile in unsere Atemzüge hinein.

Dann fängt Sophie erneut an: «Der Wolfi ist doch ständig beim Holzner in der Werft wegen seinem alten Holzboot, das er sich dort herrichtet, und die Uschi dachte, er wollte sie zu einer Versöhnung mit ihrem Mann überreden, wie er bei ihr geklingelt hat. Denn der Grische wollte keine Scheidung, das ging von ihr aus. Wusstest du, dass der Wolfi schon wieder durch die Fischereiprüfung gefallen ist?»

«Wieso schon wieder, ich wusste nicht mal, dass er einen Anglerschein machen will.»

«Das heißt Fischereischein, einen Anglerschein gibt's nicht mehr. Er will doch eines Tages auf große Fahrt gehen, vom See aus über die Flüsse schippern. Sich ernähren von dem, was Luft und Wasser hergeben. Dafür muss er aber erst die Fischerprüfung erfolgreich bestehen, und deshalb fährt er auch immer mit dem Fritzl zum Üben raus. Na ja, ich hab ihm auch gesagt, er soll dem Kraulfuß ein bisschen ins Netz und auf die Finger schauen, dem seine Fangplätze liegen verdammt nahe an der Roseninsel und damit beim Bucentaurwrack. Bei den vielen Goldklumpen, die jetzt dort unten liegen. Die ersten Plünderer sind bestimmt auch schon losgetaucht.»

Dem Wunder sein Glitzerzeug ist mir egal, aber bei dem anderen, sensationellen, muss ich noch mal nachhaken. «Wie jetzt, was heißt, der Wolfi hat die Fischerprüfung noch nicht bestanden?»

«Er ist schon drei Mal durchgerasselt, nun muss er jedes Mal in ein anderes Bundesland, um es erneut zu versuchen. Bayern, Baden-Württemberg und Rheinland-Pfalz hat er bereits durch, nun muss er weiter in den Norden rauf.»

Also, deshalb ist der ständig auf Achse. Ich hab mich schon gewundert, dass ich sein Tatütataauto weniger oft in Pöcking rumstehen sehe. Sonst fläzt er, wann immer ich ins Dorf komme, beim Kaffeetrinken an einem Bäcker-Metzger-Tischerl und schwingt seine Reden, egal, wer zuhört. Ob Schweinskopf oder Schweinsöhrl hinter der Gebäckschutzscheibe. «Dann hat er, wenn ich richtig rechne, nur noch dreizehn Chancen innerhalb von Deutschland, das wird knapp.»

«Am Ende bleibt ihm bloß noch Österreich.» Sophie gluckst. «Ich wusste, dass dich das freut.»

Das kann ich nicht leugnen. «Seid ihr bei der Nachforschung der Unglücksursache vorangekommen? Was ist mit der Stegkollision?»

Sophie setzt sich auf und sieht mich an. «Was meinst du?»

«Na, in Starnberg, kurz nach dem Start, hat der Buzi doch den

Steg beim Undosa gerammt. Dabei könnte ein Leck geschlagen worden sein, das sie nicht gleich bemerkt haben, und ...»
 «Davon hör ich zum ersten Mal.»

Wehweh

32.

Auf Sophies Laptop schauen wir uns die Videos und Fotos an, kurz nachdem das Schiff am Starnberger Dampfersteg vorbeirauschte und der Harry eine Extraschleife drehte. Für mich ist es eindeutig, das Schiff zieht nach hinten und *wumm*. Ich versuche, es durch Sophies Augen zu betrachten, und kapiere. Auf keiner Aufnahme berührt der Buzi den Steg. Denn damit hat kein Fotograf oder Filmer gerechnet und folglich die Kamera draufgehalten. In der Sonderkommission Buzi sitzen also zwei, die von der Stegrammung nichts mitgekriegt haben. Der Wolfi war im Hirschgehege und die Sophie noch bei der Blutspurenanalyse. «Warum haben die anderen nichts gesagt, die von der Feuerwehr, Rettung, Wasserwacht oder wen ihr noch als Helfer gehabt habt?»

Sophie zuckt mit den Schultern. «Mir ist es auch unbegreiflich, aber die dachten vermutlich, wir wissen Bescheid. Und es wurde, wie du sagst, als harmlos abgetan, sonst wäre das Schiff doch nicht weitergefahren.»

«Der Wunder hat es also auch nicht erwähnt?»

Sie schüttelt den Kopf. «Niemand, weder ein Passagier noch die Besatzung, hat davon etwas berichtet. Mitgekriegt haben sie es vermutlich schon, aber mir gegenüber hat niemand was erwähnt. Außerdem ging es sehr lustig zu auf Deck, dazu der Alkohol, die laute Musik.»

«Und der Knall, den einige gehört haben?»

«Das wird der Schuss gewesen sein, die Zeugen haben gesagt, das war kurz vorm Untergang, also nicht schon in Starnberg. So ein Rumms im Undosa, wenn er überhaupt von den Passagieren bemerkt wurde, ist vielleicht als Partygag oder Kurzschluss der Musikanlage abgetan worden. Und hinterher überwogen der Untergang und die Rettung, sodass keiner daran gedacht hat, mich zu informieren. Vermutlich glaubten alle, ich wüsste sowieso davon.» Sie wirft die Decke von sich und steht auf.

«Wo willst du hin?»

«Arbeiten. Ich muss das alles überprüfen. Ich ruf gleich den Wolfi an, dass wir uns im Fischmeister treffen. Dann muss ich auch diesen Steuermann vorladen, diesen Harry ... hatschi ... Zelterich.» Sie niest, schwankt, setzt sich wieder.

«Bleib hier.» Ich ziehe sie sanft zurück aufs Sofa. «Ruh dich doch wenigstens heute Nacht aus.» Ich hänge ihr wieder die Decke um und umfasse sie.

«Aber ich ...» Sie atmet tief ein und niest gleich noch mal. «Ach, ich weiß doch gar nicht, wo ich zuerst anfangen soll. Wenn ich wenigstens irgendeine Spur hätte. In dem Seminar klang das alles so einfach, man kann aus allem was herauslesen, buchstäblich. Ob aus Blut, aus Fingerabdrücken, aus Waffen oder aus Haarfunden.»

Ich muss an die Schamhaare aus dem Wunderalbum denken.

«Muggerl, stell dir vor, die Doktor Kyreleis kann sogar in einem Herz lesen wie in einem Buch. Bei einer Obduktion blättert sie die in feine Scheiben geschnittene Pumpe von einer Herzkammer zur nächsten um. Ich dagegen komm mir gerade wie eine Analphabetin vor, denn das Wasser hat alle Spuren abgewaschen. Entweder haben wir wirklich nichts, oder ich seh es nur nicht, weil ich so verrotzt bin.»

Aber mir fällt was ein. «Den Zeitungsbericht über die angebliche Sisi-Schwester im Turm, gibt's den auch online?»

«Natürlich, die Presse überschlägt sich mit Meldungen zum Buziunglück. Wieso?»

«Naa, ich mein diesen allerersten Bericht, den du auch bei deinem Seminar gelesen hast. Ich hab ihn nur im Bäckerladen überflogen, und es gab keine Ausgabe mehr zu kaufen, die letzte *Blick* hat der Pflaum ergattert. Ist der Artikel noch irgendwo im Internet drin?»

«Den hab ich sogar auf der Festplatte gespeichert.» Sophie klickt in ihren Dateien und öffnet ihn. Ich bitte sie, das Bild zu vergrößern, das geht auf dem Computer viel besser als bei einem echten Zeitungsfoto. Wenn du da mit einer Lupe draufschaust, siehst du nur Pünkterl wie Fliegenschisse, aber hier bleibt dem Wolfi sein Gfries gleich greislich scharf, egal wie groß die Sophie dem seine Poren heranzoomt. Fast glaub ich schon in einen Krater zu stürzen, nicht auszumalen, was mich im Wolfi seinem Inneren erwarten würde. Vermutlich weniger als nichts, wie in einem schwarzen Loch. «Halt, kannst du bitte zu den einzelnen Gegenständen neben dem Skelettfund rüberrutschen?» Sie muss lachen, weil ich mich wieder mal so uncomputerisch ausdrücke, dabei bestelle ich neuerdings schon mal ab und zu online, wenn mich der Emil an seinen Computer mit den zwei Bildschirmen lässt. Aber manchmal denke ich mir, die Schraube hätte ich in der Zeit locker selbst aus einem Stück Messing feilen können, so lange wie es dauert, bis ich mich auf die richtige Seite durchgeklickt und alles in dem Kasten drin gefunden hab. Auf dem Foto zeige ich auf den Ramschberg neben den Knochenfunden, den die Emma aussortiert hat. «Das silberne da, geht das noch größer?»

Die Sophie zoomt hin. «Ein Haken mit zwei Buchstaben dran. Ein Schlüsselanhänger vielleicht, mit den Initialen HD.»

«Dreh mal um.» Ich will schon den Laptop auf den Kopf stellen, aber sie macht das schnell mit der Maus, wirbelt also nur das Bild herum, nicht das ganze Klappteil.

«Stopp», bremse ich die Sophie. «Schau, hier, ein C und ein H, verblüffend, wie die gestickten Buchstaben auf seiner Lederhose. Ich wusste doch, dass ich dem seine Initialen mal wo gesehen hab.»

Sophie nickt. «Der Holzner Christian und die Luise? Er erschießt sie, vergräbt sie im Turm, verliert dabei seinen Schlüsselanhänger, und Jahrzehnte später, als sie von der Emma und dir und auch vom Emil, quasi den Halbrittern, wieder ausgebuddelt wird und sein Schiffsprojekt in der Sandbank steckt, nimmt er sich das Leben. Wie klingt das?»

«Wahrscheinlich. Offensichtlich und irgendwie logisch», biete ich ihr an. «Der Wunder hatte aber auch seine Finger oder vielmehr seinen ganzen Körper mit im Spiel, was die Luise betrifft.» Und ich erzähle ihr von dem Wunder seinen Gigolo-Abenteuern samt dem beschamhaarten Haaralbum, das jetzt auf dem Seegrund dümpelt. Auch das mit der Tätowierung lasse ich nicht aus. «Der Grische war sein Handlanger oder Zubringer oder wie soll ich sagen?»

«‹Zuhälter› heißt das eigentlich, sprich es ruhig aus, Muck. Wer weiß, ob der Holzner nicht Geld dafür gekriegt hat. Vielleicht wollte sich die Luise doch nicht entjungfern lassen, der Grische hat sie mit der Waffe bedroht, und ein Schuss hat sich gelöst? Die Irmi, die Uschi und der Wunder, alle haben sie Motive. Die Frauen aus Wut oder wegen dem Geld, und der Herr Millionär wollte was vertuschen. Schau hier, das Amateurvideo, von dem ich vorhin gesprochen hab.» Sie klickt drauf, und ich sehe den Herrn Schiffsarchitekten wiederauferstehen. In Lederhose und Trachtenhemd beugt er sich zu seinem Chef hinunter, der gerade mit einem Bayern-Spieler witzelt, das ist vermutlich auch der Grund, warum der Filmer seine Kamera angeworfen hat. Die zweite, entscheidende Szene läuft mehr im Hintergrund. Der Grische sagt ihm was ins Ohr, und der Wunder reagiert unwirsch, fuchtelt grantig herum. Auch den beiden Gesichtsausdrücken nach streiten sie. Zu verstehen ist wegen der lauten Humtata-DJ-Musik vom Freilinger Juri leider nichts. Dann steht der Wunder auf einmal auf, und der Holzner folgt ihm. Sie verschwinden aus dem Kamerawinkel. Oder warte, die Sophie bemerkt es auch. Sie stoppt das Video. Die beiden gehen nach unten, ins Unterdeck, wo sich Purzels Reich und das Klo, der spätere Tatort, befinden.

«Was, wenn der Holzner den Wunder erpresst hat, jetzt wo Luises Überreste aufgetaucht sind?», gebe ich meine Überlegung preis.

«Möglich. Wunder will sich aber nicht unter Druck setzen lassen. Sie streiten, Holzner bedroht ihn mit seiner Mauser, Wunder entwendet ihm auf dem Klo die Waffe und erschießt ihn. Mehrere Varianten, aber solange ich den Wehweh nicht zur Vernehmung kriege, kommen wir nicht weiter.» Sie seufzt und reibt sich den Hals. «Meine Kehle ist wie zugeschnürt. Und jetzt fangen auch die Ohren zu stechen an.» Ich streichle sie, doch sie legt sich lieber auf ein Kissen auf die andere Seite des Sofas und starrt vor sich hin. Was kann ich tun?

«Magst du lieber was Kaltes trinken oder einen Salbeitee?»

«Ich mag vor allem diesen Mord aufklären, dass der eine mit dem anderen vermutlich zusammenhängt, das wissen wir jetzt, aber wie? Wenn ich wenigstens die Blutspuren hätte. Dann könnte ich sagen, ob es Selbstmord war oder nicht. Aber dazu müsste ich den Tatort analysieren, und der ist unter Wasser, den gibt's praktisch nicht mehr.»

«Doch, freilich gibt's den noch. Hier drin.»

Hirndiaschau
33.

Ich deute auf meine linke Schläfe, wo ich das Büro von meinem alten Egon vermute, meinem etwas verspinnwebten Mitarbeiter tief drinnen in meinem Kopf, der mir beim Erinnern, Sortieren und Ans-Licht-Schaffen hilft. Ich hoffe, dass dieses Antippen wie ein Klingeln wirkt, er aus den Aktenbergen hochschreckt und zu den richtigen greift, die sich in den letzten Tagen angesammelt haben. Sophie ist viel zu müde und krank, um zu reagieren. Ich hocke mich vor sie hin. «Huhu, Frau Kommissar, ich weiß, wie die Blutspritzer ausgesehen haben und wo sie genau aufgetroffen sind. Ich kann sie dir aufzeichnen.» Ich streiche ihr die verschwitzten Haarsträhnen aus dem Gesicht.

Bis ich großes Papier finde, mir von Emma einen Malblock und ihr Federmäppchen geliehen habe, schläft Sophie mit rasselndem Atem. Ich stecke die herabgerutschten Decken um sie herum fest, bevor ich auf dem Wohnzimmertisch anfange zu zeichnen. Einmal von oben, die Draufsicht, wie bei einem Möbelaufriss, so als würde eine Kamera am Plafond kleben. Und dann die Sicht von der Tür aus, wie ich sie tatsächlich gesehen hab. Es ist leichter als gedacht, ich muss nur manchmal die Augen schließen, um mir den engen Kloraum auf dem Buzi näher heranzuholen. Aber Egon hält mir alles bereitwillig entgegen. Ich sollte ihm eine Zulage geben. Prompt hebt er ein Schild hoch: Mehr Schokolade, Chips und Studentenfutter! Ich knabbere, was ich bei nochmaligem Herumtasten auf dem Küchenschrank zusammenkratze, und stelle ihn damit hoffentlich zufrieden. Dann mache ich weiter. Zuerst die Einrichtung, maßstabsgetreu, mein Hirn rechnet das automatisch auf eins zu zehn um. Diese eingebaute Taschenrechner-Äpf hab ich von meiner Mama. Sie musste schon als Kind das Milchgeld für ihren Papa zusammenrechnen, so was trainiert, und so hat sie auch mir die Begeisterung für Mathe vermittelt. Ich zeichne das Klo mit dem Spülkasten an der rechten Wand, davor die vergoldete Bürste auf dem Boden. Auf die linke Seite ein kleines Handwaschbecken. Der Grische kauerte auf dem Klositz, sein Gesicht nach schräg hinten verdreht, wodurch ich ihn nicht erkannte. Außerdem war seine Fassad blutverschmiert, und ein ganzes Stück fehlte noch dazu. Die genauen Maße der Möbel und Gegenstände kann ich aus meiner langjährigen Schreinererfahrung gut abschätzen. Nachdem ich die nach außen aufgehende Tür eingezeichnet hab, ergibt sich daraus alles andere. Als ich das noch klinisch saubere Klo in der Draufsicht entworfen hab, so wie es kurz vor der Jungfernfahrt ausgesehen haben muss, fange ich mit dem Blut an. Dafür nehme ich einen von Emmas Filzstiften aus ihrem Federmäppchen, einen roten, der sogar eine dicke und eine dünne Seite hat. Manche Tropfen liefen an der Wand oder am Waschbecken herunter, andere waren am Fliesenboden verteilt. Ganz vertieft zucke ich zusammen, als Sophie wieder einen Niesanfall kriegt und aufwacht.

«Was machst du denn?» Sie reibt sich die Augen und setzt sich auf. «Ist das ein Grundriss vom Buziklo?» Ich nicke. Sie betrachtet die Zeichnungen. «Hey, das ist großartig. Wie sahen die Blutstropfen genau aus? Mehr verwischt, oder hatten die so längliche Spritzer dran? Wir nennen das ‹bärentatzenförmig›. Oder waren es mehr so kreisrunde Tropfen um den Grische herum? Das würde nämlich bedeuten, dass er da, wo er lag, auch gestorben ist. Also dass das Blut direkt senkrecht herabgetropft ist, mit kleinen Spritzern ringsum und nicht nur in einer Richtung.»

Dank zweier Cashewkerne und dreier Weinbeerln, die ich kaue, kann ich Egon motivieren, mein Hirndia näher heranzuzoomen. «Eher wie winzige längliche Pfotenabdrücke mit Krallen an nur einer Seite haben die ausgesehen, nicht ringsum.»

«Und in welche Richtung haben die gezeigt, also diese winzigen Striche an den ovalen Tropfen?»

Ich schließe die Augen. «Nach links, zum Waschbecken hin.»

«Wie ist das möglich, der Grische lag oder saß doch auf dem Klo rechts. Wieso war dann links alles blutverschmiert? Ausgeschlossen, dass er sich nach dieser Art Kopfschuss noch bis zum Klo vorgeschleppt hat. Er war sofort handlungsunfähig, hat die Rechtsmedizinerin gesagt, vermutlich sogar gleich tot. Aber du sagst, dass die Bärentatzen in deiner Erinnerung nach links gezeigt haben, wie Fußabdrücke. Und du bist dir sicher?»

Mein innerer Mitarbeiter hebt mit vollem Mund ein «Jawohl»-Schild hoch, und ich nicke.

Sophie blüht sichtlich auf. «Weißt du dann vielleicht auch, warum dem Grische sein Gesicht rot ist?»

«Ihm ist das Blut übers Gesicht gelaufen, den Hals hinunter bis in den Kragen.» Ich hab es mit ein paar Filzstift-Kritzlern angedeutet. «Darum hab ich ihn doch auch nicht erkannt.»

«Weißt du, was das heißt, Muggerl?» Sie küsst mich, ich schmeck ihre salzige Rotze. Geschmackssache, wer es mag. «Wenn er sich selbst erschossen hätte, müssten die Abrinnspuren nach unten zeigen. Logisch, der Schwerkraft nach, und das Schiff war ja zum Zeitpunkt seines Todes noch über Wasser. Die Klokabine sank erst ab, nachdem du ihn gesehen hast. Stimmt's?» Wieder kriege ich ein paar Bussis. «Und am Boden, was war da? Wischspuren vielleicht?»

«Das Wasser drang von draußen rein, als ich versucht hab, die Tür aufzukriegen. An eine Sache erinnere ich mich noch, bevor die Seebrühe alles aufgelöst hat und ich von der Frau Holle fortgezogen wurde.» Ich skizziere es aus dem Gedächtnis ab. Ein paar Kreuze und Punkte, länglich angeordnet, ein geriffelter Halbkreis.

Sophie betrachtet meine Zeichnung. «Ein Schuhabdruck? Dem Grische seine Haferlschuhe, wovon wir im Netz nur einen gefunden haben, haben aber eine glatte Sohle.»

«Genau wie meine», sage ich. «Tanzbodentauglich. Und was hatte der Wunder für Schuhe an? Du weißt es doch.»

Sie nickt. «Seine Spezialtreter, Marke Bergstiefel mit eingebautem Keilabsatz, was ihn optisch größer macht. Du bist spitze, Muggerl, und ich liebe dich, hab ich das schon gesagt?»

«Länger nicht», gebe ich ein wenig bedröppelt zu.

Sophie ist voller Elan. «Morgen treib ich gleich noch mal die Wrackbergung voran, damit wir den Tatort vielleicht doch noch mit Luminol untersuchen können, das macht hoffentlich auch fortgespülte Blutspuren sichtbar.»

Strippratscherei
34.

So weit kommt es nicht. Die ganze Nacht schüttet es, und am Morgen ist das Wrack weiter abgesackt. Bald spitzen nur noch die Nasen der bayerischen Löwen vom Bug aus der Wasseroberfläche. Eile ist geboten, damit das Buzi-Inventar nicht gänzlich verlorengeht. Die Sophie hustet und rotzt auch noch in der Früh und muss mit erhöhter Temperatur zu Hause bleiben. Als ich dann, nach dem Füttern – die Schafe lasse ich bei dem Sauwetter im Stall –, wieder nach ihr sehe, kriecht sie mit zugequollenen Augen und wunder Nase unter der Bettdecke vor. Sie bringt fast keinen Ton heraus. «Ich hab mich krankgemeldet», flüstert sie. «Kannst du am Nachmittag nach Possenhofen fahren und in der Holznerlagerhalle helfen? Die brauchen dort dringend einen Schreiner. Die Uschi hat, dem Zorndl zuliebe, mit dem sie womöglich mehr verbindet, als es scheint, ihr Einverständnis gegeben, dass wir sämtliche Fundstücke und aus dem Wrack geborgene Möbel derweil bei ihr zum Trocknen unterstellen können.»

Ähnlich wie am Rettungssonntag helfen jetzt alle Pöckinger und Possenhofener, die sich freimachen können. Als Gemeinde halten wir zusammen, Bahnhofsstreit hin oder her. Nach dem Mittagessen lässt der Regen nach, über dem See hängen noch drohend graue Wolken, als wollten sie gleich die nächste Ladung entlassen. Auch wenn unser Horizont nicht bis nach Rosenheim reicht, suche ich den Himmel nach dem Zorndl ab, der ist bestimmt im Hagelflugeinsatz. Wir Helfer sind regenfest ausgerüstet, schon allein, um die glitschigen Sachen vom Ufer in Empfang zu nehmen, die uns die Leute vom Technischen Hilfswerk vom Floß herab auf den Holznersteg reichen. Per Tiger und Anhänger transportieren wir alles zur Lagerhalle oberhalb der Werft, die jetzt im Sommer leer steht, da Hauptsaison herrscht. Die meisten Fundstücke sind zwar nass, aber tatsächlich unbeschädigt. Bald wandelt sich die Halle in ein nobles, wenn auch dampfig-feuchtes Möbelhaus und macht damit dem Starnberger-See-Museum Konkurrenz, das auch ein paar wundervolle Stücke beherbergt, allerdings aus dem alten Bucentaur.

Teile des vergoldeten Treppengeländers, Sitzgarnituren und abgebrochene Ruder tropfen ab. Die Schiffslagerhalle mit ihren Abflussrinnen ist dafür ideal. Der Gässler befreit den filigranen Kristallleuchter von Stofffetzen und Wasserpflanzen. Einer der Bildhauer kümmert sich um die geborgenen Figuren. Auch der wertvolle Kirschholzschrank und der Schreibtisch aus dem Wunderkabinett werden gerettet. Die schalldichten Wände haben das Inventar geschützt. Nass geworden ist es erst bei der Bergung. Die eifrigen Taucher konnten sogar die Intarsientür aus der Verankerung lösen. Unter Wasser waren die massiven Möbel leicht wie Federn. Schwer wurden sie erst in dem Moment, als sie auf das Floß gehievt werden mussten, aber dafür benutzten sie einen Kran. Ich freue mich, dass mein Werk noch erhalten ist, lehne die beiden Flügel an die Wand und tupfe sie vorsichtig trocken. Der Metzger Jakl versorgt uns mit Brezn und Semmeln, und auch der richtige Metzger aus Pöcking hat seine Spendierhosen an. Schnell sind ein paar Biertische aufgestellt, und wir legen eine Pause ein. «Wir sollten das ganze Klump versteigern», fordert der Gässler Udo. «Schon allein, damit wir Handwerker unser Geld kriegen, oder, Muck, was sagst du dazu?»

Ich hab den Mund voller Essen und kann nicht gleich was erwidern. Bis ich gekaut und runtergeschluckt hab, ergreift der Wolfi das Wort.

«Solange der Wunder nicht gefunden wird, geht gar nichts.» Er hat hier das Oberkommando. «Zuerst muss die Eigentumsfrage geklärt werden, und um das Finanzielle kümmert sich dann das Amtsgericht.»

«Holla, wird der Wunder jetzt angeklagt? Einen Rülpser drauf.» Der Gässler erhebt seinen Krug. Und die meisten stoßen mit ihm darauf an. Ich weiß nicht, inwiefern der Wolfi von meiner kranken Frau und unserer nächtlichen Ermittlung informiert ist. Jedenfalls geht er nicht weiter darauf ein, sondern hinaus, um zu telefonieren. Mit wem bloß? Ich verspüre auf einmal einen so unbändigen Hunger auf eine zweite Wurst mit Kraut und Semmel, dass ich wie zufällig zu dem Wurstkessel gehen muss, der neben dem Eingang steht. Dabei spitze ich die Ohren wie ein Hase, um zu erlöffeln, mit wem der Vier-Sterne-Menschenkenner telefoniert. Aber wie so oft, wenn du was unbedingt hören willst, redet dich ein anderer an, ein Vogelschwarm zwitschert vorbei, oder jemand probiert schon mal an den ersten herabgefallenen Blättchen den neuen Laubbläser für den Herbst aus. Ich lasse mir also von der Melcher Manuela noch mal auftellern, die mir erzählt, dass sie für die Dorfchronik ein neues Buch angefangen hat. Extra für das Bucentaurdrama und die ganzen Überlebensgeschichten, und sie fragt mich, ob ich auch etwas dazu beitragen möchte. «Mmh», erwidere ich abwesend, denn mein eines Ohr ist auf eine andere Richtung gestellt. Und dann schnappe ich glatt was auf. Ein Massl hab ich, dass die

Melcherin auch mal Luft holen muss, denn da verstehe ich, was der Wolfi redet.

«... Ihr Kabinett bis auf weiteres hier eingelagert ... sämtliches Inventar noch da, ja, der auch ...» Und noch was von «stellen», sagt er, meint aber nicht «die Möbel umstellen», sondern sein Gesprächspartner soll sich stellen, am besten heute noch. Ich begreife, dass er den Wunder an der strippenlosen Strippe hat. Wie der österreichische Bayer auflegt und wieder reinkommt, tu ich so, als hätte ich nichts mitgekriegt und würde es vielmehr genießen, dass unsere Dorfchronistin mir die Geschichten, die ich größtenteils selbst von den Leuten gehört hab, ein zweites Mal erzählt. Ich schleiche mich noch mal zum Wunder seinen Schreibtisch und taste nach dem Geheimfach. Es ist noch da. Ich krieche darunter und öffne es mit Hilfe von etwas Seife aus meiner Werkzeugkiste, damit die angerosteten Schienen besser laufen. Nach einigem Ruckeln gibt es nach. Das Album liegt unschuldig drin, das Beweisstück. So gut wie trocken ist es sogar. Die Seiten haben sich nur etwas von der hohen Luftfeuchtigkeit gewellt. Was soll ich nun tun? Besser, ich lange es nicht noch mal an, um nicht noch weitere Fingerabdrücke zu hinterlassen. Soll ich den Jäger Wolfi einweihen und mir wieder eine Moralpredigt anhören, was wann wo wie und warum ich mich überall einmische? Die Sophie will ich nicht stören, sie soll sich gesund schlafen. Also schiebe ich das Fach wieder zu und helfe an anderer Stelle weiter. Gegen Abend brechen alle auf, auch ich. Nachdem ich zu Hause meine Familie, Mensch und Tier, versorgt hab, wittere ich was. Das ist der Schäferinstinkt. Eine innere Unruhe befällt mich wie sonst nie. Ich kann doch nicht zu Hause sitzen und Däumchen drehen? Es lässt mich nicht los, ich muss es tun, selbst wenn es nutzlos ist. Dann hab ich es wenigstens versucht.

Die Vogelflugquittung
35.

Kurz vor Mitternacht liege oder vielmehr fläze ich bierbänklerisch auf der Lauer, um den Wunder aufzuspüren. Sogar an mein Handy hab ich noch gedacht, bin zurückgeradelt, um es zu holen, hab mir gleich noch ein, zwei, drei, vier Honigbrote geschmiert, für alle Fälle. Von draußen leuchten die Straßenlaternen herein, durch die kleinen Kippfenster an der Lagerhalle, und verbreiten mehrere Schatten. Gespenstisch. Wenn du länger hinschaust, glaubst du, so eine Kommode oder Chaiselongue oder wie diese Plüschteile heißen, fängt zu wackeln an. Ich reibe mir die Augen und schau den Motten zu, die verzweifelt immer wieder gegen die Scheiben flattern, dabei geht es nur wenige Meter durch die große, schlecht schließende Schiebetür ins Freie hinaus, was für die kleinen Viecher kein Problem sein dürfte. Aber sag's denen mal. Egal, wo der Doppel-Weh ist, er wird hoffentlich, bevor er sich stellt, sein Trophäenalbum holen wollen, das ihn verrät. Vielleicht kommt er gar nicht selbst, denke ich mir auf einmal. Solche Leute haben doch ihre Mittelsmänner. Na ja, wenn er einen von ihnen auf die Seite geräumt hat, wird er da einen zweiten ins Vertrauen ziehen? Oder doch? Ich höre etwas. Wenn es keine Katze oder ein Fuchs ist, der sich in die Werft schleicht, wer dann? Ich wage kaum zu atmen, lausche den in der Dunkelheit tastenden Schritten. Besonders vorsichtig ist der Ankömmling nicht, er fühlt sich sicher. Leise pirsche ich mich aus meinem Versteck und staune. Den hätte ich hier am wenigsten erwartet, ist der überhaupt schon auf um die Uhrzeit? Was sucht der hier? Ich beobachte ihn eine Weile. Er geht zielgerichtet mit der Taschenlampe durch die Möbelreihen, hangelt sich an den Kästen und Kisten vorbei bis zum Wunderschrank und ruckelt an der vom Wasser verzogenen Tür.

«Stehen bleiben», rufe ich. Er zuckt zusammen, schwenkt die Taschenlampe herum und holt zum Schlag aus.

«Keine Angst, ich bin's, Jakl, der Muck. Was suchst du denn hier?»

Er leuchtet mir ins Gesicht.

«Das blendet, mach doch die Lampe aus, du siehst auch so was, wenn sich die Augen an das Dämmerlicht gewöhnt haben.»

Endlich schaltet er sie ab. «Ich hab heute Nachmittag meinen Geldbeutel hier irgendwo liegen lassen, da sind sämtliche Karten drin.» Wir suchen zusammen eine Weile, gar nicht so leicht, hauptsächlich mit dem Tastsinn herumzufuhrwerken.

«Ich hab ihn.» Unterm Springbrunnen findet ihn der Bäcker Metzger, dort hab ich zwar vorher auch schon geschaut, aber was soll's, Hauptsache, er hat ihn zurück. «Und was machst du eigentlich hier?», fragt er mich. «Bist du eingeschlafen über dem Nachschnitzen vom Alpspitz-Zugspitz auf deinen Türflügeln?»

Wir setzen uns, und ich erzähle ihm im Dunkeln die ganze Geschichte. Schließlich geht es um seine Schwester, und er hat ein Recht, es zu erfahren. Ich weiß nicht, wie ich reagieren würde, wenn mir jemand sagte, dass mein Vater, den ich sonst wo vermutet hab, Jahrzehnte in einem Turm nicht weit von mir begraben liegt. Vielleicht würde ich auch schweigen, wie der Bäcker anfangs. Dann spüre ich einen Arm, der mir um die Schulter gelegt wird, und ein leises Danke.

«Wofür?»

«Dass du die Luise für mich gefunden hast, endlich. Ich dachte ehrlich, der Wolfi war's, mit seiner Spürnase.» Wir schweigen eine Weile, lauschen den nächtlichen Geräuschen. Dem Klatschen der Wellen an die geteerte Uferkante und dem Schwappen der Boote. «Da glaubt man, einmal einen Großauftrag an Land gezogen zu haben, einmal nicht nur für Kleingeld schuften zu müssen, und dann gerät man an einen Hochstapler wie den Wunder», fängt der Jakl nach einer Weile wieder an. «Mir hat er auch noch keine Rechnung beglichen. Die exquisiten Backwaren für die Jungfernfahrt, die teuren Mitarbeitergehälter, die ganzen Extras und Überstunden.»

«Und trotzdem versorgst du die Schiffbrüchigen und ihre Retter noch kostenlos, Respekt.» Wir ratschen die halbe Nacht, und ich weiß nicht, wie, auf einmal muss ich, an die Wand gelehnt, eingenickt sein. Als ich aufschrecke, ist es bereits so gut wie hell. Welch famoser Plan, ich schnarche weg, anstatt dass ich aufpasse, ob der Wunder in die Falle tappt.

«Und?» Ich reibe mir die Augen und rüttele auch den Jakl wach, der wie ein Säugling mit angezogenen Knien auf der Bierbank schnarcht. «War der Wunder schon da?»

«Was? Wo?» Er schreckt hoch und erhebt sich ächzend. «Hier war keiner, soviel ich weiß.» Er streckt sich und lässt die Knochen knacken. «Ah, mir tut alles weh. Warum erfinden die denn keine gepolsterten Bierbänk, und ein wenig breiter dürften sie auch sein.»

«Und mit einer Lehne», ergänze ich. «Und ein oder zwei Kissen.»

Er nickt. «Ich muss mal, bin gleich zurück.»

«Jetzt nicht, verzwick es», zische ich. «Sonst ist womöglich alles umsonst.»

«Der Millionär kommt doch nicht mehr.» Er grunzt über seinen Reim. «Und bei mir pressiert's, du weißt, meine schwache Blase. Ich will mich nicht schon wieder vollbrunzen.» Er wankt nach draußen. Allein harre ich aus, während ich mich selbst watschen könnte für mein Versäumnis, wenn's nicht so schmerzhaft wäre. Stattdessen beuge ich mich vor und zurück und lockere meine Waden. Bald kann ich nicht mehr hocken. Der Jakl hat schon recht gehabt, mit ein wenig die Haxen vertreten. Ich stehe auf und sehe mich um. Wieso hat der eigentlich an dem Schrank als Erstes seinen Geldbeutel gesucht? Der ist doch leer? Oder hat der Wunder am Samstagabend noch sein Glump eingeräumt? Da waren ja noch nicht mal Fächer drin. Ich stehe auf und luge nach draußen. Breitbeinig spendet der Bäcker sein Wasser dem See. Es plätschert. Ich hangele mich durch die Figuren vor bis zu den Kabinettmöbeln und ziehe an der Schranktür. Sie ist verkantet, noch stärker verzogen als während dem Schiffsunglück. Ich greife mit den Fingern in die Fugen und hebe die Front etwas an, mit einem lauten Knarzen öffnet sie sich. Kreizsakra, jetzt könnte ich dem Bäcker Metzger seine Taschenlampe gebrauchen. Wo liegt die? Hat der die mit nach draußen genommen? Ich taste den Schrankboden ab und fühle etwas, wie Seide. Ein Stoff, in den ein harter Gegenstand gewickelt ist. Eine …? Ich greife danach.

«Hab ich's mir doch gedacht. Du bist wie deine Mutter, neugierig bis zum Anschlag.» Der Jakl packt mich von hinten. Seine Hand ist schneller als ich und reißt mir die Pistole fort. Kurz darauf spüre ich den Waffenhahn im Genick. «Spinnst du? Was hast du vor?»

Es klickt. Hat der das Teil entsichert? Ich schlucke und glaube, dass vielleicht zum letzten Mal meine Spucke den Schlund hinunterrutscht. Auwehzwick, was nun?

«In den Schrank, los», dirigiert er mich, obwohl ich gar kein Instrument spiele, die nackerte Angst musiziert. Ich tu, was er sagt, klettere auf die Schubladen und krieche unter die Kleiderstange. «Ist das die Pistole mit der der Holzner, also ich meine, mit der er, du weißt schon?», stottere ich herum. Ob er nickt oder den Kopf schüttelt, kann ich in dem fadenscheinigen Licht nicht erkennen. «Dann hast du ...?», taste ich mich weiter vor. Jetzt, wo alles egal ist, kann er es mir doch sagen. Ich hab ihm auch alles erzählt vorhin, ich Kamoppel. Dann hab ich wenigstens im Jenseits was zum Nachgrübeln, wie ich so was von falschliegen konnte und mich allein in den Wunder verbissen hab. Detektivprüfung durchgefallen. Der Millionär, ein Mörder? Ein Hochstapler und Frauenschmeichler, nichts weiter.

«Halt's Maul, sonst knall ich dich auf der Stelle ab.»

Na gut, dann nicht. Der Jakl haut die Tür zu, sie schließt nicht, fast möchte ich schon mit hinlangen, damit er sie zukriegt. Ein Geschepper und eine Möbelschinderei sind das, bis er sie endlich reinwuchtet. In einer Hand die Pistole, mit der anderen eine verzogene Schranktür zuschlagen, gar nicht leicht. «Dieser Pfundhammel, Saubeutel, elendiger», höre ich ihn bei jedem Versuch schimpfen.

Meint er mich oder den Schrank oder wen? Jetzt weiß ich auch, warum er die Mauser nicht rausgeholt hat, als ich geschlafen hab: Er hätte den Schrank nicht leise genug aufgebracht. «Wenn sie den Wunder schnappen, kriegen wir vielleicht, hoffentlich, ganz bestimmt noch unser Diridari», versuche ich, mit irgendwas, dem Nächstbesten, das mir in den Sinn kommt, einzulenken. Ich glaube zwar selber nicht dran, denn bei solchen Insolvenzfällen sind erst mal die an der Reihe, denen er am meisten schuldet, und wir Handwerker mit unseren Kleckerbeträgen kommen garantiert als Letztes zum Zug.

«Ach, der Wunder, der Gipskopf, soll sich doch seine Kohle sonst wo hinschieben, der ist mir scheißegal. Überhaupt die ganze Semmelwirtschaft steht mir bis hier.»

Bis wo genau, kann ich aus meiner Position nicht erkennen. «Ich hatte auch meine Träume, nicht nur die Luise», sagt er weiter. «Aber nachdem sie verschwunden ist, haben meine Eltern allein ihrem Sport die Schuld gegeben und mir alles verboten. Pilot wollte ich werden, die Welt von oben sehen.» Eine Pause entsteht, und ich glaube schon, er ist weggegangen, doch dann redet er weiter: «Muck, du als Bauer hast es doch bestimmt auch schon oft beobachtet, so einen Vogelflug. Ein wenig Flattern, und der Luftstrom trägt das Tier, höher und immer höher. Herrlich und mit nichts vergleichbar, oder?»

«Mit dem Radlfahren vielleicht?», schlage ich aus meinem Gefängnis heraus vor.

«Ach, geh, das ist doch wie Segeln, da klebst du immer noch an was dran. Nur Fliegen ist die wahre Freiheit. Weißt du, was? Wenn ich hier weg bin, melde ich mich endlich bei einem Gleitschirmkurs an. Ich hab schon oft zugeschaut, wie die von der Alpspitze springen, mich aber bisher nie selber getraut. Wie eine bunte Dohle mit dem Aufwind stundenlang die Miniaturlandschaft unter dir anschauen. Samt allen Problemen, die geschrumpft und verpufft sind, das ist das Größte. Und selbst wenn ich mir bei der Landung ein paar Knochen brech, die heilen wieder und falls nicht, die Aussicht über die Welt ist es wert. Über fünfundvierzig Jahre stand ich jetzt in der Backstube, meine Kindheit vor der Lehrzeit nicht mitgezählt, von nachts um drei bis mittags. Ich kann keinen Teig mehr sehen. Meine Mutter hat noch bis vorletztes Jahr, kurz bevor sie gestorben ist, dran geglaubt, dass die Luise nichts anderes im Kopf gehabt hat wie diese mistigen Kugeln und dass sie nach der olympischen Absage Selbstmord begangen hat. Ich hatte schon immer meine Zweifel. Sie war doch eine Spitzensportlerin, hat für Wettkämpfe auch im Wasser trainiert, und ausgerechnet sie soll sich freiwillig in die Fluten gestürzt haben? Niemals. Nicht die Kugeln saßen in ihr drin wie ein Virus, der Holzner war's, dieser ... dieser ...» Ihm fällt kein passendes

Schimpfwort mehr ein, was ich kenne, denn für gewisse Leute gehen dir irgendwann die Worte aus. «Angehimmelt hat sie ihn, und er? Er hat sie nur benutzt. Ihr ganzes Taschengeld hat sie ihm gegeben, nur damit er ein bisschen nett zu ihr ist. Und was macht er?» Es kracht, nur gegen das Holz zum Glück, aber immerhin, ich zucke zusammen und zittere wie dem Herzog Max sein Instrument.

Der Jakl gibt sich selbst die Antwort: «Ermordet hat er sie, kaltblütig. Als ich ihn auf dem Schiff mit dem Wunder belauscht hab, wie sie über diese Sache mit der Jungfrauenbeschaffung gestritten haben, bin ich ihm nach und hab ihn auf dem Buziklo zur Rede gestellt, wo er die Pistole gerade in das Tuch gewickelt hat. Ich hab sie ihm weggerissen. Das Mordwerkzeug, mit dem er meine Schwester ... Der Grische hat sich gerechtfertigt, behauptet, dass alles ganz anders war. Würde ich auch tun, wenn ich in den Lauf einer Waffe blinzele, du nicht, Muck?»

«Mmh», sage ich und setze ein «Freilich» hinterher, falls er das nicht hört, denn der Kerl wuchtet weiter an der Tür herum.

«Angeblich hat er der Luise nur die Waffe zeigen wollen, die er in der Werft gefunden hat. Sie gehörte seinem Vater. Und dann hätte sich der Schuss aus Versehen gelöst, aber ich hab ihm kein Wort geglaubt.» Oh doch, was hat die Irmi noch gesagt? Der Abzug sei defekt. Besser, ich verkrieche mich ins hinterste Schrankeck. Prost Mahlzeit, hoffentlich sind die Türen so massiv, wie sie aussehen. Am liebsten hätte ich jetzt die Panzertür vom Ordnungs- und Sicherheits-Willi parat, da ginge garantiert kein Schuss durch.

«Danach hat er meine Schwester im Turm vergraben wie Abfall, aus Angst vor seinem Vater, der ihn umbringt, wenn er rausfindet, dass er seine Pistole genommen hat. Aber an mich hat er nicht gedacht, dass ich ihm eines Tages den Garaus mach, wie ich seinen Scheiß-Schlüsselanhänger in der Zeitung sehe, ha.»

Ein neuer Tritt. Jedes Mal zucke ich zusammen. Es wird noch das reinste Nervenbündel aus mir, wenn das so weitergeht.

«Etwas anheben und einpassen.» Ich kann's mir einfach nicht verkneifen, wenn einer das Material so schindet, dreht es mir die Zehennägel auf. Ich bin halt ein Holzliebhaber durch und durch. Er tut, wie von mir vorgeschlagen. Eine Weile höre ich ihn herumrumoren, dann ist es schlagartig still. Ich lausche, sitze da und denke nach. Also, er hat den Grische erschossen und dann, kurz vor dem Untergang, die Waffe in dem Schrank hier versteckt. Wollte er die Sache doch noch dem Wunder in die Schuhe schieben? Mir fällt auch die Emma ein, die in einem begehbaren Kleiderschrank gefangen war, kurz vor dem Untergang. *Adieu, meine Liebsten.* Jetzt werde ich auch noch französisch. *Sophie, mon amour*!

Noch lebe ich, aber ich besitze leider keine Vorhersehgabe wie meine Tochter. Doch die paar Sinne, die ich zur Verfügung hab, dürften auch reichen. «Jakl, bist du noch da? Komm, hör auf mit dem Schmarrn und lass mich wieder raus. Wir können über alles reden, ich versteh das mit dem Holzner, irgendwie. Also bitte.» Keine Antwort. Ich drücke mit der Schulter gegen die Tür. Sie rührt sich nicht. Wie hat er das angestellt, ohne Schlüssel? Ich luge durch die Ritzen, wirkt so, als hätte er zwei Bretter unter die Griffe gespreizt, raffiniert. Da kann ich ruckeln, so lang ich will, raus komme ich so nicht. Mein Handy, ich taste meine Hosentaschen ab. Mist, das liegt trotzdem zu Hause, vor lauter Honigbroteschmieren, hab ich es liegen lassen, war ja klar. Ich sollte mir ein Ypsilon auf die Hand tätowieren lassen, damit ich es nicht mehr vergesse. Also auf die Hand ein Y, Hand-y! Aber wie ich mich kenne, überlese ich das mit der Zeit und lass den Mobilapparat trotzdem wo rumliegen. So wird das nichts. Na gut, wenn du nicht mit mir sprechen willst, Bäcker Metzger, dann rede ich halt mit dir. Ich klopfe gegen den Schrank, als ich wieder Schritte höre. «Komm, lass mich raus, jetzt ist es bald nicht mehr lustig.»

«Ich finde schon, es ist sogar sehr lustig, eine Mordsgaudi.» Die Stimme, die ich gern am meisten verdränge, peinigt meine empfindlichen Ohren. Mir bleibt auch wirklich gar nichts erspart. «Wo kommst du jetzt schon her?», überwinde ich mich zu fragen.

«Ich arbeite morgens vorm Dienst immer noch an meinem Boot und hab dein Radl gesehen, wie ich hergefahren bin. Wolltest du den Schrank stehlen und hast dich selbst hier eingesperrt?» Er kichert.

«Ich hab auf den Wunder gewartet, dass der seine Sachen hier abholt.»

«Da kannst du lang warten, den haben wir schon längst über sein Handy geortet, und der sitzt schon bei der Sophie in Fürstenfeldbruck im Vernehmungsraum.»

«Wo?» Die Sophie arbeitet trotz Krankheit?

«Oha, kriselt es etwa in eurer Ehe?»

Das würde ihm so passen. Ich schlage noch mal an die Tür. Ich wüsste ja schon, wie ich rauskomme, aber ich beschädige ungern eine Antiquität.

«Los, mach auf, wir müssen dem Jakl nach, der hat den Holzner erschossen.» Auch wenn mir das «Wir» fast die Galle rauftreibt, hab ich jetzt keine Zeit für Sperenzien.

«Welcher Jakl?»

Ich seufze. Wie kann der Wolfi nur so schwer von Begriff sein. «Mei, der Bäckermeister, Jakob Metzger. Er hat den Holzner erschossen, weil der seine Schwester Luise umgebracht hat.» Ein surrendes Geräusch ertönt, als ginge eine Kettensäge los, klingt wie der Fehlstart von einem Motorboot. «Und jetzt haut er ab.»

Tatsächlich, ein Motor jault auf. Der Wolfi zeigt kein Erbarmen mit mir. Seine Schritte entfernen sich, auch das Motorengeräusch wird leiser. Ich muss hier raus, und zwar so schnell wie möglich. Antiquität hin oder her, jetzt hilft nur rohe Gewalt. Sperr niemals einen Schreiner in einen Schrank! Da kannst du gleich einem Entfesselungskünstler Eisenketten anlegen, das hätte denselben Effekt. Du musst nur den Schwachpunkt bei einem Möbel kennen. Wie die meisten Kleiderkästen, die nach vorne zur allgemeinen Ansicht hin protzen und prunken, mit allerlei Schnickschnack und Massivität, wird hinten gespart. Normalerweise steht so ein Riesenteil an der Wand, und da sieht es keiner, wenn die Rückwand aus Pappdeckel oder Pressspan von der dünnsten Sorte ist. Ich lehne mich mit Schwung dagegen. Es knirscht und kracht erst in meiner Schulter, dann im Holz. Die Rückwand fährt aus den Heftzwecken wie aus einer Butter. Ich klettere hinaus, zwänge mich an den anderen Möbeln vorbei und spurte, so schnell ich kann, zur Werft hinunter. Draußen ist es Tag geworden. Natürlich bin ich zu spät, der Wolfi startet seine Jolle mit einem Außenmotor. Wenn ich auf den Steg renne und Anlauf nehme, könnte ich es vielleicht noch zu ihm rüber schaffen. Ein Déjà-vu, oder wie das heißt, überfällt mich. Zum Dampfersteg in Starnberg wollte ich doch auch aufs Buzischifferl rüberhüpfen, um zur Emma zu gelangen. Schnell. Ich muss zum Kraulfuß vor, um zu telefonieren, die Sophie anrufen und ihr sagen, was passiert ist. Doch ich kann meinen Blick nicht vom See abwenden. Der Bäcker Metzger düst vorneweg, der Schaum wallt hinter ihm auf wie in die Suppe gekippter Schlagrahm. Hinterdrein tuckert der Wolfi an mir vorbei, ohne mich zu beachten. Er spricht in sein Funkgerät, das an seinem Revers klemmt. Der holt den Bäcker nie ein mit seiner Ente. Doch dann sehe ich, wie der Jakl stoppt, anscheinend ist seinem Boot der Saft ausgegangen. Der Wolfi umrundet ihn mit österreichischbayerischer Gemütlichkeit und zieht seine Dienstwaffe. Und auch der Bäcker Metzger bedroht ihn mit der Mauser. Gleich knallen sie sich gegenseitig ab, und ich stehe als Nichtstuer da. Ich muss doch helfen. Hastig rüttele ich am nächstbesten Ruderboot, das natürlich angekettet ist. Dann halt ein Surfbrett oder irgendwas. Ich renne in die Werft zurück, dort lehnt eine schlabberige Luftmatratze an der Wand. Geschwind. Mit zitternden Fingern suche ich das Ventil und blase hastig hinein. Das Ding pfeift, als würde meine kostbare Luft wieder irgendwo entweichen, oder bin ich das selbst auf dem letzten Loch? Die Matratze wird einfach nicht fester. Egal, die paar Meter nach draußen muss sie tragen. Stöpsel zu. Ich schmeiße sie aufs Wasser und ziehe die Schuhe aus. Die Socken lasse ich abermals an, meine Hühneraugen sind immer noch privat und genauso wasserscheu wie ich. Ich lege mich drauf und stoße mich vom Ufer ab. Platsch, sofort durchweicht es mich. Und saukalt ist es auch. Ich bin wirklich nicht empfindlich, aber von wegen zweiundzwanzig Grad Wassertemperatur, höchstens einundzwanzig! Ich paddele los, so schnell ich kann, verrenke mir halb das Genick beim Nachvornstarren. Die beiden, der Wolfi und der Mauser-Bäcker, beäugen sich, noch ohne sich zu rühren. Wer schießt zuerst? Ich durchpflüge den See, dass das Wasser rechts und links von meinen Händen aufschäumt. Auf einmal merke ich, wie die Matratze absackt. Also gebe ich auch noch mit den Beinen Gas. Knie anziehen, grätschen, anziehen, grätschen, das geht viel zu langsam. Ich strampele lieber wie ein Hund, wie es der Thierry gemacht hat. Als ich mich einen Moment auf meine Schwimmtechnik konzentriere, knallt es. Ich sehe beide fallen, der Wolfi kippt seitlich von seiner Jolle, und auch der Metzger geht wie ein Stein über Bord. Fast kugele ich mir die Arme aus vor lauter Wellendurchwühlen. Dann bin ich dort. Keiner ist auf der Wasseroberfläche zu sehen, sie sind gesunken wie Steine. Zu wem soll ich als Erstes schwimmen? Ich schnappe nach Luft und tauche unter, taste in der Tiefe wild herum, überwinde mich, die Augen aufzureißen, und entdecke im trüben Nass eine Blutspur. Wie der weiße Hai schwänzele ich der roten Fährte nach, nun ja, in meinem Fall rudere ich ungelenk mit Armen und Beinen. Schließlich erwische ich einen Uniformärmel und packe den Rest, der daran hängt, umarme seinen Leib und ziehe den Wolfi an die Oberfläche, wobei ich angestrengt versuche, seinen Belli aus dem Wasser zu halten. Mister Schieflippe wirkt bewusstlos, durch seinen halboffenen Mund sickert das Wasser in ihn rein wie in einen undichten Gulli. Doch auf einmal spuckt er mir eine Fontäne direkt ins Gesicht. Geschafft. Mit dem Lebenretten sind wir quitt.

Ein Lebensnervenbündel

36.

Für meine Zeugenaussage muss ich nach Fürstenfeldbruck, darf aber vorher noch nach Hause, den Kindern Bescheid geben und meine nassen Sachen gegen trockene wechseln. Der Dieter, Sophies bandscheibenoperierter Kollege, der mich daheim abholt, nachdem das am See alles geklärt ist, hilft mir sogar, die Schafe auszutreiben. Da er selber ein paar Walliser Schwarznasen hat, fachsimpeln wir ein bisschen über Entwurmungsmethoden und dass die Ziegen Kupfer als Mineralien brauchen, die Schafe hingegen nicht. Wie ich einen Wanderfalken über der Wiese aufsteigen sehe, denke ich an den Bäcker Metzger. Der Jakl fliegt jetzt im Nirwana oder im Himmel herum, je nach Glaubensgeschmack, denn er war tot, als ihn die Wasserwacht barg. Ob der Wolfi ihn niedergestreckt hat oder ob er ertrunken ist, muss sich noch klären. Überhaupt klärt sich viel, wie es scheint. Nicht nur die Sonne, im üblichen bayerischen Blau, auch die Sophie klärt noch ein paar Formularitäten, oder wie der Papierkram heißt. Sie hustet und rotzt zwar noch ein wenig, aber ihr geht's sichtlich besser. Ich erfahre, dass Unterwassertechniker die Buziunfallursache gefunden haben. Das kleine Löchlein, das sich das Wunderschiff beim Kracher an den Undosasteg abgeholt hat, brachte das gigantische Gefährt zum Sinken, jetzt ist es amtlich, und der Steuermann hat ein Verfahren am Hals. «Was passiert eigentlich mit dem Fips?», frage ich, wie die Sophie mich nach meiner Vernehmung noch aus dem Polizeipräsidium begleitet.

«Du meinst, wegen der Bombendrohung?» Sie klingt noch ein wenig heiser. «Ist doch nichts passiert.»

«Und das hat keine Konsequenzen?» Ich hake noch mal nach. «Es kann also jeder bei der Polizei anrufen und sagen, da und dort knallt es gleich, wenn nicht gemacht wird, was der Drohling fordert?»

«Selbstverständlich nicht. Aber bei der Starnberger-See-Schifffahrt ist kein Durchkommen. Die behaupten auf einmal alle, sie waren es, jeder Einzelne hätte bei der Polizei angerufen, die halten zusammen wie ... wie ...»

«Weiß und Blau?», schlage ich vor.

Sie lacht.

«Dann sind die Kapitänsmützen, die die ganze Besatzung trägt, nicht nur ein Symbol für den Gemeinschaftssinn, es wird auch in die Tat umgesetzt.»

«Kann sein.» Sie zuckt mit den Schultern. «Ich nehme an, Muggerl, dass du nicht bezeugen wirst, dass du dem Fips seine Stimme erkannt hast?»

«Ich?» Oje, in welcher Zwickmühle bin ich jetzt eingeklemmt. Ich kann doch nicht meinen ehemaligen Arbeitskollegen hinhängen, der mir mehr beigebracht hat als mein Chef, der Schreinermeister. Fast überlege ich, ob ich aus Solidarität nicht selbst auch eine Kapitänsmütze aufsetze, und zwar die, die wir in der Faschingskiste auf dem Speicher haben.

«Keine Sorge. Das brauchst du nicht. Wir haben Techniker, die das mit einem Stimmvergleich ganz einfach beweisen werden. Am Ende wird es auf ein Bußgeld rauslaufen, wenn überhaupt. Der Staatsanwalt hat erst mal andere Sorgen. Wir haben einen viel größeren Fisch am Haken.»

«Du meinst den Wunder? Wo hat sich die Familie denn versteckt?»

«Bei Purzels Schneiderin in München, unter für sie ungewohnt beengten Verhältnissen mussten sie dort hausen. Eine Kundin hat sie bemerkt und erkannt. Es gab doch auch einen Aufruf im Fernsehen, dass die Familie gesucht wird. Bevor sich die Kundin bei der Polizei meldet, hat der Wunder den Wolfi angerufen, vom Festnetz der Schneiderin aus, damit der ihm aus der Klemme hilft.»

«Was, der Herr Vorzeigepolizist sollte bestochen werden?»

Sophie nickt. «Da ist er wohl an den Falschen geraten, der Wolfi ist Polizist durch und durch, und die Arbeit mit der Hirschpflege hat er bisher auch noch nicht bezahlt bekommen. Tja, Pech für den Wunder. Der Wolfi hat die Telefonnummer mit der Münchner Vorwahl brühwarm den Kollegen weitergemeldet. In Sendling gab es dann noch eine kleine Verfolgungsjagd zwischen Schneiderpuppen, Nähgarnen und Stoffballen, aber als der Buzikapitän auf einer Ladung runtergefallener Stecknadeln ausrutschte, konnten wir ihn endlich wegen Mordverdacht festnehmen.»

«Autsch», sage ich.

«Ja, wie ein kleiner widerborstiger Kaktus sah er aus, der Doppel-Weh. Und trotz der Schmerzen schien er erleichtert, ein Mörder sei er nicht. Im Laufe der Vernehmung kamen nämlich noch ganz andere Sachen ans Licht. Er gestand, dass er praktisch mittellos ist, immer zwischen Verlusten und Gewinnen jonglieren muss und der Bau des Bucentaur seinen Schuldenberg noch mehr hat wachsen lassen. Er ahnte nicht, dass die Steuerfahndung während seiner Vernehmung schon seine Villa durchsuchte und Unterlagen fand, die belegen, dass er seit Jahren unversteuerte Millionen im Ausland bunkert. Darum geb ich den Wunderfall nun ans Wirtschaftsdezernat ab.» Sie küsst mich gut gelaunt. «Ich brauch doch wieder Kapazitäten für frei herumlaufende Mörder, wenn das in Bayern so weitergeht.»

«Und was ist mit dem Wrack?»

«Der Stadtrat von Starnberg und die Gemeinderäte von Feldafing und Pöcking beraten demnächst, ob der Bucentaur nicht an Ort und Stelle verbleiben soll. Ein paar Eisenträger drunter zur Stabilisierung. Als eine Art Mahnmal. Die Bergung wäre viel kostenspieliger, jetzt, da sich alles geklärt hat.»

«Und der Fußabdruck im Buziklo?»

«Dem Wunder seine Spezialschuhe haben eine gewürfelte Sohle, nicht so eine geriffelte, wie du es aufgezeichnet hast. Dafür passt es exakt zum Bäcker Metzger seinen Turnschuhen. Sieh hier.» Sie zeigt mir ein Foto auf ihrem Handy, das bei der Obduktion vom Jakl gemacht wurde. Mei, vor wenigen Stunden waren wir noch auf einer hölzernen Bierbank beinandergesessen, und jetzt liegt er auf einem Metalltisch.

«Wer weiß, vielleicht lassen sich eines Tages Aufnahmen von den Bildern aus unserem Gedächtnis abfotografieren, doch bis dahin muss ich mit dem weiterarbeiten, was wir haben.» Inniglich verabschiedet sich Sophie auf dem Parkplatz von mir, und ich mache mich auf den Weg zum Bahnhof.

Kaum ist sie weg, braust mir der Jäger Wolfi mit seinem Streifenwagen entgegen. Den müssen sie doch gerade erst aus dem Krankenhaus entlassen haben? «Soll ich dich mitnehmen?», fragt er doch glatt und steigt aus. Ich winke ab. Lieber fahre ich hundert Stunden S-Bahn. Von hier aus muss ich erst bis nach Pasing und in die Linie nach Possenhofen umsteigen. Meist ist die S6 nach Tutzing gerade weg, wenn die Geltendorfer aus Fürstenfeldbruck ankommt. Doch die letzte Fahrt in seinem Auto, als es um den ermordeten Hendlmann ging, hat mich so traumatisiert, dass ich seine Ledersitze lieber meide. «Danke ... nein.» So, jetzt ist es raus, mit einiger Überwindung. Dem Wolfi sein linker Oberarm ist verbunden, wo ihm der Jakl einen Streifschuss verpasst hat. Dass er damit überhaupt Auto fahren kann? Er trägt wieder das gewohnte Grün. «Ist der Uniformprobiertrageversuch ausgelaufen?»

«Noch nicht, das Projekt läuft noch bis zum Frühjahr. Mein Modell ist nur bei der Spurensicherung und dann kommt's in die Reinigung und muss auch geflickt werden.» Er deutet auf die Streifschussstelle auf seiner Schulter. «Die Bürger haben sich an das internationale Erscheinungsbild, das ich verkörpere, gewöhnt. Nur positive Rückmeldungen kriege ich, sie sind ja nicht alle solche Rückständler wie du.»

«Bügelfrei, pflegeleicht, aber nicht kugelsicher, eigentlich schade.» Ich lasse ihn stehen und gehe weiter.

«Halt, warte.» Jetzt droht er mir bestimmt gleich noch mit einer Festnahme, wenn ich nicht gehorche. Ich lasse es drauf ankommen und blicke nicht zurück. Dann, nach ein paar Metern, wie ich um die Ecke gebogen bin, holt mich ein Hecheln ein.

«Hier, die gehören dir.» Er steckt mir ein Bündel bereits geöffneter Briefe zu, die alle an mich adressiert sind. «Die hat mir der Jauch Silvester gegeben.»

Der Jauch ist unser Postbote, der gern auf einen Schnaps oder zwei bei seiner letzten Radlrunde die Straße zu uns rauf bei uns einkehrt. Warum sollte er Briefe an mich dem Wolfi gegeben haben? Ich drehe sie um und lese den Absender, mir stockt das Herz. «Wa-rum hat die der Jauch …?», stammele ich mehr, als dass ich rede.

Und da ist es wieder, das wölfische Grinsen. «Er sortiert sie aus der Post raus, bevor er seine Tour beginnt. So fängt er sie seit zwanzig Jahren für mich ab, seit ich ihn wegen Trunkenheit am Lenker drangekriegt hab. Und ich drücke auch weiterhin ein Auge zu, wenn er wieder einen über den Durst trinkt.» Kaum hab ich mich halbwegs vertragen mit dem Hirschquäler, und dann knallt er mir was Neues/Altes vor den Latz. Es soll nicht sein. Er steigt wieder in sein Auto und zurrt die Fensterscheibe herab. «Jahrelang hab ich auf eine Chance gewartet, um dir das mit meinem Malheur heimzuzahlen.» Er klimpert mit dem Autoschlüssel auf seine Kunstschneidezähne. «Oder hast du geglaubt, ich weiß nicht, dass du damals die Speichen von meinem BMX-Rad angesägt hast?» Er startet den Motor. Mister Austria dreht ab, bevor mir etwas Unwiderrufliches einfällt. Ich starre ihm hinterher und dann auf das Bündel Briefe in meiner Hand. Kann das wirklich sein? In der S-Bahn beginne ich sofort zu lesen. Lese und lese, einen Brief nach dem anderen, starre zwischendurch aus dem Zugfenster und sehe nichts, außer den

Simon Halbritter, der vor über dreißig Jahren im Morgengrauen beschloss, seine Familie zu verlassen. Er sperrte sein Fahrrad in einen Sisi-Turm und lieh sich vom Kraulfuß ein Ruderboot, was mir der Senior bis heute nachträgt.

Mein Vater stieß sich vom Possenhofener Ufer ab und fuhr die Würm hoch bis nach Dachau. Er schreibt über die Pannen, wie er kurz vor Gauting fast kenterte und sich immer noch dachte: Ich kann jederzeit umdrehen, und keiner merkt was. Mal weinend, mal lachend, mal wütend lese ich Zeile für Zeile. Auf Rändern von Zeitungsblättern, auf Pensionsbriefpapier, auf Bäckerpapiertüten, auf allem, was er unterwegs in die Finger kriegte, hielt er seine Erlebnisse fest.

So schnell war ich noch nie daheim, fast verpasse ich den Ausstieg in Possenhofen. Später lese ich den Kindern vor und der Sophie. Auch der Étienne hört zu, Sophies Vetter, der endlich eingetroffen ist, und das, obwohl er kaum Deutsch versteht. Aber dann zeige ich ihm die kleinen Zeichnungen, mit denen die Blätter gespickt sind, und er versteht. Mein Vater muss mir als Bub öfter von seinen Reiseplänen erzählt haben, wie sonst hätte ich davon gewusst und es der Emma in einer Gutenachtgeschichte weitergeben können? Zehn Jahre in der Ferne hat er gebraucht, bis er sich getraut hat, mir überhaupt den ersten Umschlag mit den gesammelten Zetteln zu schicken, und ausgerechnet den erwischt der Jäger Wolfi. Natürlich hat er die Briefe auch gelesen, genossen, dass er weiß, wo mein Vater steckt, und ich nicht. Und dann schaut er sich auch noch von ihm seinen Traum ab, diese Seesehnsucht, das war ja klar. Mein Vater hat sich geschämt, seine Familie im Stich gelassen zu haben, und doch hat es ihn weitergezogen, fort, von uns weg. Ob der Kraulfuß sein Ruderboot zurückgekriegt hat, fragt er im Postskriptum vom ersten Brief. Das hätte er einem Garmischer Holzhändler überlassen, den er in Deggendorf getroffen hat, wo er vom Boot auf einen Donaukahn umgestiegen ist. Zwanzig Mark hat er ihm gegeben, damit der das Ruderboot auf seinem Lastwagen mitnimmt und in Possenhofen beim Kraulfuß wieder abliefert. Der hat ihn sauber ausgeschmiert.

Mit Hilfe von einem Atlas und einer Lupe verfolge ich die Route, die mein Vater genommen hat. Von der Würm in die Amper, dann in die Isar bis zur Donau. Nachdem er Bayern verlassen und Niederösterreich durchquert hat, schipperte er bis nach Budapest zum Donauknie. Er arbeitete als Erntehelfer, wenn er Tage oder Wochen an Land ging, oder als Maschinist auf den Frachtschiffen, die ihn mitnahmen. Beim Passieren der Grenze zum früheren Jugoslawien, als er in ein Feuergefecht zwischen zwei sich bekämpfenden Nachbarn geriet, wurde er fast erschossen. Er floh mit einem Militärschlauchboot, denn er hatte nur ein Ziel. Der letzte Brief ist vor drei Wochen abgestempelt worden. Ich halte die Lupe auf die Briefmarke. Odessa. Von Possenhofen oder Zorndlfing, wie es womöglich bald heißt, ans Schwarze Meer.

AUS IST'S!
Für dieses Mal,
aber Obacht, bald geht's weiter …

Pöcking, 29. August 2014
Betreff: Richtigstellung

Sehr geehrte Frau Ding,

ein Bekannter, der mich während meiner Krankschreibung besucht hat, wollte mir irrtümlich anstelle von Pralinen mit etwas Lektüre eine Freude machen und hat mir Ihr erstes Machwerk namens «Hendlmord» vorbeigebracht, was ich mit Entsetzen gelesen habe. Nun ist mir zu Ohren gekommen, dass Sie bereits ein zweites Buch über die Abenteuer eines gewissen Nepomuk Simon Halbritter verfasst haben, in dem meine Person weiter verunglimpft wird. Ich fordere Sie hiermit auf, dies sofort, auf der Stelle, unverzüglich, zu unterlassen, sonst hetze ich Ihnen meinen Anwalt auf den Leib, der ein ähnlich gerissener Hund wie ich ist. Denn ich kann auch anders! Alternativ biete ich Ihnen an, meine Version der Geschichte zu veröffentlichen, das wird die Welt aufrütteln, das sage ich Ihnen.

Mit zerknirschten Grüßen

*****

Wolfgang Jäger (Polizeimeister)

Pöcking, beim Elefantenbaum,
2. Sept. 2014

Sehr geehrter Herr Jäger,

was Sie können und wie viel, das ist mir laut Recherche bekannt. Allerdings bitte ich Sie, mögliche Unstimmigkeiten mit Herrn Halbritter persönlich zu klären. Meinem Leib schaden Sie mit Ihrer Drohung übrigens nicht, ich bin hier nur die Schreibfeder (s. S. 143). Und natürlich höre ich mir Ihre Geschichte gerne an, das nächste Mal beim Semmelholen, beim Bäcker Metzger oder wer auch immer den Laden jetzt übernimmt.

Bis dahin,
herzliche Grüße

IdaDing

Ghostwriterin, i. A. Muck Halbritter
(Nach Diktat weiterspaziert)

Figuren

Die Familie:
Muck (Nepomuk) Halbritter, 42, Schreiner und Bauer
Sophie Halbritter, 38, Kriminaloberkommissarin
Emil Halbritter, 15, Schüler und Pfadfinder
Emma Halbritter, 9, Schülerin
Fidl (Fidelius) Sattler, 65, Kunstmaler
Florian Halbritter, 44, Mucks Bruder, Vermögensberater und Extremsportler
Martin Halbritter, 49, Mucks Bruder, Psychotherapeut
Simon Halbritter, 79, Mucks Vater, Zimmerer und Landwirt
Anni Halbritter, Mucks Mama, mit 76 gestorben, meldet sich gelegentlich noch in Mucks Erinnerungen, Schneidergesellin

Die Senioren von *Gemeinsam Dabeisein*:
Freund, Benedikt (Bene), 92, letzter Bayer, der aus Stalingrad entkommen ist, ehemaliger Funker bei der Bundeswehr, seither Privatier
Graber, Erich (Panscher), 69, Apotheker in Pension
Kirchbach, Gretl, 86, Mesnerin
Melcher, Manuela, 73, Dorfchronistin
Melcher, Sepp, 74, Braumeister in Pension
Müller, Ayşe, 75, Türkin, ehemalige Wäschereifachkraft
Pflaum, Burgl, 76, ehemalige Kinderpflegerin
Pflaum, Herbert, 79, Metzger im Ruhestand
Rossbach, Rudolf (Rossi), 66, ehemaliger S-Bahn-Zugführer
Schwipps, Erna und Berta, die Textilstubenzwillinge, 77

Die Bürger aus dem Landkreis Starnberg:
Dengler, Marianne, Mucks Nachbarin, Gymnastiklehrerin
Freilinger Juri, blinder Discjockey
Früchtl Amrei, 15, Freundin vom Emil, Tochter vom Jäger Wolfi
Gässler, Udo, Lichtplanungs-Ingenieur
Hainzlmeyr, Philipp (Fips), Mucks Schreinerkollege, jetzt bei der
    Starnberger-See-Schifffahrt
Herrsch, Michi, zweiter Trompeter bei der Pöckinger Blaskapelle
Holle, Steffen, Student und Taucher
Holle, Judith, Buchhändlerin und Taucherin
Holzner, Christian (Grische), Schiffsbaumeister
Jäger, Wolfgang (Wolfi), 42, Jäger und Polizeimeister
Karo, Norbert (Sudoku), Polizeioberwachtmeister
Kraulfuß, Fritzl (Friedrich), 43, Fischer und Bauer
Kyreleis, Carina, Dr. med. für Rechtsmedizin und Gesichtsre-
    konstrukteurin (mehr davon auf www.stephanie-fey.de)
Metzger, Jakob (Jakl, Bäcker Metzger), 59, Bäckermeister
Pflaum, Willi, Verwaltungsfachangestellter im Fundamt
    und Amt für Ordnung und Sicherheit
Seltenmeier, Thaddäus (Thaddi), LKA-Beamter
Wimmer, Irmela (Irmi), 62, Ausstellungskuratorin im Museum der
    Phantasie in Bernried
Wunder, Walter, Metzgermeister, 69+, hohes Viech beim FC Bayern
Wunder, Purzel, Ehefrau vom Wunder, 29-, Fleischfachverkäuferin,
    Fotomodell
Wunder, Beverly (Bevi), 9, Tochter von Walter und Purzel Wunder
Zorndl Gerhard, 47, Hagelflieger und Pöckinger Gemeinderatsmitglied

Bayerisches Glossar

(Schimpfwörter und Flüche sind
mit einem «!» gekennzeichnet,
also Obacht)

Zwischen Kruzifix und Teufel. Seit der Bayer sich in eine Lederhose zwängt und die Bayerin ihren Balkon in ein Dirndl presst, wird geflucht. Von der Monarchie befreit, aber katholisch geblieben, enthalten die meisten Kraftausdrücke, die im Freistaat bis heute verwendet werden, religiöse Elemente. Schimpfen ist der Stuhlgang der Seele, sagen die Malediktologen, die Forscher der Schimpfkunst. Wenn also die Knie in der hölzernen Kirchenbank oder im Beichtstuhl wund gekniegelt sind, dann begeht der Bayer wenigstens gelegentlich eine Gotteslästerei. Was zwar zur Folge hat, dass er für diesen Tabubruch erneut beten oder sich wenigstens bekreuzigen muss, damit ihn nicht der «Deifi» holt, aber er kann für Sekunden aufatmen und ist die Anspannung los. Deshalb werden bevorzugt mehrere Flüche aneinandergereiht.

Haut sich der Bayer zum Beispiel den Musikantenknochen an, auf Bayerisch «das Meiserl», dann zwitschert er: Kreizsaklzementkruzifixhimmimamaherrschaftszeitenmileckstamorschundzwirnindreideifisnamahallelujahh. Amen.

abfieseln: abnagen,
aufmandeln: sich aufspielen, wichtig machen
Belli: Kopf
belfern: eine Mischung aus bellen, knurren und rauskotzen
belzen: aalen, wohl fühlen, suhlen
!*bluatsakrament*: verdammt, Fluch
brettlbreit: behindernd, im Weg, störend
Charivari: Sammelsurium, ein Wort für alles Mögliche, u. a. Trachtenschmuck oder auch Katzenmusik bis hin zur Bezeichnung für französischen Kartoffelsalat

Deifi: Teufel
Diridari: Geld
Drehwurm haben: schwindelig sein
Fassad: Angesicht, um die Nase herum, Vorderseite
fei: Wörtchen, um einer Aussage Nachdruck zu verleihen, im Sinn von übrigens, wohl, wirklich, doch, schon
fesch: hübsch, fein, auserlesen
fieseln: tüfteln
fläzen: hocken, lümmeln
Geseich: Geschwätz, Geschwafel
Gfries: Gesicht, Fratze
Gipskopf: Dummling, Narr
Glump: Plunder
Goggal: kleines Auto oder Fahrzeug
Goschen: Mund
Graf Koks von der Gasanstalt: Angeber, feiner Pinkel, neureicher Streber, deutschlandweit verwendet, wobei «Koks» wie «Goggs» ausgesprochen wird und auch auf die Melone anspielte, den die Möchtegerngrafen im neunzehnten Jahrhundert trugen.
Grant: Ärger, Unmut, schlechte Laune
greislich: hässlich, unangenehm, widerlich
Gutti: Bonbon, Lutschpastille
Hallodri: Schürzenjäger, Frauenheld
Hax: Bein, vom Fuß bis zum Hüftgelenk
!Himmimamasakramentkreizsacklzementzefixherrschaftnoamoi: ach, nee
Hirnkastl: Kopf (*Kastl* = kleiner Schrank)
Hundsbeutel: niederträchtiger, gemeiner Kerl
Kamoppel: Witzbold, Kasperlkopf
Katarrh: Schnupfen (Pfundskatarrh = Grippe)
kredenzen: hergeben, anbieten, gestehen
!kreizdeifi: verflucht (Kreuz-Teufel)
!kreizsakra: verflucht, Abkürzung von Kreizsacklzement (ein Fluch der Kirchenbauer)
!kruzi: verdammt, Abkürzung von Kruzifix (Kreuz)
!Kruzifünferl: Ausruf der Verärgerung, Fluch
Loferl: gestrickte Wadenwärmer
luren: schauen, spähen, sehen

Massl: unverdientes, unerwartetes Glück, glücklicher Zufall
!pfuideifi: Pfui Teufel, Ausdruck der Abscheu und des Ekels
pfundig: klasse, großartig, cool
Plafond: Zimmerdecke
Protz: Angeber, Prahler, Wichtigtuer
ratschen: reden, gemeinsam plaudern, tratschen
Ratschkathl: Klatschtante, Quasselstrippe
!Sakra: Abkürzung des Fluchs Sakrament
Schafbeutelwascher: Trottel
Schäsn: heruntergekommenes Auto (von franz. Chaise = Stuhl)
Schindluder treiben: einen derben Spaß machen, jemanden quälen
Schmarrer: Spaßvogel
Schmarrn: süße oder deftige Speise (Kaiserschmarrn oder Kartoffelschmarrn) oder Spaß, bedeutungsloses Zeug
Schnupftuch: Schnäuztuch, Taschentuch
Schwammerl in den Knien: weiche Knie (*Schwammerl* = Pilz)
Spezi: Freund oder das Getränk, halb Cola, halb Limo
stecken: (jemandem etwas stecken) jemandem ein Geheimnis verraten, etwas mitteilen
Stempen: Pfahl, Pflock
Toagl: Dummling, Trottel
tratzen: ärgern, foppen, aufziehen, schikanieren
Trumm: Stück, großer Gegenstand
verrecken: abkratzen, verenden, aber auch im Sinn von ‹zum Verrücktwerden›
watschen: ohrfeigen
Weinbeerl: Rosinen
zahnerter Holzfuchs: hinterhältiger, schadenfroher, verschlagener Mensch
!zefix: verdammt, verflucht, Abkürzung von Kruzifix (Kreuz)

Ida Dings
herzlicher Dank gilt

Susanne Andrian-Werburg von der Pöckinger Bücherei für die Panduren und alle Bücher über Pöcking sowie dem ganzen Büchereiteam für die jahrelange Unterstützung; ihrer Autorenkollegin und Freundin Martina Baumbach für die zündende Idee; Jochen Ebner, dem Ur-Starnberger, für die Insider-Infos; Daniela Nizzinger vom Münchner Yachtclub, die ihr die See- und Segelgeschichte und den Bucentaur-Stadl zugänglich gemacht hat; Christine Peuker vom Gemeindearchiv Pöcking für die fundierte Recherche-Hilfe; Michaela Ammerl für die Tauchertipps; Marcus Gärtner vom Rowohlt Verlag für den Titel, das Leni-Riefenstahl-Gedächtnistauchen und Anne Tente fürs Geraderücken von Mucks Querkopf.

Wie immer dankt sie ihrer Familie für Rat und Tat in allen Schreibstadien. Ihr größter Dank gilt Thomas Schuster, ihrem Muggerl, der sich mit ihr diesen Roman ausgedacht hat.

Leser, die tiefer in die Sachgeschichte von Pöcking einsteigen und nachschauen möchten, was in diesem Roman wahr und was erfunden ist, empfiehlt sie das wunderbare Buch «Milli und Sterz», hg. von Ludwig Ott, mit Beiträgen von Heinz Diehl, Elisabeth Patrunky, Christine Peuker, mit vielen historisch bedeutsamen Abbildungen, Kunstverlag Josef Fink 2005.

Der Bucentaur auf dem Starnberger See

Das für dieses Buch verwendete FSC®-zertifizierte Papier
Lux Cream liefert Stora Enso, Finnland.